竜姫と怠惰な滅竜騎士

Dragonkiller princess & lazy dragonkiller knight

幼馴染達が優秀なので面倒な件

bit
とぴあ

CONTENTS

レグルス
サーシャ

rabbit
illustration●とぴあ

第一章　怠け者は連れて行かれます

第一章　怠け者は連れて行かれます

長閑《のどか》な風景に囲まれた草原では、一人の少年が気持ちよさそうに寝ていた。風に揺られて枝がざわざわと鳴っている。太陽は温かくその場を照らし陽気な気分にさせられる。

チュンチュン

そんな鳥のさえずりも聞こえてくる平和な光景であった。

「こんな日は寝るに限るなぁ。鬼の居ぬ間に何とやら」

そう呟いた少年は両腕を大きく伸ばして全身に気持ちのいい風を感じていた。だが、そんな彼の至福のひと時を邪魔するかのように、何かが現れた。

ドシンッ

草原に響き渡る音。何か巨大な質量を持つ物体が力の限りに地面を踏みしめたようであった。地面は僅かに震え、眠ろうとしていたレグルスの頭を激しく揺らす。

「煩《うるさ》いなぁ。いつの間にこんなに重くなったんだか」

少年は先程鬼と形容した少女の顔を思い出し、自分の言葉をイメージとして頭で浮かべたのかクスリと笑う。

「まぁ、それはないか」

そう呟いた少年の耳に襲い掛かった巨大な咆哮《ほうこう》。

グラァァァ!!

チュンチュン

だが、そんな大音量の咆哮が響いた草原だったが、先程いた鳥は何も聞こえていないとばかりに呑気に鳴いていた。

「煩いな、村にまで響いたらどうするつもりなんだよ。全くそんなに煩くしたら鬼が来るぞ」

視線を頭上に上げてそう怠そうに語りかけた相手は、蛇のように縦に伸びた金色の瞳孔を少年へと向けていた。ズラリと並ぶ鋭い牙からだらだらと唾液を流し、見上げるほどの体軀をした巨悪な相貌。

「ほら、相手してやるから来いよ、竜《ドラゴン》」

まるでその言葉を合図にしたかのように竜は筋肉の鎧で出来たかのような強靱《きょうじん》な足で大地を踏みしめて、ちっぽけな少年へと向かっていった。獰猛《どうもう》な竜は顎を大きく広げ呑み込まんとする。

大きく平げられた顎は泰然と立つレグルスに襲い掛かった。巨大なその攻撃は視界を覆いつくすほどであり、今から避けようと行動してもその範囲からは逃れられないように見えた。

「ほいっと」

だが、そんな軽い言葉と共に少年は軽く地面を蹴ると宙へと舞い上がった。勢いよく閉じられる顎は空気を裂くような音と共に鋭い牙が重なり合い甲高い音を響かせた。少年はその閉じられた顎を足場にして更に飛び上がる。

グガァアア！

自分を踏み台にされた事かそれともいとも容易《たやす》く避けられたことに腹を立てたのか、勢いよく飛び上がる少年へと鋭い牙で襲い掛かった。

宙を飛ぶ少年に避けるすべはなく、その巨大な顎でかみ砕かれる未来が見えるようであった。

「失墜《ダウンバースト》」

だが、想像していた未来はやってこなかった。

けたたましい打撃音と共に天に向かっていった頭は盛大な音を響かせた。その姿はまさしく墜落したかのように地面へと叩きつけられていたのだ。

更に巨大な体躯は頭につられて傾き土砂を辺りに巻き起こしている。

そして、かなりの高さまで跳躍した筈《はず》の少年は態勢を崩すこともなく華麗に着地し、その竜を見やった。そんな態度にますます激昂した様子の竜は強靱な足で大地を踏みしめて起き上がると、今までとは遥かに違う速さで駆けだした。

「落とし穴は好きか？」

そんなふざけた事を口にした少年に怯《おび》えはない。片腕を面倒そうに上から下へと振るう。それだけで竜の体は何かに押しつぶされるかのように体躯を地面へと激突させた。更に見る見る間にその巨軀はめり込んでいく。

グゥウ!?

　バタバタと暴れる竜は何が起きているのか理解出来ないのか、それとも何かに怯えたのか持てる力を全て使い起き上がると、少年から逃げるように右手の方へと駆けだした。その先に見えるのは朝という事もあり朝食の準備の為なのか立ち昇る数本の煙が見える。辺境であるそこには、モルネ村と呼ばれる小さい村があったのだ。

　少年は眠たげな目を動かし、ちらりと竜の行き先を見つめると呟いた。

「悪いな。そっちは一方通行なんだ」

　その少年の言葉と共に竜は業火に包まれ、瞬きする間に灰に変わった。草原に吹く風と共に灰は流され、何事もなかったかのように静かな風景に戻る。

「はぁ。無給で働かせないでくれよ、全く」

　少年はその呟きを残し、その場に寝転がると寝息を立て始めた。

チュンチュン

　竜が蔓延るこの世界で今日もモルネ村は平和であった。静かに眠る少年の元へと歩み寄る影。暫くその影は眠る少年を覗き込むように動かなかったが

「ねぇレグルス！　いつまで寝てんのよ！」

「ぐえっ」

　勝気な声に続き、無防備に寝ていた少年の、間抜けな声が草原に響き渡った。何が起こったのか分からない少年はキョロキョロと見回し目的の人物を見つけ出す。

「なんだよ。アリスか」

「なんだよって何よ！　今日は竜式の日なのよ。こんな所で寝てる場合じゃないの!!」

まったく！　といった風に腰に手を当て怒る赤髪ツインテールの少女、アリス。怠け者と呼び声高いレグルスの幼馴染だ。ここはセレニア王国の遥か南端である。放牧と僅かな農作物しか見所がないこんな場所では珍しいほどの美少女だった。

「あぁ、そうだっけ？　はぁ面倒だな」

「もうサーシャもラフィリアも準備は万端なの。後はレグルスだけ!!」

「はいよ。もう少し寝たら行くよ。今日は天気が良いんだ」

風に吹かれて揺れる草原はまさに昼寝に最適であった。モゾモゾと寝返りを打とうとしたレグルスだが
「もうっ！　行くわよ!!」

「イテテッ」

どことなく嬉しそうなアリスによって耳を摑《つか》まれ引きずられていく。このモルネ村での日常であった。

「あら、アリスちゃん。今日もレグルスの面倒を見ているのね」

「メリルおばさん!?　そ、そんな事ないわ。そう、コイツが目を離すとすぐ怠けるからよ！」

「ぐあっ」

顔を赤らめさせて立ち止まったせいで、レグルスの頭が地面と激突した。だが、そんな事はお構いなしに何とか言葉を発する。

「あらあら。さ、急がないと」

訳知り顔のメリルを見て、茹《ゆ》でた顔をさらに赤らめさせる。誤魔化す為かレグルスの襟首を引っ張って行く。

「レグルスももっとしゃんとしなさいよ」

「ほーい」

引き摺られながら手を振るレグルスを見てメリルは今日も平和と感じるのであった。

「なによレグルス」

「いやぁ、この移動も楽チンだなって。明日からもよろしくな」

「ふん、やってあげなくもないけど……。って自分で歩け！」

頭にチョップを入れられたレグルスはその場に蹲《うずくま》る。

「隙ありだ」

ふにゅ

「な、な、な」

「ふむ、まだまだだな。アリス」

慎ましく未だに未発達の膨らみを躊躇《ためら》いなく揉むレグルス。あまりの事に声も出せないアリス。

その間も手は止まらない。

「サーシャより小さいな」

「死ねっ」

ドガッ
「いてぇ」

「何すんのよ！　それに、サーシャより小さいって、妹に何してんのよ！　このバカレグルス！」

こうして二人は村への道中を歩いて行くのだった。

村に戻ると広場には、この村の子供達が集められていた。精緻に作られた鎧を着た男と並び立つ女性を真ん中にして広がっている。

「竜騎士がもう来てたのか」

「お兄ちゃん！　遅いよぉ。それにあの人は正竜騎士だよ」

「そうですよ、レグルスさん。私が迎えに行きたかったのに……」

「サーシャ、悪いな。それにラフィリアは何か言ったか？」

アリスに引き摺られるレグルスを見て、集まって来た少女達。青い髪をショートにしている、サーシャは未だ幼さを残すが可愛らしい少女。彼女はレグルスの義妹にあたるのだが、年は同じであった。そして、ラフィリアは緑髪を腰の辺りまで伸ばし、その髪は風に揺られている。

最後の言葉は尻すぼみになったせいかレグルスには聞こえていなかったみたいだ。

「それで、もう始まってるのか？」

「あんたを待ってたの！　早く行くわよ。正竜騎士を待たすなんて前代未聞よ!!」

「ほぉ〜。凄い偉い人なんだな」

「レグルス！　そんな――」

「そうですよ。近衛、宮廷竜騎士を除けばセレニア王国の一番上の階級なんですよ」

アリスの声に被せるようにラフィリアは説明しだしたのだが、当のアリスはギリギリと聞こえて来そうな顔で睨《ね》めつけている。それを涼しく受け流すラフィリアは大人びた雰囲気を纏っている。

レグルスに向けて何かを話そうとしているのか、隙を狙って今か今かと構えるサーシャによって独特な世界が生み出されていた。

「ねぇ、お兄ちゃん！　ちなみに合格したら王都に行くんだよ。だから、その時は兄妹なんだから一緒の寮に――」

「ちょっ！　サーシャ、そん、そんなのは反則よ、反則！」

「ふふーん、兄妹なんだから当たり前だよね？　お兄ちゃん」

まるで当たり前だと言わんばかりに話すサーシャはレグルスに同意を求めた。『もちろん返答は決まっているよね？』といった具合である。その発言にアリスはギリギリと音が聞こえてきそうなほどに怖い表情を作るとレグルスを睨《にら》んでいる。

「まあまあ、落ち着けって」

「ふふふ、それなら私はレグルスさんに料理を作らなくてはいけませんね」

レグルスの提案は虚《むな》しく、ラフィリアまでもが参戦してきてしまった。段々と不穏な気配を覗《のぞ》かせ始めた三人はレグルスを放って言い争いに発展していった。言い争いながら、競争するかのようにズンズンと歩いていく。

「はあ。助かった」

安堵の溜息を吐いたレグルスは前方を歩いていくアリス達を見やって更に溜息を吐いた。

「こら！　レグルス!!　早うせんかい」

すると、一人だけ残った形になったレグルスへと怒鳴り声が飛んできた。

「クルトの親父が怒ってやがる。俺は悪くないぞ……はぁ」

この村の村長。筋骨隆々としたクルトの怒声を聞きレグルスは先程とは一転して走り始めた。後ろでレグルスがクルトに怒鳴られているのが聞こえた為か言い争いをしていた三人はバツが悪そうにレグルスと合流したのだった。

「ようやく揃ったか。それでは竜式を始める。進行は正竜騎士であるリンガスと竜姫メリーによって進める」

広場に集まった子供達は皆が尊敬の視線を送っている。それは、アリス達も例外ではなかった。

「優秀な竜姫になりたいわ！」

「そうですわね。竜具が優秀な事を祈るしかないですね」

「お兄ちゃんも滅竜師になれるといいなぁ。そうなったら私と契約してね！」

「「な！」」

サーシャの発言で二人はその場で思わず立ちそうになる。何とか留まったが二人は険しい視線をサーシャに送っていた。当のレグルスはというと、いつも通りなのだが座りながら舟を漕いでいた。

「知っているとは思うが、十五歳になった君達には竜式が行われる。男は滅竜師として、女は竜姫として活躍してもらうことになる。育成する為のセレニア学園においての試験の兼ね合いもあるのだがな。君達が活躍し、竜騎士になれる事を祈るとしよう」

リンガスが話す内容。それは、災厄を今もなお振りまく生物。強大な力を持つ竜を唯一、倒す事が出来る滅竜師になる為の事だった。

「竜騎士としての力を今から見てもらう」

リンガスの言葉により、村に駐屯している兵達が大きな檻《おり》を運び込んで来た。そして、その中を知った子供達は慌てた様子だ。

「キャー」

「うわっ！　竜だ」

ある女の子はその威容を見たせいか、目を塞ぎ叫び声を上げる。男の子はその強大さに思わず後ずさってしまう。

「これが竜だ。だが、コイツは竜の中でも弱い下位竜。名は翼竜《ワイバーン》と呼ばれている」

リンガスが目をやる先には体から翼にかけて広がる羽毛に覆われた巨体があった。その大きさは成人男性二人分ほどの大きさだが、強靱な筋肉が窺える体。人を容易に切り裂く事が可能なように思える鎌のような爪。そして、もっとも恐ろしいのは蛇のような瞳孔に、不気味に生えそろった牙であった。

子供達からすれば、何気ない日常において、会ってしまえば死が確定してしまう相手だ。現に何人もの子供が犠牲になっていた。見守る大人達も育てた家畜を襲う翼竜に固唾を飲む。駐屯する兵が間に合わなければ大人でさえも容易く死ぬからだ。

リンガスは子供達の反応を見届け、言葉を発した。

「今叫び声をあげた者、怯えた者は竜式の失格を言い渡す」

「この翼竜を恐れる者は、この先、竜騎士として生き残る事が出来ません」

メリーの補足によって、広場から半分以上の子供達が離れて行く。不満を口にする者はいない。これが、竜式であるからだ。

「うわー、怖いぞー。死んでし」

そんな中、一人だけ棒読みのせいか間抜けな声を上げた少年がいた。

「ちょっ！　レグルス」

「お兄ちゃん!!」

そう、レグルスであった。咄嗟《とっさ》にラフィリアが口を押さえ込んだお陰かリンガスは気付いていなかった。アリスとサーシャも思わずといった風に驚いている。まさか、こんな場所でさえも怠けるのかと。

「他の奴が帰れるなら俺も帰りたいしな」

帰って行く子供達を羨ましそうに見つめるレグルス。

「いい？　とにかく黙ってて!!」

「分かった」

アリスが拳を握り締めた事で、レグルスはキリッとした表情を作る。ラフィリアもサーシャも天を仰いでしまう。

「ふむ、残ったのは八人か。それでは実際に竜騎士の戦いを見てもらおう」

合図を見た兵士達は、一斉に檻を解放した。血をたぎらせた翼竜が解き放たれたのだった。翼竜は己を捕まえた憎き相手に向かい、走り出した。巨大な質量が高速で動く姿は身震いするほどだ。

だが、リンガスとメリーは淀みなく動き出す。後方に構えたリンガスは口元に指を持って行くと皮膚を浅く噛み切る。そして、流れ出した血を手に力を解放する。

「聖域《サンクチュアリ》展開」

リンガスを中心に不思議な波動が辺りを包み込んで行く。目には見えないのだが、そこに何かが広がっている事は理解出来た。

「滅竜具、嵐剣《テンペストソード》」

聖域が展開されたことを確認したメリーは滅竜具を呼び出した。それは、深緑の剣。両手で握ると迫ってくる牙を受け流す。さらに、リンガスが動く。

「メリー、まずは頼む。一段強化《シングルブースト》」

リンガスが使ったのは、滅竜技と呼ばれるものだ。先程までとは明らかに違う動きでメリーは剣《けん》戟《げき》を繰り出す。牙を正面から弾き返し、返す剣で深く斬り裂く。思わぬ反撃に堪《たま》らず逃れようとした翼竜だったが、すかさずリンガスが追撃する。

「滅竜技、風刃《カットブラスト》」

リンガスが放つ滅竜技。翼竜は後方から飛んできた風の刃によって足を切りつけられた。バランスを崩した翼竜は僅か数秒で地面を這う結果になってしまう。

「凄い！　あそこまで聖域の効果範囲が広がってる！」

「そうですね、それにメリーさんの竜具もかなりの力のように見えます」

「滅竜技の展開も速いね！　お兄ちゃんはどう思う？」

それぞれが今のやり取りのレベルの高さを肌で感じていた。サーシャはレグルスに向き合う。ピョンピョンと飛び跳ねる姿は微笑ましいものだ。

「おお、凄いな。ん？　どうやら決めるみたいだぞ」

「むぅう。お兄ちゃんはぜんぜん驚いてないよ」

期待していた反応が返ってこなかった為か、可愛らしく頬を膨らませて、私怒ってます。とアピールするが当のレグルスは半目で眠そうにしているので、戦いに目をやる。その先では戦いの終わりを迎えていた。

「メリー、やるぞ」

「分かりました」

メリーはそう言うと、嵐剣を自らの胸へと差し込んだ。子供達からどよめきが走る。だが、それはすぐに解決した。眩《まばゆ》い光が溢《あふ》れ出し、思わず目を瞑《つぶ》ってしまう。そして、開けた先にはメリーが消え、深緑の大剣を手にしたリンガスの姿があった。

精緻な鎧と大剣を手にしたリンガスの姿はまさに騎士である。翼竜が危険を察知したのか後方に逃げようとするが、リンガスは届かない筈の大剣を勢いよく振り下ろした。

ドドドッオン

凝縮された巨大な風の刃は地面を抉《えぐ》りながら翼竜を縦一文字に両断した。その鋭い刃を表すかのように翼竜の切断面は滑らかである。見届けたリンガスは聖域を解くと、大剣は姿を変えメリーに変わっていた。

「我ら男が使う聖域と滅竜技。女性は聖域内でのみ生み出せる竜具で戦う。そして、その中で竜騎士に選ばれた者のみが竜姫と契約する事が出来る。契約する事で先程のメリーのように竜姫は自身を竜具に変える事が出来るという事だ」

余りの事に子供達は呆然《ぼうぜん》としていた。絶対強者であった翼竜が瞬く間に殺されたのだ。

「リンガス様、質問はよろしいですか？」

「ああ、問題ない」

「契約は複数人とは出来ないのですか？」

一人の男の子が質問した。その内容は竜騎士は二人で一つの職業である。だが、それを複数でも行えるのかという質問であった。この質問が聞こえた瞬間、レグルスの周りだけピリッとした雰囲気が広がる。チラチラとお互いを牽制している様子だ。

「それは出来ない。契約は一人だけだ。かつて滅竜騎士と呼ばれた英雄は複数の女性と契約し、今の領土を取り戻したらしいが、ここ五百年はそのような報告はない」

「滅竜騎士サラダールですよね!?」

子供達の反応は憧れである。眠る前のお話で定番である英雄譚《えいゆうたん》。遥か昔から人間は竜と戦っていた。だが、抵抗も虚しく竜に脅かされる日々が続いていた。

人間は追い詰められ、僅かな領地に隠れ潜む生活を送っていた。

五百年前、突如として現れた滅竜騎士サラダールは複数の竜姫を従え現在に存在する五か国の領土を取り戻す事に成功したのだ。その後も数々の偉業を成し遂げたとされる。

サラダールは数々の竜姫を従えていたとされ、その英雄譚はとてつもない人気を博していた。

その功績を称《たた》えられ竜姫とサラダールを称して作られた称号は滅竜騎士であった。現代では、その時代に最も優れた者達を表しており、滅竜騎士と名付けられる事になっている。このセレニア王国においても、二人の竜騎士がその地位に就いていた。

その英雄譚は子供の童話として有名であり、誰もが知っているお話だった。

「さて、説明はこれくらいで良いだろう。女の子は私の聖域の中で、男の子は自らの聖域で幼体竜《ベビードラゴン》を倒してもらいたい」

この世界において、聖域や竜具は誰でも生み出すことが出来る。だが、それは竜式を終えてからでないと使う事を禁じられていた。破れば死刑すらもあるほどの重罪である。何故なら、どれだけ優秀な竜具を持っていても、監督者なしで野生のドラゴンと戦えば死ぬ確率が高いからだ。

「お兄ちゃん、ちゃんとするんだよ」

心配な様子で見上げるサーシャ。物凄く心配なのか何度もレグルスに念を押す。

「おいおい、俺は子供か」

「だって目を離すとすぐに怠けるもん」

肩をすくめたレグルスに向かって、ラフィリア達の援護射撃が入る。

「言わないとしないですからね」

「そうよ！　しっかりしなさいよね!!」

立ち去る際に代わる代わる注意され、項垂れるレグルス。彼のこういった場所での信頼度は0に等しいのであった。

「さてと、一応やりますかね」

三人を見送ったあと、兵士が幼体竜を各自の前へとおいていく。幼体竜とは、成体になっても子供ほどの大きさしかない竜である。普通に戦えば問題なく倒せる竜である。

だが、とてつもなく気性が荒く、その気迫に呑み込まれれば子供などあっという間に平らげてしまう危険性がある。現にレグルスの目の前に置かれた幼体竜も牙を剝き出しにして今にも飛びかかりそうな勢いだ。

（どうすっかな？　倒したら王都に行かなきゃいけないみたいだし、うまい具合に失敗するとするか。学園に行ったら長閑なココでの昼寝スローライフが終わっちまう。それに村の事もあるしな）

そんな不真面目な事を考えながらレグルスは聖域を展開した。

「始め！」

リンガスの声を合図にしたのか幼体竜が襲いかかってくる。

「目立たないようにするにはっと。滅竜技、失墜」

ドスッ
走り出した幼体竜は何故かその場にひれ伏したまま動かない。動こうともがくが、手足を僅かに動かす程度に留まっている。

「ん？　コイツはどうしたんだ？」

「何かコケたみたいですよ」

（やっべー。加減を間違えた）

「なんだよ、間抜けな竜だな」

幼体竜の不可解な行動を目にした兵士は不思議そうに呟いた。レグルスは内心で冷や汗をかきながら適当な事を並べる。

兵士が目を離した瞬間を狙い
グキャ
局所的に力を強めた結果、幼体竜の両手は押しつぶされそうなほどの圧力がかかる。

竜は自分より強い相手だと分かった時、本能により逃げる事が多い。そして、この幼体竜も例に漏れずに逃げ出そうとする。

レグルスはタイミングを見計らい滅竜技を解除すると、すかさず竜の前方に躍り出た。

「うわぁ！」

（ふっふっふ。この渾身《こんしん》の演技は誰にも見抜けまい。数々のサボりの為に培ってきたこの演技をな！）

バカな考えをよそに、突如現れたレグルスに驚いた幼体竜は都合よく体当たりをした恰好になった。レグルスの悲鳴と状況を見た兵士はすぐさま止めに入る。

「危なかったな、レグルス」

「いやー、ありがとうございます。危うく食べられるところでした」

「お前の怠け癖が治るのならそれでもいいがな」

この村に駐屯している兵士は冗談を言い合いながら、手早く幼体竜の首を斬り落とした。

「レグルスは失格か。やれば出来る奴だと思っていたんだがな」

「買い被りですよ、まったく。俺は寝るのが特技なもんで、激しい運動はダメだって昔からお爺さんに」

「ん？　お前にお爺さんいないだろ」

レグルスの発言に首を傾げる兵士。彼も村の者の為疑問に思ったのだ。レグルスは五年ほど前に村に捨てられていた子供であり、サーシャの家で養われているのだと。

「そうでした、お爺さんはいませんね」

「相変わらず適当な奴だな。お前は」

呆れたがかなり大きい声音でガックリと肩を落とす兵士にレグルスは心配すんなとばかりに肩を叩く。

「はぁ、とりあえずもう試験は終わりだ」

こうしてレグルスは試験を不合格になったのだった。気付かれないように安堵の息を吐くレグルス。その時、少女達が試験を受けている方向から歓声が上がってきた。

「なんだなんだ?」

視線の先には烈火の如く燃え広がる剣を手にしたアリス、水が凝縮され透き通るような短剣を両手に持ったサーシャ。そして、穂先に暴風が纏い吹き荒れる槍を手にしたラフィリア。彼女達はその竜具の一振りで幼体竜を消し去ったのだった。

「お前の幼馴染達、とんでもねぇな」

兵士のそんな呟きが風に乗って聞こえてきた。子供達、兵士が余りの光景に押し黙る。

「素晴らしい!　君達の竜具は今でさえ騎士レベルに達しようとしている。まさに天才という言葉が相応《ふさわ》しい」

リンガスの絶賛の声が響き渡る。信じられないといった風に手を叩き興奮した様子だ。

彼が口にした騎士レベルとは、この国の階級を表している。近衛竜騎士、高位の貴族の出身かつ正竜騎士の者が就くもっとも誉れ高い階級。そして、宮廷竜騎士、竜騎士の中でもトップクラスの力の持ち主だ。ここまでは、特殊な階級になってくる。そして、一般的には滅竜師の階級は五つに分けられている。

正竜騎士
準竜騎士
騎士
従士
兵士

となっており、正竜騎士から準竜騎士と呼ばれる竜騎士の階級に就く者は竜姫と契約する事が国によって許される。竜姫と契約とはただ聖域を展開し竜姫と共に戦う事ではなく竜姫自身が竜具となれる事にあった。優秀な竜姫の数は多くなく、誰彼構わず契約させる事は出来ない。その為国によって契約を管理されているのだ。

当然ながら、契約した竜姫が変身する竜具は絶大な力を持っている。それはメリーも例に漏れない。契約しなければ竜姫は竜具にはなれない事は事実としてある。その為、竜騎士と契約出来ない竜姫達は不特定多数の滅竜師の聖域内で己の竜具を用いて戦っていた。

そんな限られた者しかなれない竜騎士とは、それだけ高い位にあり滅竜師達は竜騎士を目指して鍛錬を行っている。竜騎士ではない従士、兵士は聖域を操り滅竜技で戦う者達である。その為、数も多い。

その中で、騎士だけは竜騎士候補としてまだ契約は許可されないが、竜姫と行動を共にしている。

いわば訓練期間のようなものだ。すなわち、騎士より上の階級に行かなければ、相棒の竜姫はいないということになっていた。騎士レベルともなれば、今日はじめて使用した竜具でさえ竜騎士候補に匹敵すると言っているようなものなのだ。その潜在能力は計り知れない事は容易に想像出来た。

だが、そんな中一人だけ飄々《ひょうひょう》とした態度を崩さない少年がいた。

「あいつらは王都に行くのか。ま、あいつらが帰ってくるまで俺がここの村の警備をしておいてやろう」

そう呟く彼の中では素晴らしい人生設計の数々が浮かんでいた。だが、レグルスはこの後、三人にボコボコにされるのだが仕方がない事である。覚悟と僅かなセンスがあれば、誰でも倒せる筈の幼体竜にさえ負けるとは手を抜いたのか、死と向き合う勇気がないのか、それとも単純に弱いのかのどれかである。

そして、彼女達は前者だと知っている。彼の性格から考えて至極真っ当な答えであり正解だった。だが、正竜騎士のリンガスはレグルスの性格など知る由もなく結果だけを見て不合格にする事は分かっている。すなわち、彼の竜騎士としての人生は始まる事すらないのであった。

「アホレグルス!!　一緒に王都に行こって言ったじゃない……」

「まったくレグルスさんはどこまで怠けるつもりですか!?」

兵士に結果を聞いた三人はとてつもない形相で詰め寄る。

「いやー、俺があたった幼体竜はメチャクチャ強くてな。おそらく属性竜クラスだったよ。千年に一度の幼体竜だな。うん、マジで!」

いつも通りの調子で返すが、今日はそう流してもらえる案件ではない。

「「そんなわけないでしょっ！」」

見事にハモる三人はズイズイと顔を寄せてくる。だが、尚もバレバレの言い訳で何とかかわすレグルスだったが
「お兄ちゃんのバカー!!　ぐすっ」

「あ～あ。妹まで泣かせてこのろくでなし！」

「いや、サーシャ。違うんだ！　相手が悪かったんだ、だから泣き止んでくれよ、な？」

「ぐすっ」

俯《うつむ》き鼻を啜るサーシャにレグルスは慌てふためき、思わず不用意な発言をしてしまった。これが彼の今後を決定的に決めてしまう。

「何でもするから！　なっ？」

「本当に？」

「お兄ちゃんがこういう時に嘘ついた事あるか？」

「はーい！　分かった」

ぱあっと花が咲いたような笑顔でサーシャは答えたのだった。この時のレグルスの心境は女は怖いという事だった。

三人は突如ヒソヒソと話し合うと、その場を走り去って行った。

「なんだったんだ？」

レグルスの脳裏に不安がもたげるが、その日は何とか収まった。だが、その翌日。

「それでは合格者は王都に向かうぞ」

リンガスを先頭に合格者の五人の子供達、その中にはいつもの三人も入っている。昨日の広場に集まり村を出ようとしていた。それぞれが家族と別れを交わし、決意に満ちた表情をしている。

この竜式は村をあげての一大イベントだ。一流の竜騎士になれば村も安泰という事である。

「お前らー、頑張れよ！　村の事は俺に任せろ」

「レグルスは寝るしかしてないだろ！」

「ギャハハハ、違いねぇ。怠け者のレグルス」

レグルスの叫び声に反応した王都行きの二人の少年は一斉に笑い出す。この村の同年代のレグルスの扱いはこういったものだったのだ。

「レグルス君、きみも王都に行くんだ」

「へっ!?　今なんて言いました？」

レグルスも一緒になって笑っていたのだが、リンガスの声によってこの場を静けさが支配した。

「この三人が君が行かないと王都には行かないと言って聞かないもので、君も連れて行く事にしたんだ。それに、色々と聞いたところ、君に私も興味が湧いてね」

「いやいやいや、俺は幼体竜にも負ける男ですよ？　無理です」

尚も言い募るレグルスにアリス達は駆け寄る。

「何でも言うこと聞くって言ったじゃない。もしかして嘘だったの!!」

「嘘はいけませんよ」

「守ってくれなきゃお兄ちゃんなんか嫌いになる」

「っ！」

まさしく、ぐうの音も出ない状況へと追い込まれたレグルス。可愛い妹に嫌いになられるのはツライ。寝ることと天秤《てんびん》にかけた結果、激しく秤《はかり》は動いたが
「分かったよ、付いて行ったらいいんだな？　その代わり俺の面倒は見てくれよな」

わざとらしく肩をすくめて話したレグルスだが
「任せなさい!!」

「お兄ちゃんの面倒は妹が見るもんだよね。それに、だいぶ前からそうしてるよ？」

「任せて下さい」

最後の抵抗も呆気ない笑顔に撃沈され渋々という風に集団へと交ざるレグルス。そして、その羨ましい風景を憎々しげに眺める二人の少年には気付かないまま。すると、リンガスがレグルスのすぐ近くまで来て囁いた。

「君はよく平原で寝ていたそうだな、竜がいる筈の平原に。それに聞けばこの村での竜害が近年ほとんどないらしいじゃないか。君との関連があるかどうかはあえて聞きはしないが、私も個人的に気になってこういう事となった。それと、君が心配だろうからこの村には準竜騎士を派遣しておく。安心したまえ？」

そう話すリンガスは何かを探るようにレグルスを見つめていた。村やその周辺は兵士が巡回して

いる為に安全なのだが、平原がある位置は十分に竜の対策が為されていないのだ。そんな場所で寝ているると聞かされて疑問に思ったのだろう。

「はぁ。別に心配でもないですよ」

レグルスは何のことやら？　といった風に肩をすくめる。その姿をリンガスは黙って見つめていた。

すると、逞《たくま》しい肉体を持った村長クルトが近づいて来た。

「王都に行くんだってなレグルス」

「ああ、クルト爺には世話になったな」

目を細めるクルトに手を上げて答えるレグルス。二人の間に無言が続く。

「俺の助力は効いたか？」

そう言ってニヒルに笑うクルトを見たレグルスは何かを察したように溜息を吐いた。

「リンガスさんに言ったのはクルト爺か……。全く余計なことを」

「なに、あの子達に頼られたら仕方がないわい。自分達だけじゃ説得力がないからと言っておったから儂も手伝ったんじゃ。それにお前にも外の世界を見て欲しかったからのう」

いつもはその風貌でよく怒鳴っている為か村の子供達から怖がられていたクルトだったが、今は目を細めてレグルスを見つめていた。レグルスは考え込む様子を見せたのだが、クルトはレグルスの肩をどんどんと叩いた。

「ほれ、早う行かんかい。村は儂らでも何とかなる、幸いにも準竜騎士を派遣してくれるらしいからの」

「ああ、また帰ってくる。じゃあな」

「ふんっ。帰ってこんでもええわい」

いつものクルト爺に戻った事にレグルスは安心し振り返ると口元に笑みを張り付けアリス達の方へと歩いて行った。こうして一行は王都に向かったのだった。

◇◆◇◆◇

馬車に揺られる一行。その前方には立派な体軀を持った馬に跨《また》がるリンガスとメリーが警戒も兼ねて先導していた。

「凄いな」

「ああ、正竜騎士ともなれば馬の扱いも一流か」

巧みな手綱捌きで軽快に走る二人は、的確に馬車が通れない部分を見つけると合図を出している。そして、竜が現れないかの確認など様々な事を同時並行でこなしているのが分かる。そんな光景を見た少年の二人は憧憬の眼差しで見つめていた。

「竜騎士なのに馬に乗るって変じゃないか？」

「そんな事言ってないでアンタはもうちょっとシャキッとしなさいよ！」

「はぁ、アリスはいつも煩いなぁ。静かに寝れないじゃないか。サーシャ、こっちに来てくれ」

　ボーッと外を眺めながら呟いた言葉に早速アリスが噛み付く。ともすれば、竜騎士をバカにしているとも取られかねない発言なのだ。それに、だらしなくヘリに掴まった姿は何とも情けない。耳をわざとらしく塞ぎながらレグルスは側にいたサーシャを呼んだ。塞いだ手を上げると、傲慢にひらひらとさせてだ。

「どうしたの？　お兄ちゃん」

「具合でも悪いんですか？」

　サーシャとラフィリアは心配そうに近づいてくる。そして、サーシャの足がちょうどいいところに来た時
「ひゃ!?　お兄ちゃん？」

「ちょっと寝るわ。頼んだサーシャ」

　柔らかな太ももに頭を乗せると既にいびきをかいて寝ていた。彼の特技であるどこでも寝れるものだ。咄嗟のことに悲鳴を上げるサーシャだったが、眠るレグルスを見ると優しげな表情で髪を撫でる姿があった。だが、残りの二名。黙っている彼女達ではなかった。

「サーシャ！」

「そうですよ」

　勢い余って立ち上がるアリス。そして、柔らかな表情だが冷たさを感じるラフィリアの姿。

「しー、お兄ちゃんが起きちゃう」

　サーシャが口元に手を当てると、二人もこれ以上は何も言わなかった。

「それもそうか」

「次は私の番ですわね」

次の番は誰かと話し出す三人。そんな中に言葉が投げかけられた。

「そんな怠け者のどこがいいんだ？」

そう、同じ馬車に乗っていた二人のうちの背が高い方。

「なによフィット。文句あるわけ？」

「うっ」

冷たさすら感じるアリスの視線に思わずたじろぐフィットだが、横にいた小太りの少年はさらに続ける。空気が読めないのかバカなのか。

「幼体竜にも負ける奴だぞ」

「エリク、あんたも何が言いたいのよ!!」

声を荒らげるアリス。他の二人も冷ややかな視線を送っていた。だが、空気が読めないエリクはフィットの静止を振り払って尚も続けてしまう。火に油を注いでいる事に気が付かないのか、アリスの握りしめた拳がプルプルと震えている。

「同郷のよしみだ、俺達と契約しないか？」

ツカツカツカ
「おっ、いいのか」

「フンッ」

ドスッ

「グハッ」

アリスが歩いてきた事で勘違いしたエリクに向け、強烈なボディブローをお見舞いした。体がくの字に曲がりその場に倒れこむ。

「あんたよりもレグルスの方が遥かにかっこいいし、強い筈よ。いつも寝てる――」

「アリス、煩いぞ～。眠れん」

「お、起きてたの？」

聞こえてきたレグルスの言葉に一瞬で顔を赤らめたアリスは違う意味でわなわなと震えだした。

「ま、ありがとな」

レグルスに手招きされるままに彼に近づいて腰を下ろすと、

ポン

皆の前で彼に頭を撫でられるアリス。

「あうぅ」

情けない声を出すアリス、そして後ろから歯ぎしりが聞こえてくる。そんな一行を乗せた馬車は王都へと向かって行く。

「よし、一先ず休憩だ。目が届く範囲なら自由に行動していいぞ」

一台の馬車が平原の中で停止していた。馬から軽快に飛び降りたリンガスの言葉で、子供達はゾロゾロと外へと出て行く。

「まったくだらしないわね！」

「もぉ、お兄ちゃん。ねえねえアリスちゃん、ちょっと見て回ろ！」

「そうね、せっかく外に出てきたんだし」

呆れた様子のアリスと、心配そうに見つめるサーシャであったが、どうやら好奇心が勝ったらしい。

「ラフィリアはどうする？」

「私は残ってゆっくりします」

「そっ、レグルスをよろしくね！」

アリスとサーシャはそう言うと、馬車から降り歩き去って行く。そして、当のレグルスはというと
「うっぷ。あぁ酔った」

青い顔で馬車の後方から身を乗り出すようなレグルス。視線は地面に向けられ苦しそうな表情であった。モルネ村から王都までは、護送用の馬車で七日ほどかかる場所である。長時間の馬車旅のせいでレグルスはグロッキー状態だ。

「大丈夫ですか？」

「ああ、何とか。うぅ」

背中を優しくさするラフィリア。いつもであれば突っかかって来る筈の二人の姿は見えない。これ幸いにと甲斐甲斐しく世話を焼くラフィリアであった。水を持ってきたり、汗を拭いたりと、世

話を焼くラフィリアはレグルスと同い年なのだが、お姉さんのように見えてしまう。

「サーシャとアリスは？」

先程の会話が聞き取れないほどに憔悴《しょうすい》していたレグルスは辺りを見回して二人がいない事に気がついた。

「外に行きましたよ」

「そっか。ラフィリアはいいのか？」

「私も少し疲れたので、ゆっくりします」

そう言ってレグルスが楽なように体をもたれかからせたのだった。

「それにしても遠いな」

「モルネ村は辺境ですからね」

これからまだまだ続く道中に遠い目をしながら呟くレグルス。

「馬車酔いか？」

そんな会話をしていると、リンガスとメリーが歩み寄ってきた。馬車に残るのはレグルスとラフィリアのみの為、目に付いたみたいだった。

「そうなんですよ。このままでは持病の発作で死ぬかもしれません。今から村に帰ります」

「はっはっは、何を言っているんだ。君は竜騎士に憧れない口なのか？　ふふ」

だるそうに呟いた言葉に、リンガスは大声を上げて笑い始めた。その光景にぽかんとするレグルス達。竜式の時は厳かな雰囲気だったのに、この変わりようである。

「ごめんね。この人、本当はこんなんなの」

「いやすまない。竜式に行くたびに子供達はキラキラとした視線をしているのだが、君みたいなのは初めてなんだ。それがおかしくてね」

隣に立つメリーさんは、尚もクスクスと笑うリンガスに苦笑いを浮かべている。竜騎士とは誰もが一度は憧れる職業の筈が目の前の少年はそうではない。彼らにとっても不思議な事だった。

「別になりたくないって訳じゃないんですが、面倒なのは嫌いなんで」

「まぁ、君が竜騎士をバカにしている訳ではない事は分かるよ。それにしても、君の周りは優秀な子が多いね」

リンガスの視線の先にはラフィリアが映っていた。竜式の際に見た竜具。それらの事は鮮明に覚えている。それは、メリーも同じであった。

「そうね、ラフィリアちゃんも含めて三人の竜具は現時点でも同学年、いえ学園全て含めてもトップクラスの実力がありそうね」

「へぇー、凄いんだな。これはお零れを貰えるかな」

(将来が約束されたラフィリア達からお零れを貰って悠々自適のスローライフか。場所はどこがいいかな?)

メリーが言うのなら間違いないのだろう。彼女達が示した竜具はそれほどまでに強かった。すかさずレグルスがいつものように、バカな人生設計を組み立て始める。彼の頭の中はいかにして楽に怠けることが出来るかが全てなのだ。

ガシッ

「そうですねぇ、ならレグルスさんが私と契約してくれたらいいですよ」

突如レグルスの腕をがっちりと摑んだラフィリア。微笑む表情と力がマッチングしていない。異様な迫力に思わず後ずさろうとしたが、動けない。

「ふむ。まだ将来の事は分からん。もう少し考えよう」

「ふふふ、そうですね」

「お、おう」

そんな掛け合いをしていた二人を興味深そうにメリーが見ていた。道中でもワイワイと騒ぐ三人の中心にいた少年。やはり、気になってしまう。

「レグルス君と三人はどういう関係なの？」

メリーは単刀直入に尋ねた。

「話せば長くなりますが、それはそれは――」

「今はまだ幼馴染です」

「ふふふ、そうなの。レグルス君も大変ね」

レグルスがまたアホな事を口走りそうになった時、ラフィリアがずいっと前に出て答える。メリーさんは興味深そうに見つめていた。

それからも色々な話をして時間を潰していたのだが

ヒュゥ

ザワザワ

一陣の風が吹き、草原が音を奏でる。ふとリンガスは空を見上げると呟いた。昼頃に停まった筈が、日が傾き始めていたのだ。

「もうそろそろ出るか。他は帰ってきているか？　ん？」

リンガスが呟いたその時

「大変よ！　サーシャがいないの!!」

アリスの叫び声が響き渡った。急いで駆けつけて来たのだろう、肩を上下させ額には汗で髪が張り付いている。咄嗟のことに、四人は驚きの声を上げる。

「本当か!?」

「捜しましょう、リンガス」

メリーは竜騎士ではない者が単独で出歩く事の危険性を考えすぐさま決断した。

「ああ、捜すぞ」

(この辺りにも当然ながら竜は生息している。万が一もあり得る。くそッ、俺としたことが何をしているんだ)

ついついレグルス達との会話が弾み、子供達が遠くに行かないか把握する事を忘れていたのだ。子供とはいえ十五歳、それに竜式を潜り抜けた子供達がそんなバカな真似はしないだろうと高を括っていた。

「俺とメリーで捜しに行く。アリス、どこで見失ったのか詳しく聞かせてくれ」

「はい、草原を歩いていたんですが、綺麗な花が咲いていたのでサーシャと見ていたら、いつのまにか消えていて。周りを捜したんですが」

アリスは焦燥した顔で話す。サーシャとはぐれたのは自分のせいだと後悔していた。

「分かった、後は任せろ」

「私も手伝います！」

「いや、いい。君は残っていてくれ」

アリスは目尻をキリッと上げると、頭を下げた。

「お願いします!!」

リンガスは尚も言い募ろうとするが、アリスの目を見て考えを改めた。このまま置いていけば一人でも行きかねない危険がある。

「分かった」

そう判断したリンガスは時間がない事もあり、捜索に加わることを許した。アリスの竜具はこの目で見たこともあり、聖域を使える男がいれば問題ないとの判断だった。

「但し私の命令は聞くことだ」

「はい」

「あら？　あの二人の少年の姿もありませんね」

メリーはふと周りを見渡しフィットとエリクもいない事に気がついた。

「全く、今回は大変だな。レグルス君、君も心配だろうが軽率な行動はするなよ」

「はい、私が見ておきます」

そんなラフィリアの発言を受けたリンガスはレグルスを見やった。

「分かってます」

レグルスの呟きに満足そうに頷いたリンガスは発言しようとしたアリスを見やる。すると、レグルスはラフィリアに目を向ける。するとラフィリアもまた頷いたのだ。

「私に任せて！」

アリスはそう呟き、拳を握りしめる。普段はツンツンしているが、人一倍責任感が強い彼女にとって今回の事は許せない事だった。そう言って三人は草原に捜索に出て行った。見送る形になったレグルスはその場で佇んでいる。

「大事にならなければいいのですが」

ラフィリアは自分が竜に単体で勝てるとは思っていない。付いていけばそれだけ、リンガスに負荷がかかるし、メリーとの連携など出来る筈もない。ただこの場でサーシャの無事を祈る事しか出来なかった。言葉は震え、彼女の感情を表している。だが、この場において一言も話さなかった少年は呟いた。

「さてと」

レグルスはその言葉と共にその場から立ち上がる。まるで、今から買い物に行くといったような態度だ。

「行くんですか？」

「ん？　ちょっとトイレに行くだけだ」

「ふふふ、貴方はいつもそうですね」

悲しそうな、だが安堵したような微笑を浮かべてラフィリアは呟く。レグルスの後ろ姿を見つめて、彼女は祈る。だが、彼女の願いはいつだって本人には届かない。

「ま、妹は兄ちゃんが守るもんだ。これは怠け者でも変えられねぇよ」

「行ってらっしゃい」

「ああ」

悠然と歩き始めたレグルスにいつもの怠惰な仕草はない。彼は義妹《サーシャ》の元へと向かって行く。

リンガス達がサーシャの捜索を始めた頃。馬車が停止していた場所から離れた位置にある草原の中。ポツンと広がる暗い林にエリクとフィットの姿があった。

「おい、大丈夫なのか？」

そう心配そうに尋ねるフィットの表情は暗い。彼らが今していることは法に触れる禁忌だからだ。

「なに、問題ねぇよ」

「離してっ！」

「だから、俺と契約してくれたら離すって言ってるだろ？」

花畑を見ていたサーシャが、気の強いアリスと離れた隙を見計らって行動に移した結果であった。

フィットに取り押さえられるサーシャは、触れられる事すらも嫌な様子で激しく動く。だが、その様子をニヤニヤと眺めるエリクは優越感に浸っていた。

（そうそうお目にかかれないほどの美少女、さらには将来が約束された優秀な竜姫。村ではいつもレグルスの事ばかりで俺の事なんか眼中になかったのにな）

聖域の中でなければ力を使う事が出来ない竜姫。幾ら竜具が強くとも今の彼女にとって、男の拘束から逃れる事は不可能であった。

「何であんたなんかと契約しなきゃいけないの！　いいから離してよ!!」

解けない事は分かっていても抵抗するサーシャ。自分の事など眼中にない発言にエリクの額に青筋が走る。

「何が俺なんかだ！　あんな怠け者と契約するより俺の方が遥かに有望なんだぞ!!」

バチンッ

「キャッ」

「おい、エリク！　手は出さないんじゃなかったのかよ」

「うるせぇ！　いつもいつも、レグルスってコイツらは鬱陶しいんだよ!!　女は黙って竜姫になっときゃいいんだ」

エリクの行動に更にオドオドとするフィットだが、エリクはそんな事に気付く事すら出来ない状態だ。

「でも、やり過ぎればリンガスさんにバレるぞ」

「バレたって契約さえすれば、後は何とでもなる」

（契約出来れば解除は不可能。俺は優秀な竜具で英雄になれるんだ。バレたとしても、強い竜具さえあれば他の道もある）

まだ冷静さを残すフィットが話しかけるが、エリクの頭の中では輝かしい未来が広がっていた。

そして、怯えるフィットに向けて囁きかける。それは、エリクにとっても悪魔の囁きであった。

「それに、契約すればお前にもサーシャを使わせてやるよ。そしたらお前にも他の竜姫だってもらえる。これで英雄の仲間入りだ」

まるで竜姫《サーシャ》を物のように扱うエリクにサーシャの顔は歪む。彼女にとって竜騎士とは誇り高い職業だった。我慢出来るものではない。

「何が英雄なの？　そんな人がなれる訳ないじゃない」

「チッ、うるせぇな。もう実力行使だ」

「何するの!?　やめて！」

村、いや、どこにいってもトップクラスになれる美貌を持つサーシャ。綺麗な青髪と大きな瞳。まだ幼さを残す容姿だが、彼女は十五である。成長途中の体にいやらしい視線を送るエリクに気がついたサーシャは顔を蒼褪めさせ叫ぶ。

だが、ここは人がいるような場所ではない。声は虚しく消えていく。

「なに、心配すんな。契約すればそれで済むんだ」

「いや、いや」

「エリク！　それはマズイって」

　頭を左右に振り逃げようとするサーシャ。もはや彼女に先程までの威勢はない。流石にこれ以上はマズイと考えたフィットの表情は硬い。

「お前も参加しろよ。こんな美少女を相手に出来ることなんて人生でそうないぞ」

「そ、そうなんだがよ」

　エリクは舐め回すように捕まえているサーシャを見下ろした。暴れたせいで頬を上気させている姿に息が荒くなっていく。

「どうせならレグルスの目の前でひん剝いてやろうか」

「そ、そうだな。それもいいな……うん」

　フィットに向けて、優越感に浸るエリクが返した。彼の頭には泣き叫ぶサーシャと、それを見つめて絶望するレグルスの姿があった。もはや未熟な子供は止まらない。

「や、やめてよ。お願いだから」

（いや、なんでこんな事になるの？　私はお兄ちゃんと一緒にいたかっただけなのに。お兄ちゃん、助けてよ）

　動きが止まったサーシャに向かって二人の手が迫ろうとした時
グゴアァァァ
　鼓膜が破れてしまいそうなほどの咆哮が響き渡った。

「な、なんだ!?」

「エリク！　ヤバイぞ!!　竜が来やがった」

彼らは不用心であった。人が生活する領域を抜ければ竜が蔓延るこの大地において、彼らは油断していた。

ドォンッ　ドォンッ
バキバキッ
地面を踏みしめる音と木々がなぎ倒されていく音が近づいてくる。その音で竜の移動速度が速いことが窺える。

目的に向かって猛進する、いや、まるで何かから逃げるように一直線に向かってくるのだ。サーシャは貞操の危機が去ったことで腰を抜かし座り込んでいる。

「ちくしょう」

「ど、どうする？　エリク」

まだまだ未熟な彼らの状況判断は遅かった。

「双頭竜《ツインヘッドドラゴン》、だと」

「もう、終わりだ」

目の前に現れる巨体。それは、一枚一枚が人の頭ほどもある赤紫の鱗を持ち、隆起した足で大地を踏みしめる。特に、名前の由来にもなっている双頭。蛇のように金色《こんじき》の瞳孔は縦に伸び、四つの瞳が三人を見下ろしていた。

「何で中位竜がここにいるんだよ!!」

そう叫ぶエリクは、二人を置いて自分だけでもと逃げようと体を反転させる。

グゴオオオッ

「クソッ！」

だが竜の咆哮によって動きが止められてしまう。人間の本能によって強大な双頭竜から背を向ける事が出来なかった。

「こうなったらやるしかねぇ」

（今逃げたらターゲットが俺になる。なら、いざとなった時にコイツらを差し出して、食われている間に逃げる）

「でも、無理だよ」

「俺達にはコイツがいるだろ！」

「そ、そうか。そうだったな」

エリクの考えなど知らずに、リンガスに騎士レベルと言われたサーシャに期待を寄せる。さっきまでの事など棚に上げる二人はどこまでも自分勝手であった。

「『聖域』」

二人の未熟な聖域がこの場に展開された。

「サーシャ！　手伝え」

「本当は貴方達を手伝うなんて嫌だけど。仕方ないね」

（お兄ちゃんには助けを求めたけど、竜が来るなんてついてない。こんな奴らと共闘するなんて）

渋々だがサーシャは協力する事に決めた。一人で逃げても標的が自分に変わり、先に殺されるだけなら、まだ三人で戦った方が生き残れる確率は上がるという消去法であった。今すぐにでも二人に一発喰らわせたいところだが、何とか我慢するサーシャ。

（ふふ、こんな時でもこの状況でお兄ちゃんならどうするのか気になるな。眠いとか怠いとか言うのかな？　気になるなぁ）

それもありそうだと、クスリと笑うサーシャ。彼女の最優先目標は、レグルスと会う事に集約されているのだ。

「蛟《みずち》」

（こんな弱い聖域の中じゃこれが精一杯か）

サーシャが生み出す竜具、蛟は、リンガスの際に出した竜具よりも遥かに力が落ちていた。生き残る為にもサーシャは淡く透き通る双剣を手に持ち構えた。

双頭竜に向かって走り出すサーシャにエリク達は身体強化の効果を持つ滅竜技を使う。単独では一つの強化しか使えないのだが、今はエリクとフィットがいる。

「「初段強化」」

その技と呼んでもいいのかと思えるほどに効果が薄い滅竜技は、二人が滅竜技を重ね掛けしているのに、リンガスのそれとは比べものにならないお粗末な出来であった。

「ハアッ！」

地面を這うように身を屈めて接近するサーシャに向かい、双頭竜は左右の頭で喰らい付こうとする。だが、素早い動きで掻い潜ると足に向かい蛟で斬りはらう。

カキンッ
「ウソッ、硬い」

驚きの表情を浮かべるサーシャ。蛟は鱗を斬ることが出来ず、弾かれたのだ。その立ち止まってしまったサーシャに向かい、双頭竜は息吹《ブレス》を放った。

「「ぐわあぁ!」」

後方から悲鳴が上がる。それは、エリク達が息吹によって吹き飛ばされる声だった。

「え?」

そんな間抜けな声を上げるサーシャは後ろを振り返る。視線の先には地面を転がる二人の姿が映っていた。そう、サーシャは後ろを見たのだ。その場から飛ばされる事もなく立っていた。不思議そうに首を傾げるサーシャ。

「うわぁぁ!!」

「いてぇよぉ」

木にぶつかりようやく止まった二人は情けなくも声を上げる。それは、先程までサーシャを捕まえていた時とは遥かに違う態度だった。

グルルオ
目の前で起こった不可思議な光景に双頭竜も動きを止めていた。

ブオォン

そんな音が広がっていく。

「今のはなんなんだ!?　聖域がおかしい!!」

「なんなんだよ、一体。もう嫌だぁ！」

何とか起き上がった二人だったが、違和感を覚えてパニックに陥る。己が展開する聖域が何かによって塗り替えられるような感覚を覚えたのだ。

「蛟が!?」

手に持っていた双剣がリンガスの聖域の時よりも遥かに強大な力を持って顕現していた。双剣の柄から蛇のような、神々しくも感じる姿をした龍の紋章が巻きつき剣先まで伸びている。

綺麗な青色に変わった刀身は輝きを放ちサーシャの手に収まっていたのだった。双頭竜と対峙するサーシャは蛟を手にし再び構える。

その顔に迷いはなく、目の前の敵を射貫いていた。その想いに反応するかのように、竜具は輝きを増していく。

「流石はお兄ちゃんだね。肝心な時にいつも来てくれる。ふふん」

ギガアオ
暗い林の中で淡く輝くサーシャ。目の前の少女を敵と認めたのか、双頭竜は四つの目でギロリと睨むと発達した足で大地を踏み締め迫ってくる。

「行くよ！」

その言葉を残しサーシャはその場から駆け出した。大地を軽やかに蹴り駆けていく。

「凄い!!」

（まるで空を飛んでいるみたい。お兄ちゃんはやっぱり凄いやぁ）

サーシャは思わず口に出し、この聖域の凄さを実感した。エリク達が行使した初段強化とは比べものにならないほどに力が漲ってくるのだ。流れる景色はとてつもなく速い。

気を抜いてしまえば、制御を誤り暴走してしまうような感覚、それを抑え込みサーシャは双頭竜めがけ飛び込んだ。

タッ
左右から襲いかかる頭は目の前のサーシャを捉えると、人など丸々飲み込める大口を開け迫る。だが、サーシャは臆さない。通り過ぎる際に剣閃を走らせていく。先程まで通らなかった筈の刃は振るうごとに深く傷跡を残していった。

竜は縦横無尽に駆けるサーシャを捉える事が出来ず、傷だけを増やしていく。そんなジリ貧の状態が続いていた。このままでは勝てないと判断したのか片方の頭がサーシャに斬られる事も構わず、もう一つの頭が大口を開けた。

「ふっ！」

なおも、サーシャは残った頭に向かい蛟を高速で振り抜いていく。片足を軸に斬りつけ、さらに返す反動で更に斬り裂いていく。鮮血が辺りに舞い、乱舞する姿はまるで踊っているようであった。か弱い筈のサーシャが振るうには、おおよそ似つかわしくない斬撃は途切れる事はない。

やがて、双頭竜の口に空気が圧縮されていき周りが歪んだように見え始めた。ごうごうと音を立て、うねる空気弾には前回よりも遥かに強大な力が宿っている。するとサーシャは目の前にある頭に足を乗せて、軽業師のように空へと飛び上がる。その表情は勝利を確信していた。

「さっきの息吹はもう見たよ」

スタッ
もう一方の頭に飛び乗ったサーシャは蛟を交互に合わせ力を込める。

「はぁ！」

ブレスをまさに吐こうとした瞬間、蛟の形状が変化し、鞭状に変わっていく。それを振るい大きく開けた口を押さえ込んだ。その力は強く双頭竜の口は閉ざされる。

ドオォン
轟音と共に衝撃波が広がっていく。土砂が舞う音と巨体が倒れる音が響き渡った。

「俺達の聖域なのか？」

「俺らしかいねぇだろ！」

フィットの呟きにエリクは興奮した様子で返した。彼らが今見ていた光景はおおよそ信じられるものではなかったのだ。生存が絶望的に見えた双頭竜の攻撃を躱《かわ》し傷を負わせるサーシャ。まるで舞うかのような戦闘に彼らは目を奪われていた。自分達が吹き飛ばされた後に起こった不可思議な現象。

「そうだ！　俺らの力が強くなったんだよ!!」

「そ、そうなのか」

今何が起こっているのか未熟な彼らでは理解する事が出来なかった。エリクは自分が強くなったと思い込み興奮する。

「死線を潜り抜けたら強くなるのは有名だろ？　それに、アイツがあんなに強くなったのが説明つかないだろ」

「たしかにそうだな」

「中位竜すら倒せるんだよ、俺らは！」

彼らは口に出した結果、この光景の理由がストンと理解出来た。中位竜すら倒せる聖域を生み出していると思ったのだ。彼らが興奮した様子でサーシャの方を見れば、戦いは幕を閉じようとしていた。

弱々しく倒れている双頭竜は片方の頭が吹き飛び、もう片方には頭と判別出来ないほどに血が滴り、深い傷がついている。

息吹が最期の抵抗だったのか、何もする様子がない双頭竜に歩み寄り、蛟を掲げる。

「これで、終わり！」

ズザンッ
サーシャが振るった二振りの剣は、ついさっきまで絶望の象徴だった竜の頭を、呆気なく斬り離したのだった。

「ふう、終わったよ」

サーシャは額を拭うと、どこか白々しい態度で声を上げた。独り言にしてはやや声量が大きいと感じる。

「よくやったサーシャ。勝てたのは俺の聖域のお陰だろ？」

「流石はエリクだな」

そこに、何を勘違いしたのかエリクとフィットは近づいていく。まるで、サーシャは歓迎してくれるといったような表情で迷いなく歩み寄っていった。

「え？　まだいたの？」

キョトンとした様子のサーシャは、嫌みではなく本当にまだいたのか？　といった風だ。一陣の風が通り過ぎる。

「まだいたのかって、俺らの聖域で勝てたんだろ？」

「そうだ、これで俺と契約する気になったか？　何ならすぐにでも――」

エリク達の方もまさかそんな答えが返ってくる事は予想していなかったのか理解出来ない様子だ。

だが、余程メンタルが強いのか自慢気に契約しようと語り始めたその時
「いやぁ、エリクは凄いなぁ。前々から出来るとは思っていたが凄い」

「だれだ!?」

そんな棒読みの声が聞こえてきた方を向けば、草を掻き分けてヒョッコリと顔を出す人物がいた。

「よっ！」

その人物が自分達がよく知る相手だと分かり、エリクの顔に嫌らしい笑みが浮かんだ。

「なんだ、お前かレグルス。怠け者のお前とは出来が違うんだよ。っとそうだ、良いところに来た

な」

「へへへ、エリク。都合がいいな」

エリクに同調するように　フィットも笑みを浮かべたのだが
「なに、もしかしてその話って長い？　そうならもう帰るけど」

いつものようにレグルスは尋ねたのだった。そんな態度が気に食わないのか、エリクは感情が抜け落ちたかのように表情が消え去る。

「バカにしてんのか？」

「ん？　してないぞー。何だったら朝まで聞いてやるぞ、俺は寝てるけどな、ふわぁ～」

「ふっ、そんな事を言っていられるのも今の内だぞ」

（イラつくが、こんな怠け者の弱小にいちいち青筋を立てていたら将来の英雄の名がすたる。この後のショーもあるしな）

そんな事を思うエリクは後ろのサーシャを見る。まるで、この場を支配しているかのような態度だ。そんな事は知らないとばかりに、ポリポリと頭を掻きながら大きな欠伸をするレグルスはいつも通りであった。

「お前の義妹《いもうと》が目の前で取られるのをよく見ておけよ」

「はぁ、何か分からんが見ておいてやる。ほら、早く」

偉そうに腕を組み見つめるレグルス。何故か立場が逆転しているようにも見えるのは不思議だ。顎をしゃくり促す。

「おいサーシャ、俺と契約しろ」

自慢気に語りかけたエリクに向かってサーシャは歩き始める。

「そうだ、コイツに知らしめてやれ！　へ？」

興奮が頂点に達したエリクは叫ぶが、サーシャの行動に情けない声を出す。まるで誰もいないかのように、目線も合わせる事なく通り過ぎていくサーシャ。驚きの表情を浮かべるエリク達。後ろからはサーシャの声が聞こえて来た。

「お兄ちゃん!!　遅いよぉ」

「おお、捜したぞ。全くサボるなら目につく場所でサボれよな」

「サボってないもん！」

そんな楽し気な声を聞き、二人は我に返る。自分達の聖域を見たサーシャは自分の元へとくると思い込んでいた二人。だが、先程までとは打って変わった声音で話すサーシャを見て見る見る間に顔が赤く染まっていく。

「おい！　何しているんだ!!」

「そうだぞ、早く契約しろよ」

怒鳴り声を上げた二人は大股でズンズンとレグルス達の元へと向かっていった。

「なんだなんだ？」

「俺達は優秀な竜騎士になるんだ！　サーシャは俺と契約した方が良いに決まってる」

「優秀ねぇ。凄ーい」

その言葉を受けたレグルスは目を細めて呟いたが、最後はダルそうに言葉を発した。まるでそんな事を思っていないのは理解出来た。エリクはついに我慢出来ず両手を構える。

「バカにしやがって！　滅竜技、風刃！」

シーン
「何かした？」

「煩い！　風刃！　風刃！　クソがァッ！」

何度も何度も滅竜技を唱えるエリクだが、その手からは何も生み出されない。ただ、両手を構えて叫ぶ絵面が続く。

「バカな俺にも分かるように説明してくれ、何をしたんだ？」

「なんでだ、何で何も起きない」

「エリク、俺も出来ねぇ」

レグルスの問いに答える事も出来ないほどに焦る彼らはブツブツと呟いている。そんな光景を冷めた目で見つめるレグルスは片手を振り下ろす。

「ま、こんなところか。落ちろ」

そして、そう囁いた時
ズボッ
「な!?」

「うぉっ」

自分の両手を眺めていた二人は突如として地面にめり込んだ。まるで落とし穴に落ちたかのように頭だけが地面に見えている。突然のことに訳も分からない二人はもがこうとするが、埋まった体は動かず力んだ顔だけが震えているのだった。

「何をした!?」

そう問いかけるエリクはレグルスを睨みつける。

「落とし穴大作戦だな。実は双頭竜が掘っていたんだ。見たから間違いねぇ」

秘密話をするかのように声を潜めて話すレグルス。まともに答える気はないのか、あの巨体でこんな穴を掘れる訳もなく有り得ない回答がエリク達に返ってきたのだった。

「流石にそれは、ぶふっ」

双頭竜が穴を掘る姿を想像したのか、思わず噴き出すサーシャはレグルスの肩を叩く。

さらに我慢出来ない様子で肩を震わしている。

「舐めやがって、出せ!」

「そうだ、こんな事してただで済むと思うなよ!!」

「怠け者の俺にはキツイな、すまん」

律儀に頭を下げるレグルス、だが顔を上げた際に見えた目に二人は凍りついた。普段からふざけてばかりのレグルスだが、今見た目はこれまで見たこともないような冷たいものだったのだ。

僅かに見えた淡く輝く目。顔を上げる頃には普段の気怠げな表情に戻っていたのだが

「うっ」

得体の知れないものを見たかのように押し黙った二人にレグルスは興味を失ったのか視線を逸らす。

「さて、帰るか」

「うん！　でも歩けないや、おぶって」

「はぁ？」

先程までプルプルと笑いを我慢していたサーシャは、レグルスの背中に摑まり甘えた声を出した。

「はぁ、今回だけだぞ。出血大サービスだ、マジで。帰ったら寝るからな、ヤツは、馬車はとてつもない強敵なんだよ」

「はーい！　ならなら、また膝枕してあげる」

ふむ、と魅力的な提案にレグルスは頷いた。馬車旅は苦しいものだが、そこに快適な枕が加われば言う事はないと。

「ねぇねぇ、さっきのって聖域を塗り替えたの？」

蛟が突如として強化された原因を尋ねた。

「まぁな、ちょちょいのちょいだ」

「そんな事が出来るんだぁ」

「簡単だぞ」

サーシャとレグルスは声量を落として話す。その内容をリンガスが聞いていたら、驚き過ぎて腰を抜かすかもしれないような内容だった。聖域を聖域で塗り替えるなんて事は、塗り替える相手よりも遥かに、天と地ほどに差がなければ出来ないような芸当だからだ。

こうして二人はこの場を後にしたのだった。


広い草原の中、二人の少年を取り囲む人影があった。困惑したようなリンガスの視線の先には、それを囲むようにサーシャの膝で寝ているレグルスと横に佇むラフィリアの姿があった。

その光景はまるでピクニックに来て寝ているお父さんとそれを囲む子供達のようにも見える。

「うぅっ」

横を見れば、今にも飛びかかりそうな形相で歯をギリギリと鳴らすアリス。悪鬼も逃げ出すような顔は乙女には似つかわしくなかった。

「ふむ」

一つ頷いたリンガスは目の前の光景を見やった。捜索した結果、何故か首から下を埋められている少年達。

「「ひっ！」」

「何だ、随分と怯えられているな。何かした記憶はないんだが」

「リンガス、とにかく事情を聞きましょう」

顎をさすりながら首を傾げるリンガスにメリーが話しかける。それもそうだな、と言った具合にリンガスは当事者であるサーシャの方へと向いた。

「で、何があったんだサーシャ？」

「うーんとね、そこの二人に攫《さら》われたの。それで、契約しろって言われたんだ」

「「「な!?」」」

思わず口に出して驚く三人。サラリと告げられた内容が内容だけに何度か脳内で繰り返す。

「本当か!?」

「そうだよ」

「っ！　そうか……」

ガタガタと怯える二人をチラリと見たリンガスは理解した。これが本当の話だと。何の反論も見せずに怯える姿が物語っていた。

「ダメよ、リンガス」

「ああ、すまない」

余りにも幼稚、そして、人の事など考えていない自分勝手な行動に今すぐ斬り殺したい感情が湧き上がるリンガス。腰に下げた騎士剣に手が伸びたところで、気付いたメリーに諭される形になった。

「最低ね！」

「そうね、余りにも酷い」

そんな辛辣な言葉が聞こえて来た。同じ女性として思うところがあるのか、アリスもメリーも顔を顰《しか》めて件のエリク達を睨みつけていた。

「それで、契約したのか？」

「してないよ！　おに――――。あっ、双頭竜が現れて何とか助かったの」

「双頭竜か。よく中位竜相手に勝てたものだ」

頷くリンガスの視線はレグルスに固定されていた。だが、ピクリとも動かないレグルス。肩を上下させ、気持ちよさそうに目を瞑る様子にリンガスは呆れていた。

（一体。それよりもよく双頭竜相手に、いや、そもそもこんな状況で寝られるものだ。まったく面白い奴だ）

「何とかなっちゃった。こう蛟でズバズバッとね」

膝にレグルスを乗せたまま、身振り手振りで剣を持っているように振り回すサーシャ。

ゴトッ
「あ！」

「いてぇ～」

「ごめんね！　お兄ちゃん」

当然というところか頭が地面と激突するレグルス。少し涙目になりながら頭をさする。そんなコントじみた遣り取りを流してリンガスは呟いた。その顔は面白いものが見れたというように。

「そうか、ならそういう事にしておこう。それよりも、コイツらの処遇だ」

「普通なら死刑ね」

とんでもなく物騒な言葉がサラリと吐かれる。ゴミを見るような視線で射貫くメリーはかなり頭に来ていた。それを表すかのように、殺気を纏っている。

「そ、それだけは」

「だから言っただろ！　全部エリクのせいだ‼　俺は関係ないっ」

ついに怯えを通り越したのか、決壊したようにみっともなく喚く二人。顔面を蒼白にして言い募るエリクと激昂したフィット。余りの事態に普段とは対照的な態度を見せる二人。

「だが、学園に通っていない貴様らはまだ竜騎士ではない。滅竜師でもない只の見習いだ。それに未遂でもある。残念だが死刑には出来ん」

「もしも貴方達が学園に通っていたらと思うと残念だわ」

彼らの言葉の意味はその通りだ。竜式を終えたとはいえ学生になった訳でもなく、ましてや契約が許される竜騎士として叙任された訳でもない。そもそも、正式に滅竜師となる者には厳しい制約が交わされる。力ある者にはそれ相応の義務があるからだ。

その中でも罪が重いとされる事に、一般人への暴行、及び殺害といった当たり前の事。そして、滅竜師の中でもっとも忌避される事に強引な契約があった。契約とは男性と女性が一生を共に戦い続ける事を誓い交わすものだ。

竜騎士達の中には結婚している者も多くそれほどに重要な事であり、契約を許される竜騎士とは鍛錬の果てに辿り着ける誇りでもあった。それを穢《けが》す行為は当然に極刑に値する。だが、裏を返せば滅竜師ではないものは？　ともとれる。

「助かるのか⁉」

喜びをあらわに叫んだエリク。だが、現実はそう甘くはない。

「命は助かるな。だが、もしかすると死ぬよりも辛い人生が待っているかもしれん」

「ど、どういう意味」

「奴隷落ちね。それも、過酷な犯罪奴隷として扱われるわ」

そう告げられた言葉。その意味を脳内で理解した二人は再び絶望した。犯罪奴隷の烙印を押されたものは生涯、過酷な環境で労働させられるのは有名な事だ。

例えば、新規開拓地において、危険な竜が溢れ返る地での開墾。人が簡単に死ぬ過酷な地。戦争になった際に、救援もなく物資もない、そんな状況で放り出される者。

いわば人権などなく、代えのきく物として扱われるのだった。強制的に契約させる事は気の迷いで許される罪とはかけ離れた重罪だ。人の、竜姫の一生すら穢し奪ってしまう禁忌。

昔は滅竜師の道を剝奪するといった対応が取られていた。だが、聖域は男性なら誰でも使えるものであり、それを使えなくするようなシステムなどない。未遂として滅竜師の道を剝奪された者達が強引に契約するといった例が多々あった。それを受けてこういう厳しい処置に変わったのだ。見せしめの部分も大いに含まれているのだが。

滅竜師が禁忌を犯せば死をもって償う。禁忌を犯した一般人には過酷な環境をプレゼントされる。重たくも感じてしまうがどちらがいいかはなってみないと分からないものだ。

「いやだ！　いやだ！　いやだあぁぁぁ！」

「僕は悪くない！　こんなの横暴だぁ!!」

嘆く二人に憐憫の情を向ける者はこの場にはいない。たとえここが王都であっても庇うものはいないだろう。もしかすると石すら投げられる事態も起こりかねない事だった。

「メリー、信号を出してくれ」

「はい」

メリーが取り出した物は円筒の物体だった。それを空へと掲げると勢いよく投げた。

パシュッ
そんな乾いた音を残し、空には赤色の煙が広がっていった。そんな流れを見ていた一行。そして、突然の行動にアリスは疑問を口にする。

「これは？」

「ああこれか。これは、信号弾と呼ばれる物だよ。意味はもう少し待てば分かる」

曖昧な返答に首を傾げるアリス。ラフィリアやサーシャも赤く染まる空を眺めていた。ユラユラと揺れる煙を暫く見ていると、風に流され霧散していく。

そんな光景を見つめていると
バサッバサッバサッ
「あっ!!」

「飛竜!?」

「お兄ちゃん！　見て見て！　凄いよぉ」

そんな声が上がり、サーシャがはしゃいだ様子で指を差す場所。そこには、空から舞い降りてくる竜の姿があった。五体の竜が旋回しながら降下してくる。その圧巻の姿にアリス達は見惚れていた。

「驚いたか？」

「ふふ、リンガスったら」

お茶目な表情を作り笑いかけるリンガスとメリー。度肝を抜かれる形になったアリス達を見ていた。ようやく地に降り立った竜の背中から人影が華麗に飛び降りる。少しばかり高さがあったが、ふわりと着地するとリンガスへと問いかけた。

「リンガスさんですか！」

「お！　フルートか。早かったな」

「ええ、この近くを飛んでいたので」

フルートと呼ばれた男性は信号弾を上げたのがリンガスだと分かり、驚いた表情をしていた。

彼らは旧知の仲だった。

「メリーさんもお久しぶりです」

「久しぶりね、フルート。あなたが飛竜隊に入ってからだから二年くらいかしら？」

「そうですね、私が翡翠騎士団にいた時以来でしたっけ」

久々の再会に両者は親しげに話す。リンガスも目を細めてフルートを見つめていた。

「相変わらず飛竜隊は忙しそうだな。国を飛び回るのには慣れたか？」

「いやぁ、中々キツイです。ですが、リンガス隊長に扱《しご》かれていた時を思い出すと」

「そうかそうか、ならいつでも帰れるように団長に話を通しておこう」

そう言ってバシバシと背中を叩くリンガスは悪い笑みを浮かべていた。少し顔を引きつらせたフルートも懐かしさから来るのか楽しそうにしている。このセレニア王国には騎士団と呼ばれる集団が存在している。

紅蓮騎士団
翡翠騎士団
天雷騎士団
水晶騎士団
砂牙騎士団

である。

リンガスはこの翡翠騎士団で一番隊の隊長を務めていた。その縁もありフルートとは知り合いなのだ。この国では五つの騎士団に殆どの騎士達が所属している。そんな中で飛竜隊と呼ばれる集団はどこにも属さない隊であった。

下位竜を捕獲し調教した竜で編成される部隊である。流石に中位竜を調教する事は出来なかったのだが、彼らは空を竜と共に飛び回り様々な任務を遂行する。巡回であったり、偵察などが含まれていた。

彼ら飛竜隊に入るには騎士以上の者でなければならない、エリートである。

「フルート、本題を」

会話に花を咲かせていたフルートの元に一人の女性が近付いた。彼女がフルートの相棒である竜姫であった。真面目そうな雰囲気を受ける女性だ。

「ん？　ああそうだったな」

その言葉で本来の職務を思い出したフルート。彼はリンガスに向き直ると問いかける。

「それで、信号弾の理由はなんですか？」

「お前も竜姫と契約したんだな、感慨深い……。ああ、そうだったな。コイツらを連行して欲しくてな」

「え!?　何があったんですか？」

そう指を差す先には、エリク達がいた。突然の事に驚くフルートだったが、内容を聞いていく内に表情は変わり厳しい視線を送るようになった。アリスやサーシャ達はその光景を静かに見守っている。

「そういう事なら分かりました。責任を持って連行します」

「すまんな、こっちは少人数での旅なもので目を離した隙になんて事になったら困るからな」

「いえ、それよりもリンガスさんは大丈夫なんですか？」

そう心配そうに尋ねるフルート。彼はリンガスが今回の事件の責任を取らされるのではないかと不安になる。

「団長には絞られるだろうな。ま、俺の責任だし仕方がない」

「何かあったら言ってください。これでも飛竜隊では顔が利くので」

「その時が来たら頼らせてもらうよ。それよりも、随分と早かったな」

リンガスは気になっていた事を口に出した。信号弾を出してから飛竜隊が来るのが早かったからだ。幾ら空を飛んでいるとはいえ、こんな辺境に来るには少しばかり早すぎた。

「ええ、この近くの場所に異変があったので探索していたんですよ。そしたら、信号弾が上がったので駆けつけて来た次第です」

「異変？」

「はい、竜達が騒がしいと言いますか、何かから逃げるように移動していたもので」

そう話すフルート自身も何が原因なのかは分からなかった。ただ、上から見た際に竜達が大移動していた様子が見えていた。リンガスとメリーも興味を持った様子でフルートの方を見ている。

「それで何が？」

「理由は分からなかったんですが、見回ったところ、竜の死体が無数に転がっていました」

フルートは思い出すように言葉を紡ぎ出していく。草原に近い位置にある林の中。そこには、古いものから最近のものまで転々と続くように竜の死体が無造作に転がっていたのだ。まるで、上位種のドラゴンが通ったのか、それとも何かとてつもない強さを持った者が単純に通り過ぎていったかのような光景。

「死体か、もしかしたら属性竜クラスの竜がいたのかもしれないな。危ないところだった」

「そうなんです、それに迅竜の死体もあったので属性竜以上は確実かと」

神妙な様子で語るフルート。迅竜は四足歩行の竜である。発達した四本の足で地を駆ける厄介な竜であり上位竜に分類されている。それを倒せるとなると、それ以上の竜という事になる。そこで挙がった属性竜とはその名の通り、属性を司る竜であった。

その力は強大でひとたび目撃されれば騎士団が動員されるほどの脅威なのだ。そんな話が聞こえていたサーシャを含めた面々は眠るレグルスに静かに視線をやる。同じタイミングだった。

すると、レグルスの耳がピクピクと動いているのが分かった。

「「「はぁ～」」」

「ん、どうしたんだ？」

一斉に後ろから聞こえて来た溜息。呆れたような、疲れたような声にリンガスは振り返った。

「いえ、少々気が抜けてしまって」

何のことはないような、さり気なく話すラフィリア。表情は変わらず普段どおりだ。

「そ、そう――」

ドスッ
アリスが話そうとした時、瞬時にサーシャが見えないように脇腹を肘で打った。

「なにするのよ!?」

「ごめん、アリスちゃん。当たっちゃった」

「そ、そう。ならいいわ」

振り返ったアリスが見た者は微笑むラフィリアと無表情のサーシャ。何かを察したアリスはおし黙る。二人の心中は共通していた。

（アリスに話させたらダメ！）

ここに集約されるのだ。

「ならいいんだが」

「そこの子達は？」

フルートはようやくといった具合でアリス達に気付いた。懐かしさの余り気付くのが遅れたのか今気付いたのだった。

「竜式の合格者達だ」

「そういえばそんな事もあったか。へぇ、リンガスさんの試験を受かったのか、凄いな。期待してるよ！」

「「「はい」」」

得心がいった様子のフルートの言葉に三人は気持ちのいい返事で応じた。尊敬する竜騎士に褒められるとなるとやはり嬉しいものだ。

「それでは私はこれで」

「ああ、面倒をかけたな」

「いいえ、謎の原因についても報告がてら王都に戻るつもりだったので」

「そう言ってくれると助かる」

名残惜しそうに別れを告げる二人。次に会えるのはいつになるか分からない。飛竜隊とはそういうものだからだ。

「メリーさんもまたお会いしましょう。それでは！」

「ええ、また会いしましょう」

みんなに見送られて飛竜隊達は飛び去っていく。大地から飛び立つ竜達は壮観な光景だった。そんな中、終始一言も話さなかったエリク達は既に気力が尽きており、竜によって運ばれていくのだった。

第二章 学園に入学します

第二章　学園に入学します

「うわぁぁ、やっぱり王都っておっきいね！」

そんな感嘆の声を上げたのは、王都を見つめるサーシャ。目を輝かせて手を叩く姿があった。

「初めて来たけど、やっぱりデカイわね」

「そうですね、何かこう圧倒されます」

アリス、ラフィリアも王都の威容に息を呑んでいた。周囲に柵だけしかないモルネ村しか知らない彼女達にとって、目の前に聳《そび》える外壁は衝撃だった。この王都が存在するセレニア王国とは、数ある国家の中でも経済的に見ても、人口的に見ても上位に位置する大国だった。

そんな国の王都はやはりというべきか、壮大な造りになるのは当たり前である。この大陸は円状であり、大まかに五つの国が存在している。中心にはアルレリア皇国と呼ばれる国が位置している。

ここが、サラダールが生まれた国だ。人類の英雄を生み出したこの国が中心になるのは必然だった。後はアルレリアを取り囲むようにセレニア王国を含めた四カ国があり、後は国と呼ぶには小さいような、小国や都市群などがポツポツと存在している。

そんな大きな王都を見て、ワイワイと楽しそうに騒ぐ三人は年相応の姿だった。

「俺が言うのも何だがこの王都はかなり大きい方だぞ」

「へぇ、ここで暮らすのか」

アリスの言葉に期待を募らせる三人。やはり、いつの時代も都会暮らしには憧れるものかもしれない。

「さて、そろそろ入るぞ」

その言葉通り、馬車は入り口の側まで来ていた。

「あれ？　人がいないですね」

ふと、入り口を見たラフィリアが疑問を口にする。人が溢れ返っていると聞いていたのだが、人だかりは見えない。

「それはね、この王都は馬車と人との入り口が分けられているからなの」

「その通りだ。一緒にすると一日中かけて並ぶ事になる。普段から馬車を使うのは商人や国の関係者が多いからな」

「なるほど、ご説明ありがとうございます」

疑問が解けたラフィリアは礼儀正しくお礼を言う。王都は村では考えられないような贅沢な造りであった。

「ほら！　レグルス、起きなさい!!」

「んん。あれ？　もういたのか？」

「寝過ぎよ。全く、ほら顔を拭いて」

会話に加わっていなかった彼は、馬車酔いのせいもあり、道中はずっと寝ていたのだった。寝ぼけた目を擦り起き上がった彼に、アリスはハンカチを差し出した。

「ありがとう。ほほぉ、これが王都か」

受け取ったハンカチで顔を拭いつつ、目にした王都に感嘆の表情を浮かべた。尚も進む馬車は門に辿り着く。衛兵が詰めており、先頭を行くリンガスに気が付いた一人の青年が、走り寄って来た。

「リンガス様、お疲れさまです！」

ピシッと敬礼をする青年はまだ若く、二十代半ばほどである。憧れの眼差しでリンガスを見つめていた。

「ありがとう。そちらもご苦労さん。で、通して欲しいのだが」

「はっ！　直ちに」

青年はキビキビとした動きで走り去っていく。その時に、「開門！　開門！」と叫び声が聞こえて来た。

「はは、そんなに急がなくても構わないのに」

「仕方ないわ」

そんな彼の行動を見て苦笑いを浮かべるリンガスとメリー。あの行動は仕方がないのかもしれない。

「凄い人気っすね、リンガスさん」

「まぁそうみたいだな。竜騎士ってだけで周りはいつもこんな感じだよ。滅竜師達の規範になるっては大変だよ」

レグルスの言葉に返すリンガスは、驕るでもなくどことなく疲れたような顔で答えたのだった。

彼ら竜騎士には彼らなりの苦労が垣間見える一幕だった。

「さてと、それじゃあ入るぞ」

開け放たれた門を通り、一行を乗せガタゴトと進む馬車。ようやく王都の中へと入っていった。

「こんなに建物があるのは初めてだ」

「お兄ちゃん！　こんな建物しかない場所だったらいい昼寝スポットは確保出来ないね!?」

王都の道には左右に連なる色とりどりの建物。見渡す限り途切れる事はなく続いていた。人も多く、目を向ければ必ずといって良いほどに賑わっている。サーシャの言葉にレグルスは顔を顰めた。

モルネ村とは違い長閑な平原が広がってもいなければ、静かな場所を探す方が大変そうに見えたからだ。そんなレグルスの様子に苦笑いを浮かべたリンガスは彼らを促した。

「今日はせっかく王都に来たんだからひとまず観光してこい。明日に式典があるからここの詰め所で待っててくれたら迎えにくる」

「いいんですか!?」

「ああ、いいぞ」

嬉しそうに飛び跳ねるサーシャを見てリンガスも頬を緩める。楽しそうにしている子供を見て微笑ましくなるのは共通である。

「そうと決まったらどこに行くの？」

「ええ～、どこかで寝たい。眠い」

レグルスは観光するのも面倒なのか不満気に口を尖らせている。だが、ラフィリアは聞こえなかった事にしたのか話し始めた。

「そうですね。やっぱり観光でしょうか？　今日からここに住みますし……あれ？」

ラフィアリアは話していく内にふと疑問に思ったのかそんな声を上げたのだった。その反応にサーシャとラフィリアも首を傾げている。

「ん？　どうしたんだ？」

リンガスもまた、その反応に疑問の声を上げた。

「集合時間かしら？　それも何ですが明日という事は泊まる場所はどうしようかと……」

「あ、はい。それも何ですが明日という事は泊まる場所はどうしようかと……」

「それは、学園に話を……ってリンガス、どうなっているの？」

ラフィリアの発言を受けて答えようとしたメリーだったが、顔を引き攣らせたリンガスを見て額をピクピクと震わせ始めたメリー。

「ああ～、それな。えっと、確か……忘れてました」

「いつもいつも本当に抜けているわね」

「いや、悪かった」

「はあ、仕方がないわね。私もしっかりと確認していなかったから悪かったたし」

そんな二人のやりとりを聞いたアリス達は心配そうに見守っている。その事に気が付いたメリーはアリス達に向き直った。

「ごめんなさいね。ここの詰め所の者に泊まれるように話をしておくわ。それとも宿屋に泊まる？　お金については気にしないでね」

「はいはい！　ならなら、宿屋に泊まります！」

思わぬ展開に嬉しさが爆発したのかサーシャは嬉しそうにしている。

「まあ、一件落着だな」

「あんたが言うな！」

「へいへい。それじゃあ気を付けて行けよ」

そんな二人に見送られながら四人は人ごみの中へと向かっていった。

「王都観光って楽しみにしてたんだ！」

そう言って楽しそうに笑うサーシャは、レグルスの手を取るとズンズンと進んでいく。

「あ！　待ってレグルス」

「置いていかれそうですね」

その後ろ姿を追いかけるアリスとラフィリアもはしゃぐサーシャを見て頬を緩めている。

「そういえばお兄ちゃん、お金って持ってたっけ？」

そう尋ねるサーシャは横を歩くレグルスに問いかけた。

「まぁ多少はな。モルネ村ではそんなに使う事もなかったたし、そもそも簡単に手に入らなかったからなぁ」

しみじみと呟いたレグルスは、改めてモルネ村がそれほどに辺境にあったと実感していた。綺麗に舗装された石畳の道はまるでどこまでも続いているのではないかと思わせる。それに、左右に立ち並ぶ建物はモルネ村にあったような質素な造りではなく、色とりどりの煉瓦で組まれた家。

そして、三階建ての建物などは、レグルスからしたら本当に必要なのか？　といった疑問が浮かぶようなものだ。

「どれを見ても凄いわ！」

「人も多すぎです」

そんなお上りさん状態の四人は道なりに歩いていたのだが、不意に彼等を呼び止める声が聞こえた。

「そこの羨ましい組み合わせの君達！　食べて行くかい？　美味しいぞ！」

そんな客引きの声に振り返ると、デカデカと竜肉《ドラゴンミート》と書かれた看板を掲げた屋台があった。美味しそうな匂いが漂っており、レグルスは吸い寄せられるように近づいていく。

「この熟成タレで焼いた肉は一つ百セレニアだ！」

「おぉ！　買う買う！」

レグルスは、目を輝かせて目の前で焼かれる肉を見つめている。懐から十枚ほど銅貨を取り出すと店主に手渡した。このセレニア王国で使われる貨幣の単位は国の名前が用いられていた。銅貨から始まり、上は金貨といった具合だ。

銅貨が百枚あれば銀貨になり、千枚あれば金貨に変わる。その上に存在する金貨千枚などという竜金貨と呼ばれる貨幣は、一般市場に出回っていない為割愛する。

「確かに受け取った。ちょっと待ってな」

店主はそう言うと、鉄板で焼いていた肉に濃厚な匂いがするタレをこれでもかと掛けて炒め始めた。

「何買ったの？」

「竜肉だってさ。アリスも買うか？」

「へぇ、そんなのもあるんだ。レグルスが買ったなら私も買うわ」

「私も～」

「なら当然私も買います」

続々と集まってきたアリス達はレグルスの肩越しに見た竜肉に興味津々の様子だ。

「竜肉なんて食べた事ないわね」

「お！　そうかい？　結構ポピュラーな食べ物なんだがな」

アリスの呟きを聞いた店主は不思議そうに首を傾げる。

「そうだね、村に竜が現れた事もなかったし」

「それはそれで凄いな！　どこかの大都市にいたのか？」

「ここからかなり離れたモルネ村という辺境の村ですよ」

「ん～。知らないなぁ」

ラフィリアの答えに店主はますます分からないといった表情を浮かべた。

「もしかして、凄腕の滅竜師が派遣されていたとか？」

その返しにハッとした三人は欠伸をしているレグルスへと視線を向けた。

「ん？　何だ？」

「何でもないわ！　さ、食べましょ」

アリス達は心当たりがあるのか、納得した様子だった。それを、不思議そうに見つめていた店主だったが、竜肉の焼け具合が丁度良くなったのか、素早く皿に盛っていく。

「サービスで大盛りだ。王都観光、楽しんでな！」

「ありがとう！」

「えへへ～。大盛り大盛り！」

「ありがとうございます」

三人からお礼を言われた店主は素晴らしいものを見たとばかりに上機嫌である。

「なに、お安い御用よ。それと、王都観光するなら学園の時計台と、大きな浴場なんかも有名だ。他にも料理街や芸術通り何てのもあるから暇な時に行ってみるといい。それと、王都の中でも端に行けば行くほど治安が悪くなるから気を付けろよ」

「今日だけで回れそうにないわね。ま、ここで暮らすんだしゆっくりと回ればいいわね」

アリスはそう判断すると、一先ずどこを巡るのか三人で会議を始めた。

「後は、あの展望台が一般開放されてるから見てくるといい。景色が良いんだ。兄ちゃん、頑張れよ！」

店主はレグルスにサムズアップをすると笑いかけた。

「それそれ！　展望台に行こ！」

サーシャは聞こえていたのか、今から向かう場所は展望台に決まったのだった。アリス達は店主に展望台の場所やどの時間帯が良いのかなど、事細やかに聞いている。

「おぉ～。これは、旨い。今まで食べていなかった事が悔やまれるなぁ」

一人、蚊帳の外に置かれたレグルスは、特に気にした様子もなく竜肉を食べていた。満足そうに頷いては次々と口へ放り込む姿はいい食べっぷりである。

ようやく聞きおえたアリス達は清々しい笑顔でレグルスを連れて行く。振り返れば、どこか疲れた様子の店主がレグルスに手を振っていた。そんな陽気な店主に見送られたレグルス達一行は三人の強い要望もあり展望台に向かう。

「あれがそうか？」

「って言ってたよ」

レグルス達の目の前には王都の中心に聳え立つ高い塔があった。この高さなら王都が一望出来る筈である。

「何か書いていますね」

展望台の根元に建てられた紹介文を見たラフィリアが口に出してスラスラと読み上げる。そのラフィリアを囲むようにレグルス達もその紹介文に身を寄せた。

「この展望台は現在建っている城壁がまだ小さかった時に建てられたらしいです。今は使われていないみたいですね」

「へぇ～。じゃあ結構昔の建物なんだな」

「言われてみれば確かにボロ……趣があるわね」

「とにかく上ってみようよ！」

空を舞う竜が上空を支配するこの世界では高い城壁が必須ではあるのだが、当時、滅竜騎士サラダールが生存圏を確保したといっても疲弊していた世界。

それは、このセレニア王国も例にもれず同じであった。その為いきなり現在に建つような城壁を築くわけにもいかず、徐々に高くしていった。その際に、この展望台が防衛の役割を担っていたという文が書かれていた。だが、既に何百年と経過している展望台は役割ゆえに頑丈に造られていたとしても外観の風化は避けられない。そんな中に入っていく四人。

中は他にも観光客がいるらしく螺旋状の階段は左右に上りと下りが分けられているが、結構な人がすれ違う。

「はぁ。これいつまで続くんだ」

「はいはい、お兄ちゃんは文句を言わない！」

当然といえばいいのか、徐々に失速していくレグルスのお尻をグイグイと押していくサーシャ。情けなくも義妹《サーシャ》の協力を得たお陰で何とか上っていく。

「それにしても高いわね。何階？」

「店主の人が言うには七階だと……」

控えめに呟いたラフィリアの言葉に反応したレグルスは既に死にそうな顔をしている。

「ほら早くしなさい！　あと二階でしょ」

「くそッ」

「はいはい。早く上がりますよ」

そんなやり取りをしている四人に、すれ違う人達の視線が集まっている。年配の人達は優しそうな目で、そうでない者達は羨ましげにレグルスを睨みつけていた。

「わぁぁ！　凄い凄い!!」

「見てレグルス！　あっちが多分学園よ！」

「これは気持ちいいです」

上りきった展望台から見る景色は三百六十度見渡せるように造られており、それなりに広い。端へと走っていく二人は綺麗に舗装された、縦横に延びる道、そして、行き交う人などを眺めている。時間もそろそろ夕方に近く、ちらほらと夕食の準備の為か煙が上がっている。モルネ村とは比べものにならないほどに賑わっている様子が窺えた。

そして、アリスは明日から通う事になるであろう学園を見つめていた。広大な敷地の中にポツポツと存在する建物を見て興奮した様子だ。

「確かに風が気持ちいいなぁ。いい昼寝スポットになるぞ」

「またそんな事を言って仕方がないですね。流石に城壁の向こう側は見えませんね」

視界を遮るものが城壁以外にない為か風が吹き抜けラフィリアの長い髪を揺らす。その際に綺麗に輝く緑髪が輝いているように見えた。

「あ！　夕日だよ！　ラフィリアちゃん、お兄ちゃん早く早く！」

ラフィリアとレグルスは、そう言うサーシャに連れられて縁の方へと歩を進める。沈みかけた太陽は赤く染まり、王都を照らす。綺麗に並んだ石畳は光を反射して赤く染まっていく。

それは、王都に流れる川のように広がっていった。

「綺麗。っと、願い事をするわよ！」

「願い事？」

見惚れていたアリスだったが、突如として言い出した言葉にレグルスは首を傾げる。

「店主に聞いたんだ――」

「街を夕日が照らす時間に展望台でお願い事をすると叶うらしいですよ」

「へぇ～」

アリスの説明を遮るようにラフィリアが説明した。アリスは悔しそうに顔を歪めている。

「またラフィリア！」

「まあまあ、アリスちゃん。太陽が沈んじゃうよ！」

「そ、それもそうね」

そう言うと三人はそれぞれが太陽を見つめて何事かをお願いする。その表情は夕日のせいなのか、それとも願い事のせいなのか顔を赤く染めていた。レグルスもそんな三人を見つめながらお願い事をした。

「毎日気の向くままに寝れますように」

（まぁ、コイツらとこうやって過ごせたらいいな）

「後はこれ！」

　願い事が済んだのかサーシャはそう言っていつのまに手に入れていたのか、懐から鉄で作られた輪っかを取り出した。

「それで、何するんだ？」

「本当は買わなきゃなんだけど、店主のおじちゃんに貰ったの！　これをあの紐に繋げると、何と!!　ここで約束した事は守られるという……」

　まるで何かのセールスのように話すサーシャは、楽しそうに盛り上がっている。

（あぁ、こういう観光場所にはうってつけの商売だな）

　レグルスはそんな無体な事を考えながらも、サーシャの元へと歩いていく。

「さあ！　何を約束するの？」

「そうね。何がいいんだろう？」

「ここはレグルスさんに決めてもらいましょう」

　三人はそう言うと一斉にレグルスを見る。当の本人は面倒そうに頭を掻いていたが、一つだけ呟いた。

「四人のこんな関係が続くといいな」

「えへへ、流石はお兄ちゃん！　分かってるー」

「うぅ〜。そ、そうね。それがいいわ」

「いいですね……ですが、鈍感なのか逃げですか？」

照れ笑いを浮かべるサーシャ、顔を赤らめて俯くアリス。そして、最後にボソッと意味深な言葉を呟いたラフィリア。全員が納得した様子であった。

「これからもよろしくね！」

「はい」

「勿論よ」

「ああ」

こうして、サーシャは無数の輪が繋がれた紐が置かれた展望台の中央へと駆けていく。

そして、輪を繋いだ時
「ああ、さっきから鬱陶しいな！」

「目の前で目障りなんだよ！」

ドカッ
「キャッ！」

苛ついた様子の二人組に押しのけられたサーシャはよろめき倒れそうになる。

「大丈夫か？」

「うん。ありがと、お兄ちゃん」

レグルスがいつのまにか後ろに現れ支えていた。だが、その様子に更に腹を立てたのか一人がサーシャがつけた輪を強引に引きちぎった。

「あっ」

誰が上げた声なのか、アリス達は呆然と見つめていた。そして、細い鉄の輪っかは歪んでちぎれており、地面へ投げ捨てられた。

「ほら、これでいいか？」

そう言う男は優越感に浸るようにレグルスを見下ろしていた。

「いいか？　と聞かれたらダメだろうな」

そう言うレグルスは目を細め前に立つ二人を見つめていた。その表情に感情は窺えない。

「やんのか？」

「ボコしてやるよ」

いきり立つ二人はレグルスの元へと歩いていくが
「待ってくださいな」

「ああん？」

「止めんな！」

そんな凛とした声と共に、風に金色の髪をたなびかせた少女が現れた。その姿には気品があり、貴族のお姉さんといった印象を受けた。

「お前もコイツらの連れか？」

「いえいえ、見苦しい嫉妬が見えたので」

「うるせぇ！」

図星を指された為か、それとも他の原因なのか怒り狂った二人はその少女へと殴りかかった。

「あぶ――」

ドスッ
アリスが声を上げようとした時、男達は同じタイミングで宙を舞い地面へと叩きつけられていた。足を払い、その威力をそのままに男達の体を地面へと叩き落としたようであった。

「凄い……」

アリスがそんな感嘆の言葉を零すと、手を払った少女はレグルス達の元へと歩いてきた。

「こんにちは。私もよくここに来るんです。貴方達は王都観光ですか？」

「はい。今日来たばっかりで」

「そうなのね。ごめんなさいね、王都はこんな輩《やから》ばかりではないですわ」

申し訳なさそうに眉を顰める少女に三人は慌てた様子で気にしていないと話す。

「もしかして竜式の合格者ですか？　私は三年のローズと言いますわ」

「ローズさんって言うんですね。ありがとうございました。私はラフィリアです」

「私はサーシャ！　ありがとです」

「アリスです。ありがとうございました」

それぞれがこれから通う学園の先輩だと分かり興奮した様子だ。あの素晴らしい体術も期待感を煽る。

「君は？」

「俺はレグルスです。ありがとうございます」

「うふふ。お節介だったかしら？」

「いえ、助かりましたよ」

ローズは男達が襲いかかった時、レグルスが動じていなかった姿を見ていた。だが、レグルスの言葉に頷く。

「それではまた会いましょう」

そう言って去っていくローズの後ろ姿を四人は見つめていた。

「凄かったね！」

「あんな先輩がいる学園って、とんでもなさそうね」

「頑張りましょう」

三人は感想を漏らしたが、地面に落ちた輪を見て悔しそうに顔を歪める。だが、既に輪は地に落ちている。

「もう行こう！」

そう言って明るく振る舞うサーシャはアリスとラフィリアの手を取ると階段の方へと歩いていく。

だが、動かないレグルスは徐に落ちた輪の方へと歩いていく。そして、その輪を手に取った。

「何度でも直せるさ。聖域《サンクチユアリ》」

展開された聖域の中でレグルスの手に握られた輪は赤く熱されていく。そして、再び繋げられた輪を紐へと持っていった。

その掛けられた輪は元どおりの姿に戻っていた。

「お兄ちゃん！　何してるの？」

「早くレグルス！」

「日が暮れますよ」

階段の方から三人が呼ぶ声が聞こえ、レグルスはその場をそっと立つ。

「おお、今行く！」

こうして王都の初日は終わるのであった。

◇◆◇◆◇

「ああ～、眠い」

リンガスが乗って来た馬車の中で揺られるレグルスは眠たそうに流れる景色を見ていた。昨日は宿屋の部屋割りでアリス達がバタバタと騒がしかったので中々眠れなかったのだ。結局は男子と女子で部屋を分ける事で落ち着いたのだが。

「眠そうだね？　お兄ちゃんは夜更かししてたの？」

「はい？　それもこれもお前らがうるさ――」

「ま、今はそれはいいの！　それよりも学園よ、学園!!」

「楽しみですね」

「お兄ちゃんはいつも眠そうだしまあいっか。それより、学園かぁ～」

レグルスの話題はそうそうに終わり、学園について盛り上がる三人。特に昼寝に関しては、どこでも寝れるレグルスが困るといった事は想像がつかないのだ。

「「竜騎士様～！」」

子供が馬車を見て声を上げる。中から馬車の後ろを追いかけてくる様子まで見える。

「あれって翡翠騎士団のリンガス様じゃない!?　相変わらず凛々しいわ」

他にはリンガスを見てヒソヒソと話す奥方の姿。

「竜姫のメリー様だ！　相変わらず綺麗だなぁ」

「お前なんか相手にされねぇよ」

「違いねぇ」

「「ガハハハッ」」

昼間から飲んでいたのか、メリーを見て顔を赤らめるおじさん連中。誰も彼もが親しみと憧れをもっていた。上機嫌に奥様方に手を振り返すリンガス。まるで、パレードのような光景だった。リンガスは満足そうに頷くと、レグルスの方へと向き直りニヤッと笑う。

「俺って結構人気だろ？　グヘッ」

「リンガス、昨日の泊まる場所のことと言い後で話があるわ」

「いや、悪かった。つい、な」

「あれだけ人の前では騎士らしくって言っていたのに」

怒るメリーに謝るリンガスという構図が出来上がっていた。どことなく誰かさん達のような関係にも見える。メリーもリンガスも王都に帰って来た事で安堵したのだろう、普段通りに戻っていた。

「ねぇねぇ、やっぱりあの二人ってデキテルのかな？」

「こら！　サーシャ、声が大きいわ」

ヒソヒソと話すアリスとサーシャ。竜騎士として契約しているのだから、そうなのかもしれないと考えた二人。

「ま、そんな感じだな」

「やっぱりそうだったんですか⁉」

「詳しく！」

耳ざとく聞いていたリンガスの言葉にアリスとサーシャは食いついた。こういった話は女子が好むものだった。

「俺もお前達と同じで幼馴染だったんだよ」

「へぇ！　凄いですね‼」

「リンガスと王都に来てそのままって感じだったわ」

どことなく照れ臭そうに話すメリー。それにズイッと身を乗り出してアリスは聞き入る。ラフィリアも耳がピクピクと動いている事から気になっているようだ。

「どっちからですか？」

「私からね。リンガスってかなりの鈍感だったから」

ジト目で見るメリーにリンガスは情けない顔をする。一方では、ボーッと外を眺める一人の少年に三人分の視線が集まっていたのだが。その後も、このメンバーは話が合うのか色々と話していた。

やがてリンガスが話しだした。

「さてと、これが学園だ」

視線が集まる。そこには大きな時計台が目につく建物があった。真っ白な壁に所々に細工が施され、綺麗な印象を受ける。高さも四階ほどと周りの建物よりも高い。そんな立派な建物が彼らが通う学園だった。

「ひとまず付いてきてくれ」

「みんな、はぐれないでね。建物が大きいから迷子になるわ」

手慣れた様子で中へと入っていく二人。素晴らしい建物を見たばかりの三人は期待に目を輝かせていた。伝統ある滅竜師を育てる学園。今までもこの学園を卒業した数々の偉人達がいた。この国で活躍する竜騎士達などは誰もが通る道。

「よし、行くわよ！」

「頑張らなきゃね」

「どんな所なのかしら」

そんな学園を見つめる三人は決意を新たに踏み出した。一方馬車の中でゴソゴソと蠢く影があった。地面を這うように動くその正体は

「あれ、いつの間にみんなどこ行った？」

キョトンとした様子のレグルスは周りに誰もいない事に気が付き声を上げた。度重なる興奮のせいで、置いていかれる形になった彼。

「うーん、どうすっかな」

おそらくすぐに気がつくだろうからこの場で待つか、それとも少し出てみるか。そんな事を考えるレグルスだが、どうやら決まったみたいだ。

「行くか」

怠け者らしくない動きで馬車から飛び降りると、彼もまた学園へと入って行った。

「おおぉ、この絵って売ったら幾らすんのかな？」

エントランスから廊下にかけて数々の絵画が飾られていた。レグルスはそれを見て不謹慎な言葉を吐く。

「あれ？　これってリンガスのおっさんじゃん」

ふと目についた絵には今よりも若いのだが、どことなくリンガスに似たような男の姿があった。首を傾げて考え込むレグルス。少し下を見ると、竜騎士と書かれた札と日付が書かれていた。

「竜騎士になった時に描かれるのか」

絵の正体が分かりふむふむと頷いていると
「竜騎士はどうした!?　引率者もなしにそこで何をしている！　今は関係者以外立ち入り禁止の筈だぞ」

後ろから神経質そうな男が問いかけてきた。会うと面倒そうな雰囲気にげんなりとするレグルス。

「いやぁ、はぐれてしまいまして」

「そんな事はどうとでも言える。身元が分かるまで此方《こちら》に来てもらおう。私は準竜騎士レイズだ、お前の名は？」

準竜騎士の部分を強調するように話すレイズ。どことなく高圧的な印象を受け、リンガスと同じ竜騎士でもこうも違うものなのかと思うレグルス。

「レグルスです」

（あぁ、これは面倒そうな奴だ。どっかに……）

「レグルス、なら付いて来い」

「お！　おーす、シェリアじゃねぇか！　捜したぞ」

周囲を見渡したレグルスは、近くを通りかかった少女にさも知り合いかのように話しかけた。

「え、あの、え!?」

「シェリア、どこ行ってたんだよ」

おどおどした様子のシェリア。事態について行けず困惑しているのだが、レグルスは止まらない。

「その子は？」

「学園の先輩シェリアですよ、いやぁこんな所で会えるなんて」

「あの、えと、ちが、うぅぅ」

頭がパンクしそうなほどに顔を赤らめるシェリアと呼ばれる少女は恥ずかしげに俯く。

「お前は在校生だったのか？　先にそれを言え。だが、何で制服を着ていないんだ？」

「忘れました、あははは」

（ピーンチ、制服って何だよ）

シェリアを見れば、スカートと紺色のブレザーを着ている。レイズは怪しそうにレグルスを見つめていた。俯くシェリアと笑うレグルス。そんな混沌とした場にさらに一人の人物が現れた。

「あら、シェリアじゃないの。どうしたのかしら？」

どこか大人びたお姉さん、金髪をカールさせた少女が親しげにレグルス達の元へと歩み寄って行く。

「これは、シュナイデル団長の娘さんではないですか。ローズ様、お久しぶりです」

レイズは突如として慇懃《いんぎん》に礼をする。言葉から彼女は五つあるうちの騎士団団長の娘という事だ。

「レイズ様お久しぶりですね。それで、どうしたんですの？」

おっとりとした様子のローズが問いかけた。

「いえ、そこにいる者が怪しかったので」

ローズは指を差された方を向くと、何故かアイコンタクトをかわそうとするレグルスがいた。暫く考え込むローズ。

「彼は学園の者ですよ、身元は私が保証します」

「ほ、本当ですか？　それならいいのですが」

「ええ、お仕事お疲れ様です。父もレイズ様の事は褒めていましたよ」

「あ、ありがとうございます。では、私はこれで」

そう告げられたレイズの顔は晴れ、そそくさとこの場を去っていった。

「さて、もうミーシャを離しても大丈夫よ？」

「ローズ会長、ありがとうございます」

ようやく茶番から解放されたミーシャは何度も頭を下げるとこの場を小走りで去っていく。出来ればレグルスと関わりたくなかったのだろう。

「すいません。助けて頂いて」

「昨日振りね。全部見てたけど君は面白いわね。竜式ですわよね？」

「ええ、リンガスさんっていう竜騎士とハグれてしまって」

レグルスは一連の流れをローズに説明していく。

「リンガス様の竜式合格者なんですの。それは凄いわね。それと、改めて私はローズよ」

「レグルスです。此方こそ宜しくお願いします」

なんとか切り抜ける事が出来たレグルスは上機嫌な様子だ。

すると、

「あぁぁっ！　ここにいた!!」

「むぅぅ、何か綺麗な人といる」

「ふぅ、随分と捜したのに。ふふふ」

ドタバタと駆けてくるアリスとサーシャ。その後ろからはラフィリアとリンガス達の姿があった。

ズカズカとレグルスに歩み寄るアリス。その側では頬を膨らませたサーシャの姿があった。

「何してたのよ!?」

レグルスの前に立つと腕を組む。どうやらかなりご立腹らしい事が窺える。綺麗な赤い髪が目についてしまう。

「ん？　ちょっと迷ってた所をローズさんに助けられたんだ」

「あっ、昨日の……昨日に続きありがとうございます。コイツがお世話になりました。それで、レグルス！　またどこかほっつき歩いてたんでしょ！」

プリプリと怒るアリス。モルネ村にいた時からサボるレグルスを見つけ出し引き摺る事が多かった彼女。今日はいつにも増して怒っている様子だ。

「気がつくと一人だったもんで」

「ふん！　そのままどこかに行ったら良かったのに」

頬をポリポリとかくレグルス。

（どうしたもんかな？　こうなったアリスは長引くからなぁ）

これまでの実績に裏打ちされたレグルスの予想は的確に当たっている。そこには、エントランスの中央で腕を組む少女に見つめられる少年の光景があった。すると、アリスの後ろからヒョコッと顔を出したサーシャ。

「そうだったんだぁ。てっきり、また昼寝でもしているのかと思ってた。それとローズさん、バカ兄をありがとうございます」

アリスに続いてサーシャもローズに頭を下げた。後ろではラフィリアまでもが申し訳なさそうに挨拶をしている。その光景を見つめていたレグルスは自分が出来の悪いような言い方をされた為か、何とも言えない表情をしていた。

「サーシャもこのバカに何か言って！」

仲間を見つけたとばかりに顔を向けるアリスは、義妹《サーシャ》に期待した表情を向けていた。レグルスの弱点であるサーシャならといった具合だ。当のサーシャはそんな様子に苦笑いを浮かべるが、ふと思いついたかのように、いたずら好きのする顔で爆弾発言を放った。

「まぁサボってた訳じゃないし。でもでも、アリスちゃんってレグルスがもし村に帰ってたらどうしよう？　大丈夫かなぁ？　とか焦ってたよね」

その言葉に周囲は凍りつく。

「うっ、そ、そんな」

言葉を詰まらせたアリスはギギギとロボットのように頭を動かすとレグルスを見やる。言葉に詰まった時点で反論は虚しくなるだけだ。

「という事だ。アリス、今回は何もなかったことにしよう」

「そ、そうね。そうしましょう」

どうやらレグルスの馬鹿らしい交渉は上手くいったみたいだった。これ以上は墓穴を掘りたくないアリスと、これ以上は面倒だというレグルスとの利害が一致した瞬間だった。キリッとサーシャを睨むアリスの表情からは、この裏切り者！　といった感情がふつふつと伝わってくる。

「私はレグルスさんは大丈夫だって信じてましたから」

　事態が収束したかに見えた時、優しげな笑みを浮かべたラフィリアがやってきた。あたかも自分だけはそんな事を思っていなかった、というような発言に
「ちょっ！　ラフィリア！」

「やっぱりラフィリアちゃんって腹黒いよね」

　自分だけが貧乏くじを引かされたアリスはツインテールを振り乱して地団駄を踏んでいる。先程から顔の赤さが止まる事をしらない様子だ。王都、それも学園に来てまでもいつも通りの四人だった。

「もう終わったか？」

「はは、相変わらず面白いわね」

　旅の最中に、もう何度も見た光景に呆れ顔のリンガスと微笑を浮かべるメリー。この場にようやく全員が揃った形になった。リンガスはローズの方へと向くと、流麗な動作で騎士の礼をとった。その姿はまさしく騎士と呼べるような姿だ。

「ローズ様お久しぶりです。団長にはいつもお世話になっています」

「いえいえ。それよりもリンガス様、いつも通りで構いませんわ」

　そんなやり取りをする二人。可憐な笑みを浮かべるローズと凛としたリンガス。誰が見ても騎士とお姫様のように見えてしまう。そんな光景に呆気にとられるレグルス達は事態を見守っていた。

「ふぅ、やっぱこういうのは似合わないな。それではいつも通りにさせてもらうわ」

「そうですね、リンガスさんには似合わないかと、ふふ」

清々しく元に戻ったリンガス。上司であるシュバルツの娘ローズ。リンガスは彼女が小さい時から知っているのだった。

「メリーさんもお久しぶりです」

「お久しぶりね、こんな所で会えるとはびっくりよ」

「ところでローズは何年生になったんだ？」

「三年生ですよ、もう今年で卒業です」

この滅竜師を育てる学園は三年制であった。十五歳になった時に竜式を合格したもの達が通う場所だ。国に仕える為に、教養から始まり、滅竜師としての訓練など、様々な事を学べる。だが、ここは毎年かなりの数が放校される厳しい環境だ。涙を流して故郷へと帰っていく者が後を絶たない。そんな学園で三年生になれたとあれば、かなり優秀だとされていたのだが、リンガスもメリーも特に驚いた様子はない。意味するところは、彼らが知るローズがそれほどに優秀だったからだ。

「やっぱり子供の成長は早いなぁ」

(リンガスおじちゃんって後ろを付いてきていたローズの面影はなしか)

そうしみじみと呟くリンガスは肩が落ちどこか遠い目をしていた。彼が隊長という事もあり、よくシュバルツの自宅に招かれる事が多かったのだ。

「リンガスさんもまだ若いですよ。ところで此方の方達は竜式の合格者ですよね？」

そんなリンガスを華麗にスルーしたローズは本題である少女達に目を向けた。鮮烈な登場だった彼女達が気になるようだ。

「そうだった。今回の竜式の合格者達だ。彼女達は全員がとてつもなく優秀だぞ」

「まぁ！　リンガスさんが言うならそうなんでしょうね」

そんな会話が聞こえてきた三人。面と向かって竜騎士に褒められた彼女達は照れ臭そうにする。

そわそわと髪を弄るアリスににへらぁ、と笑うサーシャ。ラフィリアも顔を赤らめているのは何とも新鮮だ。

「あれ？　レグルスさんも合格者ですよね？」

リンガスの言葉にはレグルスが含まれていなかった事に気が付いたローズは不思議そうに尋ねた。

彼女の視線の先には大きな欠伸をしているレグルスの姿。彼は視線を感じたのか半目で口を開いた。

「俺は連行されてきました」

「ふぇ？　っ！　失礼しました。それはどういう事でしょうか？」

可愛らしい声がこの場に響き渡る。ローズはあまりにもな返答についといった感じだ。だが、すぐさま取り繕っている。何もなかったかのように振る舞う姿に誰もこの件には触れない事にした。

ドスッ

「こらっ！　相手は恩人で騎士団長の娘なのよ」

「痛い！　分かった、やめろって」

レグルスにだけ聞こえるように話すアリスは脇腹にドスドスと肘打ちを喰らわせていた。たまらずといった具合に顔を歪めるレグルス。

「コイツは見ての通りの奴でな。竜式にも不合格だったんだが、聞くところによると面白そうな奴だったんで連れてきたんだ」

「え!? 不合格ですか、リンガスさんが特別扱いする少年とは中々に面白そうですね」

（これは面白そうな事を聞きました。そんな事を聞けばワクワクしてきます、一体どういう事なのかしら）

曲がった事が嫌いな筈のリンガスが、不合格にもかかわらず連れてきた少年。ローズは心の中で今後が楽しくて仕方がないとばかりに心が弾んでいた。

「リンガス、そろそろ時間がないわ」

「っとそうだな、早く行かないと間に合わないな」

時間を気にするメリーの言葉にリンガスも今気がついたように返事をした。ここに到着してからかなりの時間がたっている。急がないと式典に間に合いそうにない。

モルネ村が辺境という事もあり、王都には最後の到着組であった為にスケジュールがタイトであり、今日は合格者達が集められて行われる式典の時間が迫っているのだ。

「そろそろ時間もないし行ってくる。ローズもまた今度な」

「あら、本当ですわね。またお会いしましょう」

急ぐリンガスは会話を切ると歩き始めた。アリス達もローズに別れを告げて続いて行く。今度はしっかりとレグルスの姿もあった。

「レグルスさん！ またお会いしましょう」

「ほいほーい」

その背中に声をかけたローズは、手をゆらゆらと振るレグルスを見つめていた。それは、何か面白いものでも見つけたかのような無邪気な顔だった。廊下を歩く一行はかなりのスピードで進んで行く。

「相変わらず広いんだよ、ここは」

「文句を言っても仕方がないわ」

建物が広すぎるせいで、式典の会場までの距離が遠い。苛立たしげに呟くリンガスを窘《たしな》める。

「歩くのしんどい」

「はい！　お兄ちゃん、もうすぐですよー」

「こう、扉を開けたら会場に着くみたいな道具ってないのかな。そもそも俺って必要？」

「ケツを蹴るわよ」

グダグダと言いながらもしっかりと歩くレグルス。その後ろにはいつでも蹴れるようにと構えるアリスの姿があった。アリスのお陰で何とかなっているレグルス。もしもアリスがいなければコイツはどうなっていたのかと心配になってきそうだ。

長い廊下を抜けた先に、ようやく見えた大きな扉。この先が式典が行われる会場だ。

「ようやく着いたか。お前ら準備はいいな？」

そう呟いたリンガスの視線の先には三人の姿。誰にも詳細な内容は伝えられていなかったが、迷いのない顔で頷く。尋ねた相手にレグルスが含まれていないのは今までの経緯のせいであった。何を聞いても面倒そうな言葉が返ってくるのはリンガスも承知だ。

三人の表情を確認したリンガスはその大きな扉に向かって名乗りをあげる。

「翡翠騎士団所属、竜騎士リンガス。そして、その推薦者の者達を連れてきた」

「同じく、竜姫メリーです」

堂々とした名乗りに応え、大きな扉が開いて行く。すると、隙間から漏れる眩い光に思わず目を瞑ってしまう四人。

「さて、ここからが本当の竜式典だ」

その言葉と同時に光は止み、彼らの目に映ったものは大勢の少年や少女達の此方を品定めするかのような視線だった。

無数の視線が集まる異様な光景に思わず立ち止まってしまう。一体今から何が始まるのかと一斉にリンガスを見る三人。

「ここに集まっている子供達はみんな竜式の合格者だ。それで、今から始まる式典に参加してもらう。モルネ村でした竜式は最初の関門だったたってわけだ」

そう言われてもう一度見てみると、この広場に集う若者達はみながレグルス達と同じくらいの少年、少女達だった。向けられる視線も嫌な雰囲気ではなく、単純に興味が湧いた者や品定めするような視線などであった。

「よし、とりあえず入れ」

「はい」

緊張した面持ちの彼女達はリンガスに促され足を踏み入れた。道中では何も聞かされていなかったのだから仕方がない事なのだろう。この広間の大きさはかなりのもので、沢山の子供達がいるというのに圧迫感を覚えないほどだ。

そんな中を空間に向かって歩いていく。

「緊張してきたなぁ、何が始まるんだろう？」

「とにかくやるしかないわ！」

「頑張りましょう」

内心の緊張感を紛らわせる為か、口々に呟く少女達。緊張はあるが気負った様子は見られない。美少女達が堂々とした足取りで歩みを進める姿は、この場では、かなり目立っていた。

「あの子達めちゃくちゃ可愛いな？」

「俺はあのキツそうな赤髪がタイプだな」

「確かに可愛いが、性格がキツそうだしあれはないわ。怖いし、それよりもあの青髪のショートの子かな」

「まだ幼くないか？　俺はお姉さん風のあの子が一番だ」

遅れてきた三人には、当然ながら先に来ていた合格者達の視線が集まる。そんな中、綺麗な少女達を見て男子達は好みのタイプを話し始めた。それを見て眉を顰める少女達。そんな周りの視線には気が付かない男子は色々と話に花を咲かせている。中には気がないようなフリをしつつもチラチラと見つめる子の姿もあった。幸いなことに、緊張した本人達の耳には入っていない。もし聞こえていたらアリス辺りが怒り狂うこと間違いない。

「俺も参加する？」

「ああ」

「合格してないのに？」

「ああ、合格不合格は試験官である俺の匙加減だ」

「でも、それってズルくないですか？」

「ズルくない、俺が推薦してるからな」

「面倒臭くないですか？」

ピクピク
「面倒じゃない」

「でもこんな朝から眠いし……ね？」

ガシッ
「最後辺りはお前の愚痴だろ!!　それに何が、ね？　だ！」

「冗談ですよ、半分は……」

「全くいい性格してるよお前は。いいから黙ってついてこい!!」

「了解です」

アリス達の後ろで繰り広げられるやり取り。レグルスの言葉に淡々と返していたリンガスだったが、最後の本音の部分に耐え切れず大きな声を上げてしまう。

「しー」

必死に黙るようにジェスチャーするレグルスだが、既に後の祭りだ。そんな声を出せば当然ながらアリス達に視線を送っていた子供達はそちらを見る。そこには、竜騎士に首根っこを摑まれて運ばれる少年がいた。

よく分からない状況に頭に疑問符を浮かべる一同。その空気に気が付いたのか、ツインテールを振り回しながら、アリスが物凄い形相で振り返った。

「次はなに！」

「いやぁ、楽しみだなって。そしたら、リンガスさんが喜んでだな」

「でもお兄ちゃん、そんな状況で言っても説得力ないよ」

「ふふふ、流石はレグルスさんですね。マイペースなところがいつも通りです」

「おお！　流石はラフィリアだな、うんうん」

「ちょっとラフィリア！　甘やかしたらダメよ！　ねぇリンガスさん」

「はぁ。アリスの言うとおりだぞ」

リンガスは自分の手で猫のように持ち上げられるレグルスを見て、溜息を漏らしてしまう。どんな時でもマイペースな彼はどこまでいってもレグルスなのだ。アリスに賛同したリンガスだがその言葉にラフィリアは微笑むだけであった。

「何だよ、男がいたのか」

「プフッ！　何あれ？」

レグルスがアリス達の知り合いだと分かり、落胆する少年。珍妙な光景に噴き出してしまう少女の姿。そんな一悶着があったが、ようやく今回の滅竜師候補が集まった。

「じゃ、またな」

「とりあえずはお別れね」

そそくさと前の方に行くリンガスとメリーを見送り前を見つめる四人。前方には舞台があった。

暫く待っていると、壇上に上る人影が見えた。

「全員揃ったな。それでは始めさせてもらおう。儂を誰か知らない者の為に自己紹介をするとしよう。簡単じゃが、このセレニア学園の学園長を務めるベルンバッハじゃ。昔は竜騎士をやっておった関係で今ここにいる」

随分と年を取った老人は壇上から周囲を見下ろしていた。年老いてなお体から溢れ出る威厳に圧倒される子供達は静かに聞いている。

「ベルンバッハってあのベルンバッハ？」

「どのバッハさん？」

「知らないの!?　元滅竜騎士よ」

「へェ～。凄い爺さんなんだな」

滅竜騎士ベルンバッハとは有名な人物だった。今では一線を退き育成に精を出しているが、若かりし頃は数々の武勇を上げて来た歴戦の竜騎士だった。

モルネ村にもその武勇は轟いており、知らぬ者の方が少ない有名な人物なのだ。アリスは上機嫌に腕を組むと、レグルスに説明しようとする。

「ふふん、聞きなさい！　いい？　ベルンバッハ様は、若いと――」

「有名な話でいうと、単独での炎竜ファフニール討伐が有名ですね。生ける伝説だとか」

「おぉ！　物知りだな、ラフィリアは」

「チッ」

（この女狐！　いつも会話を横取りして！　もしかしてワザと!?　ワザとなの？）

舌打ちには気が付かなかったのか、ほぇーと感心する素振りを見せるレグルス。ラフィリアも満足気に頷き前を見る。アリスだけが悶々とした胸中を押し殺して話を聞くのだった。

「さて、竜は皆が知っておろう。竜王を頂点とし、属性竜、上位竜などと分類されておる奴らに長い時間、人間は怯やかされてきた。じゃが、時の英雄サラダールをきっかけに、現在は普通の生活を送る事が出来ている。その理由とは？　ほれ、そこの少年」

前の方にいた少年は唐突に当てられビクッと肩を震わせた。まさか質問が飛んでくるとは思わなかったのか、急いで立つとオドオドとした口調で答えた。

「滅竜師のお陰ですか？」

その問いに満足気に頷くベルンバッハ。安心したのかホッと息を吐く少年はその場に座った。

「そう、滅竜師が竜から民を守っておる。それは、とてつもなく重い責任じゃ。自らの命を捧げて如何なる時も民を守る存在。そして、もう一つ忘れてはならない事がある、次は君じゃ」

次に当てられたのは少女だった。

「わ、分かりません」

だが、答えが分からず言葉が消えるように小さくなって行く。

「ハイ！」

「ふむ、なら君に答えてもらおう」

勢いよく手を挙げた少女は自信満々に立ち上がった。勝気な表情に金色の髪を腰あたりまで伸ばし、毛先がドリルのようになっている少女。

「凄いなぁ、あの髪」

（ドリルが二つもある。何を掘るつもりなんだか聞いてみたいな）

レグルスの呟きは誰にも届かなかった。

「滅竜師が善ならば、その力を利用して悪事を働く輩もいます。その対応ですか？　ベルンバッハ閣下」

「よく分かったのぉ。そうじゃ、滅竜師にはならなくとも誰もが使える、その力を使い悪事を働く者達の対応も不可欠じゃ。君の名前は？」

「シャリア・エルレインです」

優雅に礼をするシャリアの所作に思わず皆が見惚れてしまう。

「エルレインの娘か。今後も精進するようにな」

「はい！　ありがとうございます」

その家名にどよめきが生まれた。この国において、滅竜師を目指すなら必ず聞く家名。滅竜師達の頂点に立つ五人の騎士団長達の一人はエルレイン家の当主であった。

「さて、お主らが竜騎士を目指すのなら忘れぬ事じゃな。学園生活では常にその事を肝に銘じ――」

パリィーン
大広間の窓が盛大に音を立てて砕け散る。

「ベルンバッハ様！　ここは危険です。すぐに此方へ」

「じゃが――」

「あなたが死ねば大問題になります」

ベルンバッハの元へと駆け寄った一人の教師によってすぐにこの場から離されたベルンバッハ。流石にかつて伝説と呼ばれていたベルンバッハでも既に現役を退いている。生ける伝説と呼ばれるベルンバッハの死は教師の言葉通り避けなければならぬ事であった。

その光景を見ていた生徒達はこの現象が意図しない事であると勘づいた。

「きゃあぁぁ！」

「な、何だ！」

「何かが来たぞ!!」

何人もの人影が窓から中へと飛び込んでくる。流れるような動きで着地すると、一斉に散開して近くの子供達に襲いかかった。

「黒い仮面？　まさか!?」

「嘘だろ……。そんな、何でここに名無し《ネームレス》がいるんだ!!」

　一人が叫んだ声に反応して、子供達はパニックに陥る。その名を聞けば誰もが震え上がる組織。顔を隠した者達が集まった集団。何か事件が起これば、真っ先に名無しが関係しているのでは？と疑われるほどに規模がデカい。

　残忍な手口と恐ろしいほどの強さを持ち、熟練の竜騎士すらも圧倒する者まで所属する組織だった。

「な、なによ！」

「落ち着いて、アリスちゃん！」

「とにかく下手に動かないで」

　突然の事態にアリス達も浮き足立つ。

「聖域を展開しろぉっ！」

　誰かの声に少年達は聖域を一斉に展開して行く。広場は聖域で満たされ、まだ動ける少女達も竜具を出して応戦していた。だが、相手の力量は上、目の前で次々に子供達が倒されて行く。そんな中で、彼女達にも白羽の矢が立った。

「蛟《みずち》、行くよ！」

「煉獄の大剣《イフリート》、出てきなさい!!」

「風の精槍《シルフィード》」

　それぞれが生み出す竜具。周囲にまで干渉するほどの力を秘めた竜具を見て、近づく仮面は足を止めた。

「一気に行くわよ！　はあぁ!!」

それを隙と見たのか、大剣を勢いよく振り下ろしたアリス。その剣先から勢いよく炎の渦が向かっていった。言葉を交わさなくてもラフィリアが動く。彼女は風の精槍を、炎に向かって振るう。

「舞いなさい！」

「っと！　手を出さない方がいいね」

サーシャが手を止めた理由。それは、目の前で渦巻く炎を巻き込んだ旋風が見えたからだった。赤く視界を染め上げる炎は勢いを増して仮面に衝突した。

ドオォン
「ここが広くて助かったわね！」

「狭かったらみんな丸焦げですね」

「ぶうぅ、出番がなかった」

見つめる先には未だに消えない炎の渦。流石に直撃を喰らって無事ではいまい。相手の隙を狙った流れるような二人の攻撃。彼女達の連携は完璧だった。だが、相手は名無しと呼ばれる集団だ。炎を突き抜けて迫る仮面の男の手には大剣が握られていた。

「なっ…。そんな!!」

真っ先に標的になったアリスは驚きのあまり、動く事が出来ない。すると、目の前に現れる影。振り下ろす大剣に向かって宙を飛ぶと、体を回転させて切っ先を避ける。

「まずは一発っと。はぁ面倒だな」

その回転を利用して、仮面の頭蓋に回し蹴りを放つ。どことなくやる気のなさそうな声と共に。

ドカッ
「グフッ」

初めて声を出した仮面の男は後方へと転がって行く。

「剣なんて当たったら死ぬだろう。痛いのは勘弁してくれ」

少年はぐちぐちと文句を言いながらもアリス達に背を向けたままだ。油断なく前方を見据えていた。

「中々やるな」

「そりゃどうも、足が勝手に動く性質《たち》なので」

「ふふふ、相変わらず面白い奴だ」

ユラユラと立ち上がった男は地を踏みしめると、爆発的な速度で走り出した。

「っと」

振るわれる大剣を掻い潜るレグルス。軌道を読んでいるのか紙一重で躱して行く。

「あれ見える？」

「んー、無理」

「なら大人しく待ちましょう」

アリス達の目の前で繰り広げられる攻防は、現在の彼女達の能力を大きく超えていた。

「でも！　レグルスに何かあったら」

「大丈夫ですよ」

　ハラハラしながら見守るアリスと、それを宥めるラフィリア。彼女達の視線の先にはレグルスの姿があった。

「お兄ちゃん」

　サーシャはレグルスが勝つ事を信じているのか、目を瞑り祈る。地面をスレスレで動くレグルスに、どこからそんな力が出るのか高速で振るわれる大剣。暴風のように乱舞する。隙をついてレグルスが放つ打撃は大剣の腹によって阻まれる。

「なかなか速いが、それまでだ」

「だってズルいぞ、武器使ってるじゃねーか」

　一度距離を取った二人は見つめ合う。

「これで決めるぞ」

「とんだ茶番だな、まったく」

　踏み込む仮面の男は上段から振り下ろす。それを見たレグルスは横に躱して拳を握りしめるが
「甘い！」

　その言葉と共に、地面に着くと思われた大剣は跳ね上がる。その軌道はレグルスの腹目掛けて振るわれていた。

「レグルス！」

「お兄ちゃん!!」

「レグルスさん！」

後方からアリス達の叫び声が聞こえる。今にも飛び出しそうな三人だったが
「甘いのはどっちだよ、リンガスさん」

体を後方へと逸らし、目の前を大剣が通り抜けて行く。揺れる髪が大剣にとらわれ舞い散った。

地面に手を付いたレグルスは起きるままの勢いで掌底を放った。

ドスッ
「やっぱり隠してたか。レグルス」

（危うく喰らうところだった。とんでもねぇ戦闘能力だな。レグルスは他に何を隠しているんだ？）

「たまたま調子が良かったんですよ。それよりもういいですか？」

掌底は腹に当たる直前でリンガスの手により止められていた。自分の予想が当たっていた事に、リンガスは満足げに頷いていた。

「何がだ？」

「仮面、もうないですよ」

「えっ？　マジ？」

「マジで」

いつのまにか縦に亀裂が入った仮面は左右に分かれて落ちていた。その中から現れた顔は、ビッ

クリした様子のリンガスだった。

「いつの間にやったたんだ？」

「さぁ、最初から壊れてたんじゃないですか？」

「まあいいか。よし！　お前達は合格な」

未だにあちら此方で戦闘が続く中で、誰もレグルス達に気が付いた様子はない。自分の相手に精一杯の様子だ。

「これも試験なんですか？」

キョトンとした様子のアリスが尋ねた。いきなり現れた名無しから続き、正体はリンガスと理解出来ない様子だ。

「そうだ。お前らもすぐに対応出来ていたから優秀だったぞ。それと、終わるまでは待機な。それにほら」

そう言ってリンガスは大剣を掲げる。その見覚えのある形に三人は声を上げた。

「「「あっ！」」」

「ま、上出来だったぞ」

そう褒めたリンガスと一行は、この場が収まるまで暫く待つ事になったのだった。

「終わったか」

そう呟いたリンガス。辺りには抵抗も出来ずに倒れたのか、少年や少女が地に伏していた。おそらく意識を失っているのか、微動だにしない。

　高みにいる竜騎士の絶妙な力加減がなせる技だった。まだ未熟な彼らにとって、今回の試験に対応する事は出来なかった。だが、そんな中でも試験を乗り越えた者達の姿も見受けられる。

「レグルス、ありがと」

「いや、問題ない」

（リンガスさんって容赦ないな。俺が出なかったらあのままアリスはやられてたぞ）

　恥ずかしそうに俯くアリス。いつもは逆の立場だが、今回はレグルスが見下ろす形になっていた。

ふいに、レグルスは自然な動作でアリスの頭に手を置く。

ぽん
ぽん
「今回は特別だ。今度何か奢れよ」

「う、うん」

　耳まで赤らめるアリスは、嬉しさの余りかプルプルと体を震わせていた。どことなくピンク色の雰囲気が流れる中、当然ながら黙っていない面々がいる。

「お兄ちゃん！　私にもそれ！　ぽんってやつ」

　レグルスの前に俊敏な動作で飛び出ると、サーシャはぴょんぴょんと飛び跳ねる。私にもして！といった具合だ。こういう事は基本的にサーシャの専売特許だったのだ。それを奪われたとあっては黙っていられない様子だ。

「では、ここは私も参加した方がいいですね」

ラフィリアもさり気なく近くに寄ると、頭を傾けてポジションを固めていた。顔は笑っており、からかっているのが丸わかりだ。

レグルスは溜息をつく。

「俺の手はそんなにない」

放っておけば、面倒そうになると判断したレグルスは、煩わしそうにアリスから離れる。

「あっ」

頭にあった温もりが消えたせいか、アリスは名残惜しそうに声を上げる。上目遣いで見上げるアリス。顔は赤らみ、少し瞳が潤んでいる。普通の男ならココで止める事は出来ない筈だったが、当のレグルスは違う事に関心が向いていた。

「さて、バッハさんの説明を待とうか」

「レグルスのバカ」

呟くアリスの声は小さい。

「何か言ったか？」

「な、なんでもないわ！　それよりも早く説明が聞きたいわね！」

「何人くらい残ったのかなぁ」

「私達を含めても三桁もいませんね」

彼女達の言葉は、この試験の厳しさを如実に表していた。何故なら竜式を合格した者達は、竜に立ち向かえる程度の勇気、そして未熟ながらも滅竜師候補に選ばれる竜具があったのだ。

そんな中、大広間にいた子供達で尚も立っている者は三桁に届かない程度だった。辛そうに立っている子供達もかなりの数に上っている。

「これが竜式だ。竜騎士を目指すなら避けては通れないな」

苦々しげに呟くリンガス。彼ら竜騎士にとってもこの試験は余り率先してやりたいものではない。思い入れもある自分達が推薦する者を、自らの手で倒すこの試験は非情にならなくてはこなせなかった。

「リンガスさんの時もですか？」

「ああ、内容は色々と変わるが、俺の時も何も知らされてなくてな、いきなり中位竜が現れやがった。あの時は死ぬかと思ったたな」

どこか遠い目をして話すリンガス。それほどに強烈な試験だった事が伝わってくる。

「今回は対人戦って事なんだね。でも、お兄ちゃんに助けられた私達も合格なの？」

そんな中、サーシャは疑問に思っていた事を口にした。それは、名無しが現れた時、自分達は何も出来なかったと痛感していたからだ。どこか落ち込んだ様子のサーシャを見たリンガス。

「この試験は勝ち負けじゃない。絶望的な状況で、生き残る事に意識を割けるかという試験だ。お前達はしっかりと役目を果たした。本来なら、あの技を喰らえば大概の奴は戦闘不能かその程度には出来る。だからあの技で合格にしても良かったんだがな」

そう言うリンガスは、後ろで欠伸をしているレグルスを見やる。彼は試したかったのだ。レグルスの本当の実力というものを。

「もしお兄ちゃんが動かなかったら？」

「それならそれで、レグルスは村にお帰り頂いただろうな。この先、実力がないものは生き残れない、死ぬか生きるかの二択だ」

リンガスの表情を見れば、レグルスを村に帰すという事が本気だったと窺えた。そう思わざるを得ないほどに彼の言葉は真実味を帯びていた。

どことなく緊張が抜けていたアリス達はもう一度顔を引き締めた。竜騎士になるという事はそれほどの覚悟がいるのだと。

「そろそろベルンバッハ様が来るぞ」

リンガスの言葉に壇上を見れば、いつのまにかベルンバッハが立っていた。それに、気が付いた候補生達も見やると
「ひっ」

誰かがそんな声を発した。静かな広間に響き渡っていく。彼らが見る先には、ベルンバッハは静かに前を見つめていた。その顔には皺が刻まれ、眼力は圧力を持って子供達に襲いかかっている。

その重圧に耐えきれなかった候補生が悲鳴を上げたのだ。

「お主達は今ここで、一度死んだ。警戒もせず、疑う事もせず、挙句には動く事すら出来ない者もいた。千人近くいた候補生は八十六人にまで減っておる。お主達は何を目指す？　竜騎士、いや竜騎士に限らず滅竜師、竜姫になりたい、その心意気は良い。じゃが死ぬのは一瞬じゃ。例えば竜に負けるのならまだ良い。それが、もし裏の人間に捕まれば考える事すらも悍《おぞ》ましい事が待っておる。

そんな職業じゃ」

その言葉にこの場にいた子供達は息を呑む。憧れていた滅竜師、竜姫になれる。そんな、漠然とした考えは吹き飛んでいた。

僅かに残った慢心はベルンバッハの重い言葉で散っていく。竜騎士とは、竜だけが敵ではない。その力を悪用する組織は多く、捕まれば何をされるか分からない。殺される者、他国に売り飛ばされる者、人体実験に使われる者。戦力を拡大する為に、女性であれば契約という名の隷属すらあり得た。

また、組織の中には竜騎士に憎悪を燃やす輩もいる。

「今回の試験の合格者はここに立つ者。そして、逃げ生き残った者じゃ」

その言葉にどよめきが走った。逃げた者が合格するという事実に驚愕を露わにしていた。

「これは儂の持論であるから、聞き流しても良い。勝てぬなら逃げる選択肢もある。立場上は死んでも戦えというべきだろう。じゃが、今回でいえば逃げた所で学園には多数の竜騎士がいる。その者らに情報を伝える事は大事なのじゃ。逃げる事にも勇気がいる」

実感が籠った言葉だった。

「命は一人に一つしかない。生き残ればその者には先がある。たとえ、汚名、罵声を浴びようがそこで得るものは大きいと考えておるのじゃ。勇敢に立ち向かった者も賞賛に値するがな」

ベルンバッハはそう言うと、この場を支配していた圧力は消える。子供達は苦しかったのか一斉に息を吐いた。そんな様子を見ていたベルンバッハは辺りを見回す。

「さて、今回の件では眼を見張る者がいた。シャリア、君は状況を正しく把握し竜騎士を押し留めた。それは凄い事じゃ」

「あ、ありがとうございます！」

褒められたシャリアは感極まった様子で声を発した。生ける伝説に褒められる事はそれほどに感激する事だ。

シャリアに羨ましそうな視線が集中している事が如実に表していた。

「そして、他にもおる。この試験を見抜き、全てを把握した上で動いていた。その洞察力は凄まじい事じゃが、さらに、学生の域など軽く凌駕する戦闘能力を持っている。さて、何を隠しているのかは知らんが今後が楽しみじゃ」

ベルンバッハの視線の先にはアリス達がいた。真っ直ぐ見据える視線に子供達もそちらを向く。

「あの三人がそうなのか？」

「おそらくそうなんだろう」

「凄いわね」

そんな呟きが聞こえてくる。俄かに騒がしくなる広間。ベルンバッハがここまで言うのだから気になってしまうのだろう。当然ながら、視線を集める三人はレグルスだと思っていた。素早く周りを見渡すと、いつのまにかアリス達の陰に隠れて舟を漕いでいる。

そんな事も知らない周りの子供達は、一斉にアリス達を褒め称えた。一人だけ悔しそうに顔を歪める。シャリアは、この日彼女達をライバル認定したのだった。

　ベルンバッハが視線を向ける先、その視線をレグルスは敏感に感じ取ったのか目を開けた。視線が交差する二人。レグルスは逸らす事はせず見つめ返していた。

「精進せよ」

「やっぱりバレるよな」

（流石は生ける伝説のバッハさん。目立たないように立ち回ったと思ったんだが、しっかり見られてたか）

　レグルスは、言葉の通り聖域を使わずに体術のみで戦った。周りが扱う竜具や滅竜技の激しさに、目立っていなかったのだ。

「これにて終わりじゃ。後は竜騎士に聞くと良い」

　最後にそう言い残し、その偉大な背中に尊敬の視線を受けたベルンバッハは去っていった。

「あれってお兄ちゃんの事だよね！」

「さあな。寝てたから、嫌がらせかもしれないぞ」

「ベルンバッハ様がそんな事する訳ないでしょ！　アレはレグルスよ！」

「そうだよ！　お兄ちゃんの本気は凄かったもん」

「まあまあ、皆が見てますよ」

　思い出したのか、興奮した様子の二人はワイワイと騒ぎ始める。何をしているんだと、目立ち始めた時にすかさずラフィリアが注意した。リンガスは苦笑いを浮かべて、他の竜騎士達に軽く頭を下げていた。

渋々ながらも、この話題は終わった。アリス達もこの件に関しては静かに話せそうになかったのだ。

「それにしても、ベルンバッハ様って言葉に重みがあったよね」

「色々と考えさせられたわ」

「憧れるだけの子供ではダメという事ですね」

三者三様に言葉の真意を受け取った彼女達は深く心に刻んだ。憧れるだけだった竜姫のイメージが明確に心に浮かんできていた。

「これが、竜騎士を目指すって事だ。まあ、お前らはまだ学生だ。何かあれば俺達がいる。だから、今はそんな気負うなよ」

「「「はい」」」

リンガスのフォローに勢いよく頷いた三人。その後ろから姿を見守るレグルスは真剣な表情だった。リンガスは四人の顔を見届けると、手に持った大剣に向かって話しかけた。

「メリー、戻っていいぞ。お疲れさん」

その言葉と同時に、大剣から光が溢れ始める。そんな光景が至る所に広がっていた。幻想的な光景に見惚れていると、光が収まりメリーの姿が現れた。

「お疲れさま。みんな」

メリーは労うと、微笑を浮かべる。

「よし、お前達は今日から学園の生徒になった。今から寮に連れて行くから女子はメリーに付いていけ」

「さ、行きましょう」

メリーに促されて、アリス達は後ろを付いていく。

「レグルス！　私がいなくてもちゃんとするのよ!!」

「アリスちゃん、流石に心配しすぎたよ」

「ふふ、そうよアリスさん」

「し、心配じゃないわ！　いつもの癖でついよ、つい！」

尚もチラチラと振り返るアリスにレグルスはのほほんと手を振り返していた。こうして、見送られるアリス達は広間から出て行った。

「さて、これからどうなる事やら」

今後の事に想いを馳せたレグルスは呟いた。すると、それを聞いていたのかリンガスは語る。

「詮索するつもりはないが、お前の性格は大体分かった。力がある癖に、只の怠け者だったら殴っていたんだが。はは、陰から見守るって事か？」

「まあ、そんなところです」

「村の件といい、お前はそれでいいのか？　俺の予想だったんだが。毎日かかさずに草原にいたのも、村を竜から守っていたからだろ。単純な疑問なんだが……何がしたいんだ？」

そう問い詰めるリンガスの表情は真剣なものに変わっていた。目の当たりにしたレグルスの体術は一瞬の戦いだったが、おそらく自分に劣るか同等と判断していた。サーシャが連れ去られた件についてもそうだった。色々と疑問は残るが、今のサーシャが双頭竜《ツインヘッドドラゴン》に単独で勝てる筈はない。

目の前のレグルスが関係している事には薄々気が付いていた。メリーは知らないフリをしていたが、リンガスは今回の事でとうとう我慢が出来なくなったのだ。

「何もしませんよ。俺は怠け者のレグルスですから」

「おい！　レグルス！」

はぐらかすレグルスにリンガスは摑みかかる勢いで問いただす。

「色々とあるんですよ。色々と……ね」

そう語ったレグルスの顔には何と表現したらいいのか、唯一分かった事はただ寂しそうに笑っていた。拍子抜けしたリンガスは黙ってレグルスを見つめる。

そんな微妙な雰囲気の中

「寮に行きましょうか、リンガスさん」

「あ、ああ。悪かった」

「いえ、リンガスさんにはお世話になってますから」

こうして、リンガスは疑問を残すままレグルスと寮へと向かうのであった。

リンガスとレグルスは左右を木々に囲まれた道を歩いていた。このセレニア学園の敷地は広大である。

時計台が建つ正面口から向こう側は全てが学園の敷地であった。世界でも有数のセレニア王国王都において、面積が四分の一を占めているといえば分かりやすい。

一つの街が学園の中に入っていたと錯覚するほどである。国中から集められた滅竜師候補が集う場所の為、生徒の数はおよそ三百人ほどと少ないながら、低位の竜相手の実戦訓練を想定した広大な造りになっていたのだ。

「それにしても、名無しの姿になるなんて思いもしませんでした」

「今回は随分と気合が入っていたみたいだからな」

「へぇ。それで、どこまでが本当なんですか？」

二人きりになった事でレグルスは気になっていた事を尋ねた。アリス達がいた手前、突っ込んだ事は聞きにくかったのだ。

竜騎士達が敵対組織である名無しに変装していた事にレグルスは疑問に思っていたのか、試験でここまでするとは思いもしなかったみたいだ。気絶していた候補生達は起きた頃に愕然とするだろう。まさか、あれが試験で自分が不合格になっているとは思いもしなかっただろう。

リンガスとレグルスは歩きながら会話を続ける。

「そうだな。候補になれる才能を持つ者はごく僅かだ。さらに、そこから厳選された学生は奴らにとっては邪魔な存在であり、目的は色々あるが有用なんだろう。まぁ、四六時中襲われる訳じゃないが、何か大きな事件があれば、大体奴らがいる事は確かだな」

「強いんですか？」

「ピンキリだ。そこらの下っ端相手なら、勇気があればここの生徒でも勝てるだろうな。だが、頭文字《イニシャル》を持つ幹部クラスは俺達とも対等に渡り合えると聞いてる」

「うへぇ。マジっすか？」

レグルスはとてつもなく嫌そうな顔をする。どことなく足取りも重くなる。目の前のリンガスは、手加減していても尚、かなりの実力を持っている事が分かるからだ。

「俺はやり合った事がないから何とも言えんがな」

「出来れば関わりたくない相手だなぁ。てか、もう歩くのしんどいです」

レグルスはすぐに名無しの事など忘れ去ったのか愚痴を言い始めた。だが、何故かそれが面白く感じたのか、リンガスは苦笑いする。

「まあそう言うな。っと、そろそろ着くぞ」

そう言って立ち止まるリンガス。話していたせいかいつのまにか寮に着いていたのだ。辺りには木々が生い茂ってはいるが、綺麗に整えられているのか嫌な感じはしない。太陽の光が差し込み、キラキラと輝く光景だった。

「デカッ！」

建物を見たレグルスは目を見開き驚く。一年生の数が百人もいないとして、精々がこぢんまりとした建物だと思っていたのだが、普通の一軒家のように見えて大きさが三倍ほどもある。

「驚いたか？　ここの寮は五人で一軒の家に住むんだぞ。で、お前は余りの一人」

「って事は？　まさか？」

リンガスの言葉にレグルスは、いつもとは似ても似つかわしくないキラキラとした表情で食いついた。

「そうだ、一人だ。俺を褒めろよ」

「いやぁ、流石っすね。ちょっと羽目を外すおじさんと思ってたのに、凄いおじさんですよ」

「うっ」

試験の際に、本来ならあそこまでは不要だったレグルスとの戦いを、皮肉交じりに指摘されたリンガスは言葉を詰まらせた。

「軽い好奇心だったんだよ。もう何も詮索しねぇし言い触らさないからいいだろ？」

「冗談ですよ、ありがとうございます」

「おお！　だが、爺さんに気に入られたお前は今後どうなるんだか」

軽く放った言葉に、レグルスの頭は機械のようにぎこちなく動いた。何それ？　とでも言いたそうな顔だ。

「この割り振りもあの爺さんがやったんだよ」

「爺さん？」

「ベルンバッハ様だよ。頑張れよ」

そう言って、肩を落とすレグルスをバシバシと叩くリンガスはしてやったりと笑っていた。

「んじゃ、俺は帰るわ」

「もうですか？」

「試験も終わったからな。これでも竜騎士なんで忙しいんだ。サーシャちゃんの事もあるし、報告も兼ねて戻らなきゃいけない。んじゃまた会おう」

「それではまた」

軽い挨拶を交わした二人はここで別れる事になった。踵を返したリンガスと、寮へと向かうレグルス。

「忘れてた、幼馴染達をあんまり連れ込むんじゃねぇぞ」

「はいはい」

「ははは、これから頑張れよ」

笑い声を上げげながら去っていく姿を見送りレグルスも寮の中へと入っていった。

「おおぉ、綺麗だし設備も完璧」

中は綺麗に掃除されており、本来なら五人で使う為か玄関は広く奥行きもかなりあった。

「まずは部屋だな。ベッド、ベッド」

スキップしそうなほどに軽やかに走るレグルスは、通り過ぎる部屋を片っ端から開けていく。

「どんだけ扉があるんだよ」

そう呟いたレグルスは疲れたような声を出した。十回ほど繰り返した作業にノロノロと動きが遅くなってしまった。トイレに浴室、大きな広間や厨房に物置など沢山の部屋があるここは、確かに四、五人が共同生活する為に造られた建物だった。

部屋の奥へと進んで行く。

「あったあった。上に部屋があるのか？」

そう呟いたレグルスの先には、上へと繋がる階段があった。ヨロヨロと上って行くレグルス。一歩一歩がかなり遅い。階段を上り切ると、長い廊下の左右に扉が六つほど見えた。どうやら、ここが個人の部屋みたいだった。

「ベッドが大きいのはどこかな」

そんなバカな事を言いつつレグルスは一つ一つを確実に見回して行く。だが、当然ながら据え付けられたベッドは統一されており、どれも同じだ。

「もうここでいいか」

かなり無駄な時間を使い、ひとしきり見回ったレグルスは一番奥の部屋へと入っていった。

「よーい、どん」

ボフッ

掛け声と共に勢いよくベッドに飛び込んだ。凄まじい身体能力を駆使した見事なダイビングは扉から距離がある筈のベッドに見事に着地した。柔らかな感触に包まれ、至福の笑みを浮かべるレグルス。顔をグリグリと押し付けて余韻を楽しんでいる。

「これはいいな」

この言葉にこのベットの素晴らしさは集約されていた。寝る事に関しては煩いレグルスが褒めたのだから流石は国営の学園という事だ。

ひとしきりベッドを堪能したレグルスは静かに仰向けになる。右手を宙に上げた。

何度も開いては閉じるを繰り返す彼の表情は、どこか暗い。それは、自分の体が思うままに動くかを確かめるようだった。

「はぁ、俺はいつまで持つかな」

その呟きは虚空に消えていった。考え込むようなレグルスは長い間己の手を見つめたまま動かない。

「やめだ、やめ。もう寝る」

何かを吹っ切るようにそう呟いた彼は、あっという間に眠りについた。

誰もいない寮は、時間が静かに過ぎ去って行く。辺りは明るくなり、窓から光が差し込んできた。光が鬱陶しいのか寝返りを打ちベッドに顔を埋めるレグルス。
すると
ドタドタドタ
そんな静寂を打ち消すように、階段を勢いよく上ってくる者がいた。その音はあっという間にレグルスがいる部屋へと辿り着く。
バァーン
「起きなさい！　レグルス!!」
勢いよく開け放たれた扉。勝気な顔をした少女は満面の笑みで中を見つめていた。目当ての人物を見つけると、再び声を上げようとする。だが、勢いよく開け放たれた扉は、スピードを落とさず壁にぶつかり反対側へと返っていく。

そして

パタン

再び部屋には静寂がもたらされた。扉の前に立っていた赤髪の少女は静かにフェードアウトしていったのだ。暫く時間がたったあと。

ガチャ

「起きなさい！　レグ……」

「何やってんだ？」

なかったことにしたかったのか、再び同じ言葉を放つアリスはベッドに気怠げに座るレグルスと視線が合う。言葉尻は静かに消えていった。

「な、な、何で起きてるのよ!!」

そんな理不尽な言葉が放たれる。

「あんな音がしたら普通は起きるだろ」

「レグルスのバカ！　せっかく起こしに来たのにどういうつもりよ！」

間抜けな失態を見られたアリスは吠える。理不尽だとは分かっていても、見られたとあったら冷静ではいられない。

「落ち着け、な？　それよりも何でいるんだ？」

「そ、そうね……すーはー。よし。今日から学園が始まるのにレグルスが寝てるから起こしに来たのよ」

ようやく落ち着いたのか、アリスは静かに話し始めた。その言葉を聞いてレグルスはポカンとした表情を浮かべた。リンガスに昨日は何も伝えられていなかった彼は、今日は昼まで寝るコースに決めていたのだ。まさに、寝耳に水だ。

「そんなこと聞いてないぞ」

「へ？」

その言葉に首を傾げるアリス。その動作にツインテールに結われた赤髪がユラユラと揺れる。

「はあ。メリーさんにココを聞いておいて良かった」

リンガスが伝えていなかった事は理解出来た。それなりに長い間一緒にいたせいで、そんな事もあり得ると思えるほどには人柄が分かって来ていたアリス。

タッタッタ

今度は軽快に階段を上ってくる音。

「お兄ちゃーん！　起きた？」

ひょっこりと顔を出したサーシャは、起きているレグルスを見るとぶんぶんと手を振る。

「おいーす」

「危なかったね。初日から遅刻なんかしたら、バカな怠け者になって目立つよ。それにバカに思われちゃう」

「二回目のバカは余計だ」

「えへへへ」

可愛らしく笑うサーシャ。透き通るような青い髪が陽光に照らされてキラキラと輝いている。寝起きにアリスとサーシャに囲まれるレグルス。世の中の男子がこの光景を見れば血の涙を流して襲いかかってくる事間違いない。

「みなさーん。朝ご飯が出来ましたよ」

「お!?　ラフィリアが作っているのか。先行ってるぞ」

人が変わったようにベッドから勢いよく起き上がると、軽快な動作で階段を駆け下りていく。まるで餌を待っていたペットのようだ。残された二人は、その姿を見送ったあと、互いに見つめ合う。

「やっぱり胃袋を摑むのが先ね。流石はラフィリア」

「まずは、料理を作れるようにならなきゃね」

二人は頷きあうと、同じように下の階へと歩を進めていった。すると、下の階から漂う美味しそうな匂い。既にレグルスは座っており、ガツガツとご飯を食べている。微笑を浮かべながらその姿を見つめるラフィリアがいた。

「美味しいですか？」

「ああ、毎日食べたいくらいだ」

その言葉を聞いたラフィリアは、音もなく対面へと座る。流れるような動きだった。

「なら毎日作りましょうか？」

「おう、頼むわ」

ご飯に集中しているレグルスは目の前のラフィリアの変化には気がついていない。薄く微笑を浮かべるラフィリアは更に続ける。

「唐揚げとか好きでしたよね？」

「おう」

「おかわりもありますよ」

「おう」

「ついでに契約もしましょ」

「お……う？」

レグルスの返事は疑問形になっていた。さらりと言われた契約に思わず頷いたレグルス。前を見れば、大きく頷くラフィリアがいた。

「ラフィリア！　そこまでよ！」

「こんな手があったなんて」

慌てた様子のアリスが飛び込んで来た。サーシャもこの手があったのかと感心している。

「冗談ですよ」

そう笑うラフィリア。レグルスの額には一粒の流れる汗があった。

「さ、早く食べないと冷めますよ」

テキパキと動くラフィリアによって、アリスとサーシャのご飯もテーブルに並んでいく。ラフィリアは凄まじい家事スキルを持っていた。みんなが座り、食事を始める。

ふいに、サーシャが呟いた。

「楽しみだね、学園」

「そうね」

「私も楽しみです」

期待の籠った表情の三人。

「どんな人がいるんだろうね。めちゃくちゃ優秀だったらどうしよ」

「問題ないわ！　私達が一番よ」

「頑張りましょう」

これから始まる学園生活に花を咲かせる三人。ふと隣を見ると、未だにご飯をパクパクと食べるレグルスの姿があった。


「人が少ないな」

四人で校舎に向かっていると、ふと呟いたレグルス。彼は校舎へと向かう道中に誰とも会わなかった事を不思議に思ったようだ。

「敷地がかなり広いですし、これくらいかと」

「そんなもんかな」

唐突に話し始めたレグルスに、気になったアリスは尋ねた。

「それがどうかしたの？」

「いや、今日から学園が始まるって事は二、三年生もいるって事だよな？」

「言われてみればそうね」

昨日の時点では、毎年行われる竜騎士候補の試験の為在校生達は授業ではなかった。ミーシャやローズのように、学園に来ていた者はいたがそれも少ない筈だ。

例に漏れず、今年も学園では一年に一度の試験の為に、名無しに変装するという大掛かりな事をした。やはり、そもそも授業が出来る日ではなかったのだ。

その為、昨日は敷地内で在校生と会う事はなかった。

「よく見てるね、お兄ちゃんは」

言われてみなければ気付かない事を指摘したレグルスを褒めるサーシャ。彼女はレグルスの右腕を抱えると、顔を覗き込むように見上げていた。

「んあ？　たまたまだ」

「時間が早すぎましたかね」

ラフィリアの言葉に、アリスが時間を確認するが特に早いという訳でもなかった。

「朝はしっかりと確認したわ」

「ふむふむ」

何かを考え込むようにサーシャは顔を傾ける。すると、自然とレグルスの腕にもたれかかるような姿勢になった。

「はい、お終いよ！　まったく、油断も隙もないわね」

「あはは、バレちゃったか」

「なーにが、ふむふむよ！　何も考えてないじゃない」

襟をグイッと摑まれて引き剝がされるサーシャは、舌をペロッと出して笑っていた。少しシリアスな雰囲気を出すサーシャだったが、幼馴染の目は誤魔化せない。

「そんな事はどうでもいいか」

「そうですね。それよりも、今日はしっかりとして下さいね」

「何を？」

「「はぁ〜」」

何のことか本当に分かっていない様子のレグルスに、三人はダメだコイツ、とばかりに溜息をつく。見事にシンクロしていた。

「学園です。寝てたらダメですよ」

「善処する」

バチンッ
豪快に振るわれた手はレグルスの頭を捉え、思わず仰け反る。

「イテッ、いきなり頭を叩くな」

「善処するじゃないわよ！　いい？　起きてる事！　分かった!?」

「任せろ」

こういう時だけ真面目な顔をするレグルス。調子がいいとはこの事だろう。

「言っても無駄だってアリスちゃん」

「義妹《サーシャ》が甘やかすから、こんな怠け者になるのよ」

「ぶぅう。私のせいじゃないもん」

「この口が言うのね！」

可愛く頬を膨らますサーシャだったが、アリスに両頬を摑まれてグニグニとされる。コロコロと変化する顔は、素材がいいのか変顔でも可愛らしかった。

「やったな～？」

「キャッ！　ちょっとサーシャ！」

サーシャが目の前にある、アリスの胸を触ったせいで、可愛らしい声を上げるアリス。すると、勝ち誇ったようなサーシャは誰かの真似をするように話し出した。

「ふむ、義妹《サーシャ》より小さいな」

気怠げに頭を下げるサーシャ。誰の真似をしているかなど一目瞭然だ。

「そ、それ、レグルスが言ってたの!?」

「さあね」

「待ちなさい！」

後方でバタバタと騒ぐ二人を放ってレグルスとラフィリアは歩き続けていた。すると、二人の目の前にはようやく校舎が見え始めた。

「おーい、そろそろ見えて来たぞ」

後ろにいる筈の二人に声をかけるレグルス。何やら顔を真っ赤にしたアリスが猛スピードで走って来ている。

　首を傾げるレグルスだったが
「レグルス！　そこに座りなさい!!」

「な、何でだよ？」

「いいから！」

　余りの剣幕に渋々ながらも座ろうとするレグルス。怒られる事なんてしたのかといった風な顔をしているが、今のアリスには逆らわない方針をとる。

　今から説教が始まるかと思われたが……。

「二人とも、静かに」

「ラフィリア！　ちょっと待っ……」

　叫ぼうとして押し黙るアリス。周囲には人だかりが出来ていた。校舎前でこんなコントをしていたら嫌でも目についてしまう。野次馬達が集まり此方を窺っている。

　彼らはアリス達を見た後、座るレグルスを見て疑問符を浮かべていた。流石にこんな中で説教は出来ないのか、アリスは渋々と引き下がった。

「そ、そうね。今回初めて許して上げるわ」

「許すも何も、俺は何もしてないぞ」

「お、乙女の、その……何でもないわ！」

　言おうとして、恥ずかしくなったのか開き直るアリス。胸を張って叫ぶ姿は堂々としていた。訳も分からないままのレグルスは、アリスの怒りが一応は収まった事に安堵していた。

「さて、行きましょう」

終わったことを確認したラフィリアによって、一行は、周りに集まる野次馬達をスルーして、すごすごと校舎へと入っていった。

「あれ見たか？」

「やっぱり可愛いよな」

「あのレグルスって奴は何なんだ？」

「さぁ、何か弱そうだったよな」

「黙って座ってたし情けないな。全くあれでも滅竜師候補かよ」

レグルス達を見送った生徒達は口々に先程の事について話し始めた。入学早々、話題を独占する形になった四人は何を言われているのか分からないのだが。

「やっぱり広いわね」

そう呟くアリスは、先程の事など忘れたのかいつもの様子だ。

この校舎は生徒達が座学を学ぶ為に建てられた校舎であり、一～三年生が集まる唯一の校舎である。三階建てで、モダンな雰囲気を感じる建物だった。

将来、卒業すれば滅竜師として国に仕える彼らには、一般教養から始まり礼儀作法に歴史や地理、更には世界情勢など学ぶ事が多いのだ。公の場にも出る滅竜師、そして竜騎士は国を背負う立場である為、こうしたカリキュラムが組まれている。

これだけでも、卒業まで残れる者達の優秀さが窺える。建物は上階から一年生から三年生の順に入っており、レグルス達はこれから毎日階段を上る羽目になっていた。

「うへぇ〜。もう無理」
「仕方ないなぁ。ほら乗って」

階段を上る以前の問題で、早くも心を折られたレグルスは悲壮な呟きを漏らした。すると、サーシャが前に出て背中を見せた構えで話したのだ。

「いや、それは絵面的にヤバイ」
「そうかなぁ〜?」
「流石にな」

幼い顔立ちのサーシャに背負われる少年。それも、怪我をした訳でもなく、理由が怠いという事実。流石に無理を感じたレグルスは遠慮するが、サーシャは分からないといった風に首を傾げていた。

すると

「朝から楽しそうですわね」

そんなやり取りをしているとふいに後ろから聞き覚えのある声がかけられた。レグルスは上品な話し声で誰なのかすぐに分かった。

「ローズさん」
「皆さんも合格したんですね。おめでとうございます。ところで、何をしていたんですか?」

ローズは昨日の試験に合格した彼らを褒めると、先程のやり取りについて尋ねた。顔を見合わせるラフィリアとアリス。どういえばいいのか言葉が見つからない様子だ。

「えっと、お兄ちゃんを背負って上ろうかなって思ってたんです」

「まあ！　訓練ですか？」

予想外の事実に驚きの表情を浮かべるが、すぐに興味津々とばかりに話し始めた。

「お兄ちゃんが怠け者なんで、持って行こうかと」

「なるほど、それなら私が背負いましょう」

良いことを思いついたとばかりに手を叩くと、レグルスの前に出るローズ。腰を落として、早く乗れと言わんばかりに微笑んでいた。呆気に取られるアリス達は声を出せない。

「いや、流石にちょっと」

「早くして下さいな」

尚も屈むローズだが、顔をよく見ると目が笑っており、冗談でやっている事がすぐに分かった。レグルスはまた変なのに目をつけられたと意気消沈する。この一週間ほどで、リンガスから始まり、ベルンバッハに、このローズと目立ちたくないレグルスにとっては余り関わりたくない人達だった。

「冗談はいいですよ、ローズさん」

「あら、そうですか」

すると、何事もなかったかのように立つローズ。満足したような顔をしていた。

「こういう、わいわいする事に憧れていまして」

「へぇ、また何でですか？」

「私の父の立場もあって、皆さん良くしてくれるのですが……」

「なるほど」

セレニア王国の騎士団長ともなれば、上に立つ者は指で数えるほどしかいない地位だ。やはり、将来は滅竜師や竜姫になりたい者にとっては遠慮が勝ってしまうのも仕方がなかった。

「大変なんですね」

「レグルスさんは、そんな事は気にしないのですか？」

「うーん、特には」

「まあ！　それなら、これからも宜しくお願いしますわ」

ずいっと顔を近づけるローズに、アリス達の空気がピリピリし始める。顔は穏やかなのだが、何故か居心地が悪い空間が出来上がっていた。それを敏感に察したのか、ローズはすぐに離れると、今思い出したとばかりに話し始めた。

「そうですわ！　昨日いたシェリアさん改め、ミーシャさんを見かけませんでした？」

シェリアと聞いたレグルスはすぐに思い出した。内気なようで、終始オドオドとしていた少女だった。彼の心にも悪い事をしたなという罪悪感が多少なりは残っていたのだ。

「ああ、見てないですよ」

「そうですか。今日は二、三年生の知り合いがまだ来ていなくて……。それでは、私は行きますね」

暇だった為に、レグルス達が標的になったようだった。彼女は時間を潰せたとばかりに足取りも軽く教室へと帰っていく。それを見送るレグルスは溜息と共に言葉を吐き出した。

「ここが三年生の教室だとすれば。はぁ、毎日会わなければいいんだが」

先程の強烈な絡みが残っているのか、憂鬱な気分になるレグルス。おそらく学園ではかなり有名な筈のローズと一緒にいれば、自然と目立つ事間違いはないからだ。

「大丈夫よ！　任せなさい」

「任せるって何を？」

「全てよ！」

自分に任せろとばかりに自信満々に胸を張るアリス。サーシャも真似をして胸を張っている。ラフィリアが、静かに微笑むがその真意は窺えない。

（一体コイツらはなにをするつもりなんだ？）

レグルスは更に憂鬱になるのだった。ようやく教室へと辿り着いた彼らは、席は自由になっているようで、まばらに席が空いている教室を見る。

「よし、特等席が空いてるな」

「ちょっ！　レグルス!?」

瞬時に後ろの窓際が空いている事を確認したレグルスは、アリス達を放って急いで駆け寄っていく。まさに、疾風のように駆けるレグルスは己の持つ全力を使っていた。

「ふぅ〜」

一仕事終えたとばかりに息を吐くレグルスは、特等席に満足していた。三階に位置するこの場所から見る景色。整えられた木々が陽光に照らされながら、風に揺れている。そんな、気持ちの良い景色に早くも自然とうとうととし始めた。だが、それを遮る声がする。

「こんな時だけ本気にならないでよね」

追いついたアリスはうとうととするレグルスの前で、ガミガミと説教を始めようとしたのだが。

「お兄ちゃんの前は確保～」

「なら私は横ですね」

流れるようにレグルスの周りは固められていった。

「ず、ずるいわよ！」

（私のバカバカバカァァ）

何とか抗議するが、終わったものは仕方がない。

「早い者勝ちだよ」

「また来年頑張りましょう、アリスさん」

勝ち誇った顔のサーシャとラフィリア。流石に二対一では勝ち目がないとばかりに、スゴスゴと斜め前に座るアリス。

「えへへぇ。お兄ちゃんが後ろにいるなんて何だか不思議だよ」

椅子に反対向きに座るサーシャは楽しそうに笑っている。こうして、学園に通えている事や王都の事など幸せ一杯の様子だ。

「レグルスさん、また寝たらダメですよ」

「ほーい」

うとうととするレグルスの肩を揺するラフィリアに、レグルスは怠そうに声を上げる。

「うぅぅぅ」

そんな、何かを我慢したような声が聞こえてくる。そちらに目をやれば、アリスが悔しそうに見つめていた。チラチラと此方を窺うような視線を感じる。男子達はアリス達の美貌に、女子達はそんな少女が集まるレグルスに興味津々といった様子だ。

他にも、隣同士で話す生徒や何かを熱心に読む生徒など、初めての学園にどこか騒がしい教室だった。

すると
「全員揃いましたか？　それでは始めます」

そんな声と共に、教員が教室に入ってきた。まだ、三十代くらいの男性だろうが、特にこれといった特徴は覚えない平凡な教員だった。

教員が入ってきた事で、生徒達は急いで席に戻って授業の準備を始める。流石にこの学園に来る生徒に不真面目な者はいなかった。

こうして、レグルスの学園生活が始まった。

第三章　怠け者の尻尾

Dragonkiller princess & lazy dragonkiller knight

第三章　怠け者の尻尾

「まずは自己紹介から。私はこのクラスを受け持つハーフナーです。宜しくお願いします」

　温和な表情を浮かべる教員、ハーフナーはよく通る声でクラスの生徒達に話しかけた。生徒達は静かにハーフナーの言葉を聞いている。この学園に配属される教師達は騎士以上の者しか就けない事になっていている。そして、やはりというべきか狙われやすい彼らを守る為にもといった措置だ。その為、ハーフナーも優秀ということになる。

「さて、今日の午前中はこの学園の説明を行います」

　ハーフナーはそう言うと一度言葉を区切り、生徒達を見回す。そして、問題がない事が分かり再び説明を始めた。

「まず、この校舎が君達が主に使う場所です。他の授業についてはその時に場所を指定します。また、一階には食堂があるので使う人はそちらを。他にも色々と店があるので、敷地内で殆どの事が済むように造られています」

　百人近くいる各学年は三クラスに分けられておりこの三階にも同じように三つのクラスが並んでいる。そして、ハーフナーが言うように一階には食堂が置かれ、昼はそこで済ます生徒が大半だ。

　このように、この学園では敷地内で殆どが完結するように造られており、それはレグルスのような遠くから来た者達に対する配慮でもあった。何も知らない者が王都にいきなり放り込まれて、要らぬ労力を使う事を嫌った為だ。もちろん、監禁されている訳ではなく、王都に出掛けるのも自由であった。

「食堂？」

「来る時に見たぜ、豪華な造りだった」

「いいなぁー。もう見たんだ」

　生徒達は食堂という言葉を聞き、期待に頬を染める。寮が一軒家という事もあり、その潤沢な資金によって作られるだろう食堂の食事も美味しいのかという期待感が溢れ出て来る。生徒の中には探索がてらに見てきた者もいたようだ。

「ほぉ」

　レグルスもその言葉に反応して、耳をピクピクと動かしている。美味しい料理に目がないレグルスだった。

「美味しいといいですね」

　コソッと隣からラフィリアが話しかけた。

「ああ、楽しみだ」

　レグルスも例に漏れず、どんな食事が出てくるのかと、楽しみな表情をしている。

「さて、今日はそういった説明をするので、午前中には終わりますよ」

「午前中ですか？」

今日から授業が始まると思っていた一人の生徒が疑問を口にした。その生徒はどこか落胆した様子である。

「明日から正式に始まるので、小休止ですよ。今日は今年のおおまかなスケジュールや設備などの説明ですね」

そう言って語る内容。竜騎士候補の彼らはこの三年間で様々な事を学ぶ事になる。一年生の間は一通りの基礎を固める事に重点を置かれ、二年生になると実戦や応用を固める。

そして、三年生にもなれば基本的には実戦を行い、短期間だが、各騎士団の見習いとして投入される事になっている。その実績を見て、各騎士団が入団させたい生徒達を指名していくのだ。ここで指名されなかった者は、三年間の努力は虚しく、輝かしい竜騎士への道は閉ざされてしまう狭き門であった。

もちろん騎士団に入れなかったとしても兵士にはなれる。兵士は村に駐屯し護衛の任務や、都市の警備などを含めた業務がある。その為に数はかなり必要なのだ。

そういう事もあり兵士の需要は多い。

「他には、各国の生徒達が集まって催される祭典など色々とありますが、それはまたの機会に」

そう言って締めくくったハーフナー。すると、先程の内容を聞いた生徒達は一転して心配そうな表情をしていた。

「大丈夫かな？」

「サーシャ、今から心配していても仕方がないですよ」

説明を聞いていくうちに、竜騎士への道が険しい事を改めて実感したサーシャが不安そうに呟いた。

「そうよ！　これからどんどん活躍していけば問題ないわ」

アリスにも多少の不安はあれど、ポジティブな思考でそんな不安を吹き飛ばしていた。ハーフナーは、静かになった事を確認すると、再び話し始める。

「明日から午前中は座学、午後からは戦闘訓練を行いますのでそのつもりで。何か今までで質問はありますか？」

そう言ったハーフナーの言葉に合わせて、生徒達が一斉に手を挙げ始めた。聞きたいことは盛りだくさんといった様子だ。

「ハーフナー先生も竜騎士だったのですか？」

誰もが一番聞きたかった事を尋ねた生徒。金色の髪を短髪に刈りそろえた活発な様子の少年だった。

「君はケイン君ですね。では、私は竜騎士にはなれなかったので騎士でしたよ。もう少し頑張れば良かったんですが」

机に置かれた名簿を見て、生徒の名前を確かめたハーフナーは残念そうな表情を浮かべて話したのだが、最後の方は肩を竦めたお陰で、暗い空気にはならなかった。

「「おぉ～」」

竜騎士ではなくとも、騎士というだけで尊敬に値する為感嘆の声が上がった。ケインも目をキラキラとさせてハーフナーを見つめている。騎士団に指名された生徒が初めに上がれる階級は従士からだ。彼らの役目は主に騎士に付き従い行動する事である。

だが、当然ながら従士の数は多く年齢の幅も広い。その為、激しい競争が行われているのだ。よって若い時に騎士に上がれる事が出来ればかなり優秀という事になる。

「では次の方？」

「はい!!　えっと、ハーフナー先生の年齢は？」

どこか期待した眼差しで見つめる少女。普通の顔立ちにはそばかすがあり、村娘のような容姿だった。

「ルイーゼさんですね。私は今年で二十五歳になります」

「凄いですね！」

その言葉にルイーゼは感嘆の声を上げた。卒業後の七年で騎士にまで上る事が出来たのだから、この反応は当然だった。

「では、次の方は？」

その言葉にすかさず少年が手を挙げる。引っ切りなしに飛び交う質問は途切れない。手を挙げたのは黒い髪をした大人しそうな少年だった。

「クラス分けの基準って何ですか？」

「君はコリン君かな、クラス分けは実力ではなく身分ですね。やはり、貴族の方と普通の方を同じにすると争い事が多いので」

　その言葉に生徒達は一斉に頷いた。確かに周りをよく見れば、誰もが平民が着るような服を着ており、雰囲気で貴族ではない事が分かるのだ。だが、全員の視線が一点に集中する。

「私達も貴族じゃないわ！」

　その先にいたアリスが代表して答えたのだった。彼女達の美貌は飛び抜けており、そういった疑問が出るのも仕方がなかった。やはりというべきか、貴族などは代々、眉目秀麗な者が多い為アリス達に視線が集まったのだ。

「さて、それでは最後の質問はありませんか？」

　そう言って見回したハーフナーは目立ったアリス達の方で視線が固定された。そこには、頭をこっくりと動かすレグルスがいた。

「では、レグルス君に最後を締めてもらいましょう」

　その言葉に、またアリス達の方へと視線が集まる。

「アイツ、寝てるぞ」

「まさか……。って、どういう神経をしてるんだ？」

　にわかにクラス内が騒がしくなってくる。

「お兄ちゃん！　ほら、起きて」

「んあ？　起きてるって」

　サーシャに体を揺すられて起きるレグルスは、即座に言い訳をするのだが

「だーかーら、早く！　ほら？」

サーシャが指差す方には、斜め前にいるアリスが拳を握りしめている様子が見える。慌てた様子のレグルスはサーシャに詰め寄った。

「おお！　で？」

「何かハーフナー先生に質問でもして！」

「よし、ハーフナー先生！　実戦訓練ってどの程度なんですか？」

騒がしかったクラスもその質問には興味津々なのか、黙りこむ。すると、ハーフナーは頷くと話し始めた。

「そうですね。それじゃあ特別授業です。皆さん、机を左右に分けて下さい」

一瞬何を言われたのか分からなかった生徒達だが、理解すると机をどかし始めた。一体何が始まるのかとワクワクした様子だ。机が左右に退けられると、ハーフナーの目の前には一本の道が出来上がっていた。

「それでは、ケイン君とコリン君。そして、レグルス君は前に来て下さい」

二人は呼ばれた事にキョトンとするが、言われた通りにそれぞれが前に歩いていく。

「俺も？」

「そうみたいですよ」

「マジで？　何するの？」

となりのラフィリアにまさか？　と言った具合に聞くレグルスだったが、ラフィリアは冷静に返す。暫くこんな遣り取りが続いていたが、レグルスの天敵である赤髪の悪魔がドシドシと歩いて来た。

「は、や、く！　行きなさい！」

「へえへえ」

長年の付き合いで、逆らうことは出来ないレグルスはそそくさと前に歩いていった。こうして揃った三人に注目が集まる中

「それじゃあ、一人ずつ私に素手で攻撃して下さい。私も反撃するのでそのつもりで」

そう言ってハーフナーは構えを取る。

「「え!?」」

「ふむふむ」

状況が読めない二人は驚いた様子だが、レグルスは理解したのか頷いている。

「実戦練習ですよ」

ようやく理解出来た三人の中で、ケインが初めに出た。

「宜しくお願いします!!」

「はい、ではどうぞ」

ケインは開始と同時に踏み込むと、まだ粗さはあるが芯の通ったストレートを繰り出す。その拳はハーフナーの顔に当たりそうになった時

「悪くはないですね」

完璧に見切ったハーフナーは皮一枚で躱すと、右腕を大振りに振るった。

ドガッ
そんな音が聞こえる。ケインは何とか空いた左手でハーフナーの腕を受け止めていたのだ。

「コレは止めますか。流石は候補生ですね。では、次はコリン君ですね」

パチパチパチパチッ
この一連の流れを見ていた生徒達は感激した様子で、受け止めたケインに拍手を送っていた。そして、呼ばれたコリンが前に出る。

「お願いします」

「はい、では」

コリンはケインのようには詰めず、左足で地面を蹴り浮き上がる。その、様子は飛び膝蹴りをするかのようだった。ハーフナーは油断なく腕を動かし止めようとするが空いた右足を変則的に動かしハーフナーの頭を狙う。まるで、蛇のようにしなる足はノーガードのハーフナー目掛けて振り下ろされた。

「これは、凄い」

ガッ
「止められましたか」

「いや、素晴らしいですね。お見事です」

コリンは残念そうな顔をしていたが、ハーフナーは絶賛する。つられて生徒達もやはり拍手を送っていた。

「アレが凄いの？」

「みたいですね」

「お兄ちゃんだったら余裕なのにね」

二人の流れを見ていたアリス達は疑問を口にした。その表情は何とも言えない顔をしている。彼女達はレグルスを見てきたせいか、それほどに凄いとは思わなかったのだ。

「次ですね」

「サボったら容赦しないわ！」

「はは、アリスちゃん。ほどほどにね」

こうして、二人が終わり最後のレグルスの番になった。とりという事もあり、全員が注目している。男子達の中には、アリス達と一緒にいるレグルスの実力を見れるとばかりに熱心に見ている。

「お願いします」

（さっきの二人くらいの力でやればいいか）

「では、どうぞ」

レグルスは地を這うように体を沈めると、懐に潜り込む。そしてハーフナーが腕を振り上げタイミングを合わせて攻撃に転じようとした時、レグルスは全身のバネを使って足を蹴り上げる。

「ほぉ」

呟いたハーフナーの目が細まる。そして、レグルスの蹴りを片手で受け止めると上段から顔めが

けて凄いスピードで振り下ろす。

「って、本気か⁉」

（おいおい、マジかよ）

蹴り上げた体勢のレグルスは何とか片方の足を軸に拳の軌道から逸れようと動く。すると、顔を掠めるようにパンチが通り過ぎていった。

（いきなり本気かよ）

咄嗟に起き上がったレグルスが前を向いた瞬間、ハーフナーの蹴りが迫っていた。

ドガァッ
避けきれないと判断したレグルスの顔面にモロに蹴りが入る。

ガシャンッ
盛大に吹き飛ぶレグルスは、周りの机を巻き込んで転がっていく。クラスでは先程までの拍手はなくなり、シーンと静まり返っていた。すると、ハーフナーは吹き飛んだレグルスの元へと歩み寄ると、手を差し伸べた。その光景を生徒達は黙って見ている。

「手加減したつもりが、申し訳ありません」

「いえ、すみませんね」

ハーフナーの言葉に、生徒達は一斉にレグルスを見る目が変わった。ケインやコリンが出来てレグルスには出来なかったと判断したのだ。

「アイツ弱いな」

「盛大に吹き飛んでたね」

「期待してたのにな」

口々にそう話す生徒達。だが、アリス達を含めて数人だけは一連の流れを正確に理解していた。

そんな中、ハーフナーはそっと近づくと、レグルスの耳元に囁いた。

「自ら飛んで軽減しましたか」

「足が絡まっただけですよ」

「ふふ、そういう事にしておきましょう」

そう笑うハーフナーは、どこか蛇のように絡みつく視線をレグルスに送っていた。


太陽が隠れ、辺りは暗くなる夕方において、未だに明るさを保つここはセレニア王国の王都であった。出店が立ち並び、行き交う人を呼び込む姿や酔い潰れたのか地べたで寝転がる者などが見受けられる。

色々な人が行き交う綺麗に舗装された道。ここは、王都の大動脈である大通りである。現在、そんな場所を四人は歩いていた。

「ねぇ、あれって何だったの？」

昼に行われたハーフナーの実戦練習を思い出したのか、アリスは横を歩くレグルスに尋ねた。その表情は浮かない顔だ。問いかけられたレグルスは何かを考え込むようにしていたのだが、黙り込むレグルスに心配になったのかアリスが顔を覗き込むと話し始めた。

「分からん。でも、あの時は本気だったんじゃないか？」

「本気？　でも何で？」

「それは本人に聞いてくれ」

「それもそうね」

まだ納得いかない表情のアリスだったが、一先ず疑問を飲み込んだ。本人に聞かなければ答えは見つからないようなものである。そんな会話をしていると、前を歩いていたサーシャが二人を呼んだ。

「おーい！　早く早く！　こっちは前に行けなかったから」

以前に王都を観光した時は一日だけという事もあり展望台とその周辺しか見れなかった。その事もありサーシャは随分と楽し気だ。

「サーシャ、走ると危ないですよ」

王都観光にはしゃぐサーシャは、右に左にと屋台をブラブラと眺めている。危なっかしい様子だが、そんな姿を微笑ましそうに眺めるラフィリアもどこか楽しそうだった。

「レグルス！　私も見てくる！」

「はいよ～」

気怠げに返事をしたレグルス。彼が見つめる先には美少女達が楽しそうにしている光景があった。そんな姿をチラチラと見つめる者も多く、レグルスは安堵の溜息を吐くのだった。

「アイツらといると目立って仕方がないな」

レグルスの経験上、村でも四人で一緒にいると何かしら絡んでくる輩がいた為、王都という大規模な人口がいる場所では出来るだけ離れる事が彼なりの正解なのだ。ヨロヨロと怠そうにしながら、さらには背中を曲げて目立たないように後ろを歩きつつも、すれ違う人混みに当たらない様子は何とも不思議な光景だった。

「早く早く！　お兄ちゃん!!」

そんなレグルスの検討など虚しく、サーシャは大声を張り上げる。いつにも増して楽しそうなサーシャは義兄《レグルス》にとっても微笑ましいものだ。

「分かった、分かった。すぐ行く」

レグルスはそう言うと足早に三人の元へと辿り着いた。彼らが何故王都に来ているのかというと、初めての王都を観光するという目的もあるのだが、今日は贅沢に晩御飯を王都で食べるという事であった。

「ラフィリア、どこで食べるんだ？」

「確かこの辺りだったと思います」

「どこだろう？」

今回はラフィリアが色々と調べた料理屋に行く事になっていた。当然ながらレグルス達は場所を知らない為、キョロキョロと周りを見渡しながら進んで行く。

「あ！　これじゃない!!」

「おお、これだコレ。流石だなアリス」

「ふふん。私に任せなさい」

彼らが立ち止まった先には、美味しそうな匂いを漂わせる料理屋があった。店の中は賑わってお
り空いている席もポツポツといった具合だ。

「よし、行くか」

「はーい」

「食べるわよ！」

「楽しみですね」

四人が店の中に入ると、店員の声が響き渡った。

「いーらっしゃいませ！」

独特な掛け声のこのお店は、様々な産地の食材を取り扱う店で有名だった。店内にはメニューが
書かれた紙が所狭しと並べられている。

「何名様ですか？」

「四人です」

人数を確認した店員は店内を見渡すと、空いている席に案内してくれる。

「では、此方へどうぞ」

店員に続くレグルス達は物珍しそうに辺りを見回していた。村にいた頃は、店といっても知り合
いの老夫婦が切り盛りする定食屋が一軒しかなかった。客も知り合いばかりで、こんなに賑わうこ
ともなければ料理もだいたい同じだったのだから当然の反応だった。

「凄いね！」

「人が多すぎで酔いそう」

店内の賑わいようにレグルスは目を回してしまう。

「大丈夫？」

「ささ、行きましょう」

ラフィリア達に促されてテーブル席に座ると、早速四人はメニューを見始める。

「お先にお飲みものをお伺いします」

その言葉に四人はテンパった様子でメニューを見るのだが、色々な種類が一杯あり目移りしてしまう。

「私はコレ」

「私も！」

「なら私もそれにします」

三人は、村でもよく食べたことのあるポップルジュースを頼んだ。程よい酸味と甘さが調和した美味しい果物である。

「俺もそれで、料理は適当に持って来て下さい」

「畏まりました」

そう言って店員は足早に厨房へと駆けて行った。

「緊張するわね」

「私も緊張したよ」

初めてのちゃんとした料理屋での注文は彼女達にとってはかなり緊張した様子だった。

「それにしても、学園も太っ腹だよな」

「そうですね」

学園に通う竜騎士候補達は親元を離れて王都に通い、学校は毎日ある為お金の稼ぎもない。その為に、学生の間だけは国が支払ってくれる事になっていた。

だが、何事にも制限があり、度が過ぎれば没収されるか、退学になってしまう為に乱用するものはいない。お金にルーズな者は責任ある竜騎士にはなれないのだ。

「クラス分けの話だけど、やっぱり貴族って凄いのかな？」

「お金も有りますし、親類が滅竜師や竜姫、それに竜騎士だとかで幼い頃から鍛えられていそうですよね」

「レグルスはどう思う？」

この手の話では、やはりレグルスが一番詳しいと見たのか一斉に顔を向ける。

「そうだな。シャリアって子は強いと思うぞ」

そう話したレグルスには、先程と一転してジト目が向けられた。突然のことに狼狽《うろた》えるレグルスだった。

「な、なんだよ？」

「レグルスが女の子の名前を覚えてるなんて……」

「浮気だよ！　要注意なんだよ!!」

「全く、いつの間に」

そんな言われのない言葉に顔を顰めるレグルス。確かに彼は普段から怠けている為、そもそも名前を聞いていない事すらあるのだ。そんなレグルスが、話もしたことのないシャリアの事を覚えているとあっては益々視線がキツくなるのは仕方がない。

「チラッと見たんだよ。そしたら、かなり出来るってだけだ」

「チラッとねぇ……」

「絶対ジロジロ見てたよ」

面白半分にアリスとサーシャが囃し立てるが、レグルスにとっては、絶妙なタイミングで店員が料理を持ってきた。

「お待たせしました！」

会話を遮られる形になった三人は釈然としない様子だったが、レグルスは話題を変えるべく話し始める。

「美味そうだな」

机に並べられる料理は出来立ての為、湯気が立っており、食欲を誘う。コロコロの肉を甘辛いソースで絡めたものや、酸味の効いたドレッシングがかけられたサラダ。野菜と肉の炒め物などが置かれていた。その食欲に負けた三人もそれぞれが食べ始めた。

「うぅぅ。美味しい！」

「サラダが病みつきになるよ」

アリスは頬っぺたを押さえながらステーキを頬張り、サーシャはサラダをパクパクと食べている。

「勉強しないといけませんね」

その横では各料理を一口ずつ味わうと、今後の料理に活かすのか、熱心に味を確かめているラフィリア。当然ながら、レグルスは一心不乱に料理を食べては満足そうに頷いている。

こうして幸せな料理を楽しんでいた四人はあっという間に食べ終わってしまう。余りの美味しさに余韻に浸る四人だったが、この場に似つかわしくない怒声が店内に響き渡った。

「うるせぇ！　俺は名無し《ネームレス》のもんだぁ!!　俺からお代を取るのか？」

そう言って叫ぶ男は随分とお酒を飲んだのか、顔が真っ赤に染まっており、怒声を上げながら店員に絡んでいる。この場の客達も名無しという言葉のせいで、顔を青褪めさせて縮こまっていた。

やはり、名無しという組織はこれほどまでに恐れられているのだ。

だが、恐れられている筈の名無しだったが、気にしていないような言葉が聞こえてきた。

「また名無しかよ。今日は一体どうしたんだよ」

「さっきも違う酒場で揉めてたな」

「チッ、偽者か」

レグルス達の隣の席から聞こえる小声で話す内容。どうやら、名無しを名乗る輩が他にも出没しているらしい。ウンザリとした表情の三人だが、止めに入る様子はない。もしかして本物だったらと考えると足が竦むようだった。

店員は男に詰め寄られたままだが、誰も動かない。

「煩いわね」

「こんな場所で騒がなくてもいいのにね」

そんな姿を見かねたサーシャとアリスが口々に漏らし、ラフィリアも顔を顰めて事態を見守っていた。

「声を抑えろ、二人とも」

「でも、黙って見てられないわ」

「そうだよ、お兄ちゃん！」

「止めた方がいいですかね？」

三人ともレグルスやみんなとの楽しい時間を邪魔されて心中穏やかではないのだ。竜具を使う三人が行けば、おそらく男は容易に負けるだろう事は立ち振る舞いで判断出来た。レグルスからしても、この手の輩は只々面倒な相手なのだ。

いざとなったら出るつもりだが、今は他の客が止めるという期待を込めてレグルスは静観していた。だが、そんな期待も虚しく事態は動く。

「おっ！　可愛い子がいるじゃねぇか」

アリス達を目ざとく見つけた男は歩み寄ってくる。やはりというべきか、この三人は目立つのであった。

「来るみたいね」

やっと私の出番だと言いたげな表情のアリス。

「はぁ。結局こうなるのか」

「ちょっと、レグルス？」

「今日は楽しく終わりたいだろ？」

腕まくりしたアリスの前にレグルスが立つと、男と向かい合うような形になった。

「なんだぁ？　ヒヨロガキが一人前に俺に歯向かうつもりか？」

「酒臭いから近寄るなよ、おっさん」

レグルスは鼻を摘むとヒラヒラと手を動かして嫌そうな表情を浮かべる。レグルスにとっては、怠いだけなのだが、男にとってはあからさまな挑発だ。

眉間に皺を寄せた男はいきり立ちレグルスの胸元を持ち上げた。

「俺は名無しなんだぞ？」

「で？」

まるで動じた様子ではないレグルス。本当にそれがどうしたといった風だ。

「この、クソガキっ」

拳を振り上げた男は血が上っているのか、そのままレグルスに振り下ろそうとするのだが
「そこまでだ！」

そんな声と共に、入り口から長い金髪を左右で分けた少年と、一歩後ろに付き従うフードを被った少女が入ってきた。

「次は何だ？」

「大人しく帰ってもらおう」

「はっ！　生意気なガキの次は正義の味方を気取ったガキか」

レグルスには興味を失ったのか、男は次の標的を少年へと向けた。目まぐるしく変わる事態に客もレグルスも付いていけない。

「オラァッ」

走る男はその勢いのまま、拳を振るう。だが、静かに立ったままの少年はその場でポツリと呟いた。

「終わりだ」

ドスンッ
「オエッ」

だが、懐に潜り込んでいた少年はいつの間にか剣を抜き去り柄で男の腹を殴っていた。腹にめり込んだ柄の衝撃で男は気を失うとその場に倒れこんだ。

「これでよくも名無しを語れたものだ。そう思わないかマリー」

「はい、ロイス様」

マリーと呼ばれた少女は素っ気なく返事をしたが、ロイスは特に気にした様子もなくレグルス達の方へと歩み寄っていく。

「僕は学園の一年生ロイスだ。君達四人の事は知っているよ。特に女性の方は優秀だと持ちきりさ、そこの君もうかうかしていると取られてしまうよ」

　そう言ってニカッと笑うロイス。綺麗な歯並びをした真っ白な歯が覗く。

「ロイス様は、初めまして、これから宜しくお願いします、と言っています」

「マリー、勝手に僕の言葉を訳すな」

「すみません、ロイス様はいつも勘違いされやすいので」

　平淡な声で話すマリーを軽く窘めるロイス。その言葉には親愛の情がある事はすぐに分かった。

「助けてくれてありがとな。俺はレグルスだ」

「なに、気にするなレグルス。僕はロイス・バーミリオンだ。君達は気後れしてしまうかもしれないが、これでもバーミリオン伯爵家の長男さ」

「ロイス様は、僕は貴族だが、そんな事は気にするなと言っています」

　どこかコントじみた会話にレグルス達も自然と笑みが零れる。どうやら、貴族といってもロイスはお高く止まらない様だ。バーミリオン家といえば、代々竜騎士を輩出する名門である。ロイスの実力が高い事も納得出来るものだ。だが、マリーの訳がなければお高く止まったキザ野郎に見えてしまうのだから良いコンビである。

「さて、それじゃあ僕は帰るよ。今日は名無しを語る輩が多い。僕は心配いらないんだけどね」

「気を付けて帰って下さい、と私共々思っています」

　そう言って颯爽と帰っていくロイスとマリー。終始よく分からない主従関係の二人を見送った四人は顔を見合わせる。

「悪い奴じゃなさそうね」

「面白いコンビだったな」

「マリーさんが良い味出してたよ」

荒ぶっていたアリスだったが、興が削がれたのか普段通りに戻っている。

「さて、私達も帰りましょうか」

「そうね」

ラフィリアの言葉によって四人も店を後にしたのだった。

◇◆◇◆◇

王都の中でも一際目立つ建物がある。それは、王都を王都たらしめている王族が住まう宮殿であった。だが、宮殿は外から見る事が出来ない造りになっていた。

何故そんな造りになっているのかというと、城壁に囲まれた宮殿は、空を飛び、縦横無尽に駆ける事が出来る竜に対して上空からしか攻撃出来ないようにする為の対抗手段だった。

そして、宮殿には常時、多数の竜騎士や騎士を含めた精鋭が詰めており常時目を光らせている。

そもそもが、何故城ではないのか？　という疑問が湧いてくるかもしれないが、空高く建てられる城は竜にとって恰好の的なのだ。

それは、歴史的に見ても物語っていた。そんな宮殿の中の一室。ここは、宮殿において並みの身分では入れない地区である。テーブルを囲むように座る三人の人影があった。グラスに並々と注がれた赤いワインと色とりどりの果物が置かれている。

誰が見ても只ならぬ雰囲気を醸し出す三人。彼らは並みの地位ではない者達だ。その中で一人の老人が面白そうに呟いた。

「リンガス、どうやらヘマをしたらしいな」

その言葉には確信が籠っているのか、対面に座るリンガスを見つめていた。チラッと横を見れば、不機嫌そうな表情を作る男の姿があった。彼は他国にもその武勇が轟く翡翠騎士団のシュナイデル団長である。年は四十を越えた辺りか、眉間には深い皺が刻まれている。

そして、特に印象深いのは片目に大きく跡を残す三本の傷である。何か鋭いもので引っかかれたような傷だった。

「返す言葉もありません」

上司二人に挟まれた形のリンガスはいつもの様子ではなく、深く反省しているようだ。だが、シュナイデルの眉間には更に深く皺が寄る。

そして

ドンッ

「この馬鹿たれがっ！　候補生に万が一があったらどうしてたんだ!!」

机を叩く音と共に、シュナイデルは声を荒らげた。その凄まじい衝撃に机が軋むが、すかさずベルンバッハがテーブルを押さえたお陰で、ワインなどが吹き飛ぶ事にはならなかった。

「申し訳ありません」

深く頭を下げるリンガスに、尚も溜飲が下がらないのかシュナイデルはリンガスの襟を掴むと、軽々と持ち上げた。

大人一人を軽く持ち上げられる腕力。流石は五大騎士団の内の一角を束ねる団長というべきか。

「俺にも娘のローズがいる。まだ何も知らない子供をお前達二人に預けた親の気持ちが分かるか？」

シュナイデルの言葉は正しく的を射ていた。リンガスと、この場にはいないがメリーがしっかりと観察していれば、サーシャの件でエリク達も暴走しなかったかもしれないのだ。

「二人の少年は罪を犯した。それをかばうつもりはない。だが、今回の事件は翡翠騎士団の隊長であるお前のせいでもある」

話すうちに徐々に怒りが湧いてくるシュナイデルは拳を握り込む。すると、翡翠色の騎士服が筋肉で盛り上がりメチメチと音を立て始めた。

そんな怒り狂ったシュナイデルを止める声が聞こえる。

「よせ、シュナイデル。ほれ、リンガスも反省しておる」

「ですが！」

事態を見守っていたベルンバッハが止めに入ったのだが、シュナイデルは尚も言い募る。彼にとって今回の件は笑って済ませられる事ではなかったのだ。

ベルンバッハは大きく頷く。

「幸いにも竜妃候補は守れた。それだけで良しとしよう」

ベルンバッハにも思うところはあるがここでリンガスを殴ったとしても過去の結果は変わらない。それは、この場にいる三人共が理解出来ていた。

「シュナイデル、まぁこれでも飲め」

「ふぅ……。ありがとうございます」

差し出されたグラスを受け取るとグイッと呷り、暫く深呼吸をして落ち着かせるシュナイデル。

「落ち着きました」

ようやく落ち着いたシュナイデルは再び席に座った。そんな様子を殴られる覚悟で待っていたリンガスは、静かに事態を見守っていた。

未だに思い詰めた様子のリンガスは唇を噛み締めている。レグルス達の前では心配をかけないように振る舞っていたのだが、彼にとっても猛省すべき事件だったのだ。

冷静になったシュナイデルは、リンガスのそんな表情を見て幾分か優しい表情に戻る。

「リンガス、お前は優秀だがいつも詰めが甘い。いつまでたっても私が引退出来ないだろう」

「本当に申し訳ありません」

「頼むぞ、リンガス」

シュナイデルが怒り狂った理由には、彼がリンガスを次代の騎士団長にするという思惑があったからだ。騎士団で長い間ともに行動していたリンガスに信頼を置いているシュナイデル。

リンガスは滅竜師としても優秀であり、性格も良く、面倒見が良いと騎士団でも評判だ。だが、少し抜けている部分があり、何とかシュナイデルが現役の間に直さねばと思っていたのだった。

「リンガス、お前は暫くの間謹慎だ。少し頭を冷やして考えろ」

「はっ」

　今回は滅竜師候補の二人が犯罪奴隷に落ちたが、そこは余り問題ではない。そんな考えを持っていた二人を見抜けというのも酷な事であり、危険な思想を持つ者を事前に排除出来た事は良いという判断も含まれていた。

　幸いにも、サーシャは無事であったお陰でリンガスには数日間の謹慎という処分が下ったのだ。

「儂が滅竜騎士になる為に引退してシュナイデルが騎士団長に就いた。まだ坊主だったリンガスが次とは時が流れるのもはやいのぉ」

　場の空気を変える為に、ベルンバッハは懐かしそうに語る。この辺りはやはりというべきか、年の功が成せるものだ。

「閣下の後任に就くことが出来、身に余るお言葉です」

「相変わらず主は堅い。して、リンガスよ。お主が連れてきた者達は優秀じゃのぉ」

　シュナイデルの堅さに苦笑いをしながら、件のサーシャを含めた四人の話題に移る。

「竜姫候補の三人は既に騎士と行動を共にしても問題ない竜具を持っています。ですが、若く経験不足の為、今はまだ発展途上です」

　今まで一通りの事を見てきたリンガスの三人への評価は概ねこのような感じだ。

「ほぉ、ローズの後輩にそんな者が現れたか」

感心した様子のシュナイデルは楽しそうに呟いた。騎士団長の肩書きを持つシュナイデルは娘の後輩達が優秀だと聞いて嬉しそうな様子だ。

「そして、あの少年か」

「はぁ、レグルスですか？」

どこか含みを持たせたような言葉にリンガスは曖昧な表現を口にする。だが、ベルンバッハはそんなリンガスを見て愉快そうに笑う。

「今さら隠さずとも良い。儂も見たのじゃが、お主は戦ってみてどうじゃった？」

その言葉に、シュナイデルは関心が湧いたのか聞き耳をたてる。ベルンバッハが特別扱いする子供とは、それだけで途轍もない事なのだ。

「私もレグルスも本気ではなかったのですが、体術でいえば高く見積もって、私より少し劣るほどかと」

「学生でリンガスと張り合えるか。ローズの後輩にとんでもない奴が現れたな。これは一度見てみるか？」

不敵に笑うシュナイデルは、ウズウズとした様子で呟いた。自然と筋肉がパンプアップしていく。

「団長、悪い癖が出てますよ」

「おっと、危なかった」

「お主は相変わらず強い者に目がないのぉ」

「性分でして」

恥ずかしそうに俯くシュナイデルは強い者とは手合わせをしたい戦闘狂でもあった。リンガスもよく相手をさせられる為、心の中でレグルスに謝るのだった。

「滅竜技については未知数か……。どこでその技術を身につけたのか、はてさて、いったい何を隠しておるのか気になるのぉ」

「確かにそうですね」

リンガスの脳裏には、レグルスが寂しげに笑う姿が浮かぶ。この件と関係しているのではないかと疑問が浮かぶが、約束した事もありこの場では話さなかった。

「あの少年は今後も注目するべき生徒じゃな。他にも今回は粒ぞろいじゃて」

「閣下の目に止まる生徒が他にも？」

驚きを隠せない様子のシュナイデルは尋ねる。ここまで上機嫌なベルンバッハを見る機会などそうそうないからだ。

「突出した者はロイス・バーミリオンにシャリア・エルレイン。他にも家柄も含めて優秀な者は多い。今年は楽しみじゃのぉ」

「やはり、バーミリオン家とエルレイン家は流石に優秀ですか」

両家共に家格は高く、歴代の竜騎士を見ても優秀な者が多い家である。そして、やはりというべきか幼い頃から滅竜師や竜姫、それに竜騎士が身近にいる環境を持つ貴族達は、平民と比べて優秀だった。たまにアリス達のような平民でも飛び抜けた才能を持つ者も現れるのだがそれは稀である。

「主の娘も三年生ではトップじゃろうが」

「ははは。僭越ながら私の娘ですので。ローズは幼い頃から可愛らしいのですが、何と言っても飲み込みが早い。私が――」

そう言って胸を張るシュナイデルは、自慢気にローズについて語り始める。誰が見ても親バカといっても過言ではない様子だ。可愛らしいだの、優秀だの、目に入れても痛くないなどと、最後には可愛いとしか言わないシュナイデルに二人は溜息を吐く。

「ふぅ、もうよいか?」

「は！　これは失礼しました」

「団長、流石に長いですよ」

二人に言われてバツが悪そうな顔をするシュナイデル。そんな話をしていると、ふと窓から外を見たベルンバッハが言葉を漏らした。

「今夜は騒がしいのぉ。騎士まで出張っておる」

窓の外から見える光景は、兵士が慌ただしく宮殿の入り口に置かれている詰め所から出る姿や騎士らしき人物がいる事も見受けられた。その言葉に何かを思い出した様子のシュナイデル。

「昨晩から名無しを語るゴロツキが王都に溢れかえっていまして、その対応かと。捕らえた奴らは口を割らないようで、名無しとの関係もハッキリとはしていません」

「私も聞いた話ですが、その者らの実力はチンピラと大差がないようで、明らかに名無しではないかと」

シュナイデルが騎士団から上がってきた報告を口にすると、現場の知り合いに同じように聞いていたリンガスが補足する。

「以前から大きな組織を語る奴はいたが、主達から聞けば何かありそうじゃの」

そういうベルンバッハもこの異常な事態に何かが起こるのではないかと胸騒ぎがする様子だ。ちらほらと虚勢を張る為のハッタリに使う者はいたが、これほど大規模に行われた前例はないのだ。

「シュナイデル、リンガス。今後、奴らが動き出すかもしれん。警戒は怠るなよ。儂も学園で警戒する事にしよう」

「「はっ！」」

同時に返事をした二人にも何かが動き始めているように思えていた。

「リンガス、もし何かあれば謹慎など関係なく主も動け。王には儂から伝えておこう」

ベルンバッハの言葉には名無しに対する警戒の高さが窺えた。竜騎士という貴重な戦力を留めておくほどに相手は生易しい者達ではないという事だ。

「さて、何もなければよいのじゃがな」

そう呟いたベルンバッハの視線の先には、爛々と輝く王都が映っていた。だが、既に事は重大な迄に動いていた。その事にこの場の者も含めて気付いていた者はいなかった。

◇◆◇◆◇

レグルスにあてがわれた寮には、今日も三人の姿があった。一階に備え付けられている広間で食事をとる三人は、当たり前のようにこの場にいた。その場に寝起きの為か、ふらふらとレグルスがやってくると、それを見つけた三人はそれぞれが朝の挨拶を口にした。

「おはよ」

「おはよー」

「おはようございます」

自然体の三人を見て思わず目を丸くするレグルスだったが、仕方がないとばかりに溜息を吐いた。

「毎日疲れないのか？　遠いだろ？」

「そうでもないわよ、それにココって広いし」

「やっぱりそうだよね？　お兄ちゃんだけズルイよ」

どうやらレグルスが住むこの寮はベルンバッハの良心なのか、寮の中でもかなり広い分類になっているみたいだ。だが、三人はここが広いという事には特に拘りはなく、ただレグルスの元へと来る為の理由づけみたいな位置付けだった。

レグルスにとっても、この三人が寮にいる事になんの不都合もなく、ラフィリアの料理が食べれるとあっては彼にとっても嬉しい事だ。

「ラフィリア、俺にも朝飯をくれ」

「分かりました」

朝の時間は過ぎ去り、レグルス達は寮を出た。四人はその足で学園へと向かっていく。この道を通るのも数回ほどであり、まだ見慣れない風景が広がっている。

「今日から授業っていってたけど、座学は不安だなぁ」

立ち並ぶ木々を見つめながらそんな言葉を呟くサーシャだったが、特に不安そうな顔ではなく、話題作りといった風だ。

「まぁ、何とかなるだろ」

特に気にした様子もないレグルスは常にポジティブだったのだが
「お兄ちゃんが何とかなるなら私も大丈夫かな」

「ふふふ、それもそうですね」

義妹《サーシャ》の何気ない言葉にガクッと肩を落とすレグルス。怠け者を自覚しているレグルスだったが、サーシャに面と向かって言われれば、多少はリアクションが出るのも仕方がない。そして、さらに追撃が加わった。

「バカなレグルスは卒業出来るのかしらね」

「おいアリス、俺はバカじゃないぞ。怠け者なんだ」

「どれも一緒よ」

アリスを含めて三人はニヤニヤと笑っており、レグルスをからかっている事は分かる。この三人にやり返す為にもレグルスが喋ろうとした時
「わりぃ、先行っててくれ」

突如としてその場に立ち止まるレグルス。不思議そうに三人はレグルスを見やる。

「でもでも、遅刻しちゃうよ？」

時間を気にするサーシャが問いかけたが、レグルスは腹に手を当てると話し始めた。まさに、急を要するといった表情をしている。

「ちょっとトイレにな……分かるだろ？」

「はぁ、早く行ってきなさいよ！」

「先生には私から伝えておきます」

「悪りぃな！」

事態を正しく理解した三人はレグルスを見送ると、この場を去っていった。寮へと戻るレグルスは、アリス達とは反対方向に駆けていった。


既に教室には生徒達が集まっていた。

「お兄ちゃん遅いなぁ～」

先に校舎へと向かっていたアリス達は既に教室に辿り着いていた。椅子を傾けながら足をプラプラと振るサーシャは退屈そうな様子だ。

「そうですね。何かあったのでしょうか？」

トイレに行くと言っていたレグルスだったが、そろそろ戻ってきてもいい頃合いだった為、ラフィリアも心配そうな口ぶりだ。後ろの窓際がポツンと空いており、そこを取り囲むように座る三人の会話は続く。

「アホの事は置いといて、ハーフナー先生も来てないわね」

アリスは教室の前に置かれた時計を見ると、既に始業の時刻は過ぎ去っている。授業初日から何か問題でもあったのかと不思議そうだ。

「事件の匂いがしますねぇー」

サーシャは顎に手を当てると、何度か頷いている。可愛らしい顔をわざとらしく歪めて、渋い表情を作ろうと必死になっていた。

「何の真似なの？　サーシャ」

「ははは、言ってみたかっただけ！」

「ふふ……ふふふ」

アリスはよく分からないといった様子で首を傾げていたのだが、横から押し殺すような笑い声が聞こえて来た。サーシャの何がツボに入ったのか、腹を抱えながら笑うラフィリアがいた。いつものお淑《しと》やかさはなくなり、肩を震わせてサーシャを見ている。

他の生徒達も思い思いに会話を楽しんでいる様子だ。教室内はそんな雰囲気であった。

「もしかして、ハーフナー先生って寝坊したんじゃね？」

「まさか、ないよな？」

「ははは、ないない。だよな？」

面白おかしく話す生徒達で教室は賑やかになっていた。年若い生徒達にとっては、こんな些細な事でさえ話のネタになるのだ。こうして暫くたったのだが、一向にレグルスが現れない事に、アリスは落ち着かない様子でそわそわとし始めた。

「ちょっと見てくるわ！」

「はーい！　私も行く」

「私も行きましょうか？」

　三人は頷いて教室を出ようとした時
ドオォン
「「キャッ！」」

　教室内に響き渡る爆音。その音は凄まじく、教室が揺れるほどであった。

「何の音!?」

「なになに!?」

「何かが爆発したような……」

カーンカーンカーン
　衝撃は凄まじく、尻餅をつく形になっていた三人の耳に聞こえるけたたましい鐘の音。続けて起こる非常事態に混乱した様子の生徒達。

「次はなによ!?」

　アリスの声に応えるように生徒の言葉が聞こえてきた。

「これって王都の緊急事態を知らせる鐘じゃないのか？」

「そうだよ！　何が起こってるんだ！」

一体何が起こったのかと辺りを見渡すが、高さ的に窓の外が見えない。

「煙が出てるぞ！」

「爆発したのか!?」

外の様子を見た一人の男子の声に反応して、他の生徒達も一斉に窓に駆け寄る。そこに映っていた光景は、校舎からそれほど離れていない位置にもくもくと立ち上る煙であった。この距離からでは詳細に見る事が叶わない。それが分かった一人の生徒、ケインが声を張り上げた。

「見に行こうぜ！」

「でも、危ないんじゃ」

「みんなで行けば問題ないさ！」

隣にいた生徒が消極的な言葉を放つが、ケインは見に行きたくてうずうずした様子だ。我先にとドアに手をかけると外へ飛び出して行く。

「行こう、みんな！」

その言葉に釣られて生徒達もぞろぞろと教室を出て行った。彼らにしても、日常で突然に起こる刺激というのは気になるらしい。

生徒達が出て行くのを見ていたアリス達も顔を見合わせる。

「どうする？」

「私達も行きましょう」

「分かったわ」

例に漏れず、アリス達も教室から出て行くのだった。廊下には既に一年生の三クラス全ての生徒が出ており、賑わっている様子だ。その中には教師の姿も見受けられる。

この緊急事態に、ハーフナーを除いた二人の教師が話していた。その内容に聞き耳を立てる生徒達。

「これも試験なのか？」

「いや、そんな事は聞いていないぞ。それに、王都の非常事態を知らせる鐘も鳴っている。こんな事は試験でもあり得ん」

その言葉が表す事は、この鐘と爆発は学園が意図して起きたものではなかったという事だ。流石に生徒達のように好奇心旺盛というわけではなく、険しい表情で煙を見つめていた。

「お前ら、取り敢えず一つの教室に固まれ！」

「早くしろ！」

彼らは瞬時の判断で、何かあった時に狙われやすい生徒達をひと塊にする事に決めたようだ。指示を出すが、初手の時点で生徒達が廊下に広がってしまっている事もあり、その行動は遅く、一向に進まない。

「竜か？　それとも……俺は、念の為に出口を見張ってくる」

「了解した」

貴族達のクラスを受け持つ教師は、経験からかこの階に上がる為の階段の方へと歩いて行く。何かあった時に真っ先に対応出来る位置であった。

「よし、早く戻れ！」

残された教師が声を張り上げたその時
「急げ！　名無しだ!!」

階段の方へと向かった筈の教師が大声を張り上げた。その声に釣られてこの場の殆どがそちらに視線を向けると、漆黒の仮面を身につけた複数の者と対峙している姿があった。

全てを塗り潰すような不気味な黒がゆらゆらと揺れている。まるで、蟻のように昇降口からぞろぞろと出てくるのだ。

「二、三年の階はどうなったんだ!?」

「分からん！　くそッ、数が多い」

敵の数に苦戦する教師だったが、流石というべきか複数人を相手に引かない様子で持ち堪えている。

この場に現れた名無し一人が相手なら圧倒出来る教師は、数多い中でも騎士に選ばれる実力を持っていた。だが、もう一度言うが数が多い。すかさず、もう一人の教師も割り込むが多勢に無勢であった。

「言いたくはないが、そろそろ抜けられる」

「君達！　ここで決断しろ!!　死ぬ覚悟がある者は戦え、ない者は隠れていろ!!」

目の前で繰り広げられる死闘は、まさに、人間同士の生死がかかった本気の命のやり取りである。

試験の時とはまた違う恐ろしさがこみ上げてくる。生徒達は誰もこの場を動けない。誰かが行動するのを待っているようにも見受けられた。

「マリー、不甲斐ない奴らは放っておいて、行くとしよう」

「畏まりました。ですが、守ってやろうの間違いでしょうか？」

「はぁ。マリー、勝手に訳すな。それと、気を抜くなよ」

「勿論です。ご主人様」

そんな言葉と共に前に出る二人の人影。長髪の少年とフードを目深に被った小さい少女であった。

「私も戦いますわ」

続けて先頭へと歩いてきた少女。見覚えのある金色の髪がドリルのように巻く少女。彼女は吊り目を名無しに向けると微笑む。その立ち姿はまさしく高貴な者であった。

「ロイスにシャリアか、助かる」

「構いません」

「勿論手伝いますわ」

教師達も彼等の実力は知っており、この場においては頼りになる戦力に数えられる。

「はぁ、なら私もやるわ！」

「私もやる！」

「行きましょうか」

アリス達もその場に加わった。

「君達は、リンガス様の推薦者か。これは心強い……だがロイスやシャリアを含めて君達は人を殺せるか？」

「そ、それは」

「私は問題ありません」

「僕も問題ないです」

「そうか。貴族の者は幼いころから……その辺りも問題ないか」

そう頷いた教師はアリス達の方へと視線を向けた。貴族では学園に入学以前からそもそもの課題である人を殺す事に関して、罪人などを使い訓練されている事が多い。だが、平民は違う。

「君達が殺しに迷えばそれだけ皆が危機に晒される。この戦場では甘い正義感や偽善は捨て去れ」

「は、はい」

その教師の有無を言わさぬ言葉に思わず三人を含めて平民であった生徒達は後ずさる。

「本来であれば君達には学園の訓練でその辺りを身に付けて欲しかったんだが……私から言える事は一つだ。守るべき者の事を考えて行動しろ。その事に一切の疑問を挟むな、壊れるぞ」

その発言に押し黙った三人だったが、前方に押し寄せる名無し達を見て表情を引き締めた。

「やりましょう」

「そうね、こんな所で止まってられないわ」

「そうだね」

三人は自分達が慕う少年のことを思い出す。いつも面倒臭そうにしているが、自分達に何かあった際には助けてくれるレグルス。

そんな彼と並び立てるようにと三人は決意を新たにしたのだ。すると、こんな所で黙ってやられる為に王都に来たのではないと他の平民クラスの者達もそれぞれが決意の表情を浮かべる。ジリジリと詰め寄ってくる名無しは、既に廊下に展開しており、逃げ場はない。

アリス達に続いて、他にも腕に自慢がある者達がそれぞれ先頭に出て行く。その中にはコリンやケインの姿もあった。およそ、生徒側は三十人ほどである。対する名無しの方は、無限に湧き出て来るのではないかと思えるほどに現れてきている。

「お前ら、聖域《サンクチユアリ》を全力で展開しろ！」

その教師の言葉を正しく理解した生徒達は一斉に展開し始める。滅竜師はもちろんのこと、竜具を用いる竜姫にとっても聖域が必須であるからだ。

「「「聖域」」」

大人数が展開したお陰か、廊下に広がっていく聖域は瞬く間にその場に展開される。廊下であればどこでも滅竜技や竜具が生み出せるほどであった。

その聖域を確認した少女達は竜具を顕現させていく。

「蛟《みずち》」

「煉獄の大剣《イフリート》」

「風の精槍《シルフィード》」

力ある竜具を手に取るアリス達は、その手に持つ力を名無しに解き放った。

「負けていられませんわ！　真紅《クリムゾン》」

シャリアが生み出した竜具の刀身は言葉通りに真紅に染まり、炎の化身のような姿をしていた。

彼女はアリス達に負けじと名無しの元へと軽やかに駆ける。

「マリー、行こうか。二段強化《ダブルブースト》」

「初手から全力とは流石ですご主人様。雷獣牙《ボルテクス》」

ロイスは一年生という年齢ながら、初段強化を超える滅竜技を軽々と行使した。その実力の高さに周りの生徒達はどよめく。

そんな視線を集めるロイスは、流麗な動作で腰の剣を抜く。そして、隣に立つ小柄なマリーが持つ槍には紫電が迸《ほとばし》り、雷の化身が舞い降りたように見えた。

「学び舎に無作法に入り込む輩に天誅《てんちゅう》を下すべく、ロイス・バーミリオン。参る」

「ロイス様。そこは、ロイス・バーミリオン、参る。だけでいいのでは？」

「これは大事な事だ。それより、マリー。まずは一人だ」

「はい」

強化された彼等は一歩で遥か前方へと進むと、近くにいた名無しにマリーが高速の突きを放つ。すかさず避けようとしたが、続けて放たれたロイスの剣戟により両断される。続けて彼等は強化された身体能力を用いて絶妙なコンビネーションで次々と屠《ほふ》っていく。

流石は貴族といったところである。名門の家に生まれた彼等は幼い頃より訓練を積んでいるのだ。

「さぁ、跪《ひざまず》きなさい」

シャリアが振るう真紅は名無しの剣ごと溶かし、防御を意に介さない。そして、豪快でいて、綺麗な太刀筋は前に立つ者を次々と倒していた。

「ふぅ、これで俺も集中出来るな」

「騎士の力を見せてやろう」

後方では、生徒達が既に教室へと避難しており、この場に残るのは命を懸ける戦士のみになった。こうして、前線が落ち着いたお陰で教師達も憂いなく本気を出せる。

「「炎熱陣《フレアサークル》」」

ピンポイントで放たれる高熱の陣は、内部に入れられた名無し達を瞬く間に灰に変えていく。そんな凄まじい攻防だったが、その中でもかなり目立っている三人組もまた負けてはいなかった。

「燃えなさい！」

その言葉に目の前で莫大な熱量を持った炎が吹き荒れ、名無しを飲み込む。

「切り刻んで下さい！」

かと思えば、風の刃が飛び交い切り刻んでいく。

「凍れぇ！」

そして、急速に足元から凍りついていき動かぬ者に変わった。アリス達の方はというと、ロイスのように洗練された剣技ではなく、シャリアのように研ぎ澄まされた斬撃を放っている訳でもない。だが、高い竜具の性能を使い力押しだけで名無し達を葬っていくのだ。正に暴虐という名が相応しいほどである。廊下の一部では天変地異が巻き起こっていた。

「この人数で聖域を展開しているから、竜具の調子もかなりいいわね！」

「んー、それでもお兄ちゃんの方が凄いかも？」

「それはそうかも……って、そんな事よりあのバカはどこにいるのよ!!」

「まだ寮にいるのかも……」

そんな言葉を交わす余裕があるほどに圧倒的であった。アリス達はレグルスが未だに戻って来ていない事もあり、彼もこの事態に巻き込まれたのではないかと心配そうだ。だが、感情は別にして三人の前に立つ者は誰かの攻撃で命を散らしていく。

アリス達の周囲にいた名無し達は大きく数を減らしていった。

「人が簡単に死んで行く……」

落ち着いた為か心に余裕が出来たサーシャがそんな事をぽつりと呟いた。

「私達がやらなきゃ後ろの子達が殺されるのよ！　それに、いつまでも守られていたらダメじゃない？」

「そうだね……うん！」

「さあ、行きましょう」

堂々としたアリスの言葉にサーシャもまたキッと前方を見つめた。他の場所でもそれぞれの生徒達に倒される者がチラホラと見受けられる。アリス達ほどに圧倒的ではないが、竜騎士候補の中でも、腕に覚えのある者達は実力でいえば名無しより上であった。

「でも、数が多すぎるわ！」

「疲れてきた」

「これは……」

アリス達を含め、教師にロイス、そしてシャリアや他の生徒達が加わってなお途切れない攻勢。全方位から迫る名無しをさばく生徒達は、徐々に息切れを起こしていく。只でさえ慣れない対人戦に相手の方が数が多いとあっては、体力と神経がすり減らされていくのだ。だが、誰もが己の命がかかっている事を自覚しており、必死に戦っている。

「もう持たないぞ！」

「誰か!?　援護に来てくれ」

押されている事を認識する生徒達は代わる代わる持ち回りを交代してやり過ごす。

「キャっ！」

「この野郎！」

一人の少女が浅く腕を切り裂かれた。すんでの所でケインが間に入り事無きを得たが、仲間を殺されても動じない、機械のような名無しは途切れはしない。所々で押され始める生徒達。僅かに崩れた均衡は徐々にだったが、確実に致命的な一手へと変わり始めていた。

カーンカーンカーン

王都、そして学園内にも響き渡る音。この音が鳴るという事は王都に竜の脅威が迫ってきているという事を意味しているのだ。

「この音は!?」

　ベルンバッハは驚きの声を上げる。竜の一匹や二匹が現れた程度では王都にこの鐘の音は鳴り響く事はない。王都といえど竜の脅威は存在しているのだが、周辺は多く詰める騎士や兵士達によって素早く排除されている。

　その騎士達が対処出来ないと判断されたという事であった。すなわち、竜騎士を投入するべき緊急事態を知らせる音なのだ。

「緊急事態という事か。騎士達では手に余る事案ということかのぉ。すると、中位竜以上の竜が群れているのか？　ならば、名無しが関係しておるのは間違いないか……」

　群れる事が多い下位竜は基本的に弱い部類に入る。だが、中位竜クラスは単体で動く事が多いのだが、それならば騎士達で対処が可能だ。

　そうなると、自ずと結論は出た。群れる事のないクラスの竜が同時に襲撃した可能性。そんな偶然はそうそう起こる筈もなく、王都内で問題にされている名無しが何らかの関与をしているという事だ。

「儂は動けんが、シュナイデル、リンガス。王都は任せたぞ」

　何かが起こると思っていたが、竜の襲撃は予想外の様子だ。だが、すぐに気を取り直すと学園長室に備え付けられている椅子に深く腰掛ける。

　教え子でもあるシュナイデル達に王都は既に任せてある。彼の最優先事項とは、学園で何かが起こった時に対処出来るようにする事にあった。

「レイチェル、来てくれ」

ベルンバッハは、熱の籠った声色で隣に備えられていた扉へと声をかけた。其処には彼を元滅竜騎士たらしめた存在がいる。

「分かりました」

すぐさま返答がくると、扉がゆっくりと開く。出てきた人物は、ベルンバッハとそう変わらない年齢の女性であった。上品でいて優しそうな印象を受ける顔は、若かりし頃は綺麗だったんだと思わせた。

彼女こそが、ベルンバッハの相棒《パートナー》であり、当代最強である火系統の竜具を持つレイチェル・バウスブルクであった。

竜具がそれぞれ司る属性の中の一つ、その火系統でも遥かに抜き出た力を持つ彼女とベルンバッハのコンビは、数々の伝説を作ってきた滅竜師コンビである。普段から竜姫と共に行動する滅竜師達。それは、レイチェルも例に漏れず、この学園長室の横に備え付けられた部屋にいたのだ。

「鐘の音ですか？」

レイチェルはベルンバッハに問いかけた。

「万が一があるやもしれん。すまんが、その時は頼む」

「ええ、分かりましたよ」

その言葉だけで、理解した様子のレイチェルは静かにベルンバッハの後ろに立つ。長年の間連れ添ってきた二人には独特な空気が流れていた。

すると
ドオォン
校舎の近くから響き渡った轟音、その衝撃は容赦なくベルンバッハの部屋をも襲った。だが、凄まじい衝撃だったのにも拘わらず、二人はその場で変わらない体勢を保っていた。ベルンバッハは確信を込めた言葉を放つ。

「奴らが来おったか？」

「名無しの仕業だとすれば、狙いは生徒達の可能性が高いですね」

「そうじゃな。騎士以上の教師が付いているとはいえ、敵は厄介じゃ。ミーダス！」

その呼び掛けに応えるように、すぐに一人の男性がレイチェルの部屋の向かいにある扉から入ってくる。

ベルンバッハは机の上に置かれた紙に素早く筆を走らせると、緊張した様子の男性に手渡した。

「ミーダスよ。今は一刻も早くこの手紙を騎士団へ届けてくれ」

「はっ！　直ちに」

ミーダスは紙を受け取ると素早く窓へと向かって行った。ミーダスもまた騎士団に所属する滅竜師であり、学園にてこのようなメッセンジャーの役割に就いていた。

その身のこなしは軽く、窓から飛び出した彼の姿は瞬く間に視界から消えた。

「奴ならすぐに着くだろう」

「流石はメッセンジャーの役を担うお方ですね」

ミーダスを見送ったベルンバッハは、学園に入り込んだ名無しを掃討する為に腰を上げた。

「さて、それでは行こう」

「はい」

二人は立ち上がり、扉の方へと向かう。

ドガッ
「よぉ、爺さん」

扉がけたたましく音を上げて開く。そこには、足を上げた状態で止まる漆黒の仮面の男がいた。

「頭文字《イニシャル》か。無作法者よなぁ」

「ハッ、余裕って奴か?」

動じないベルンバッハを挑発する男は頭文字と呼ばれる。それは、両目に刻まれた赤いTの文字が表していた。文字は刺繍のように仮面に刻まれ、涙を流しているようでもある。何も描かれていない他の名無しの仮面とは違う。

「本命は学園か……」

(名無しを語る輩、そして、王都への襲撃は陽動で狙いは学園だったという訳かのぉ)

ベルンバッハは冷静に分析する。王都を力技で落とす事は幾ら巨大な名無しとて、難易度が高過ぎる。そして、この学園に名無しの幹部級が現れたという事は、他は陽動であり生徒、或いはベルンバッハが目的と疑われた。

「ククッ。さあな、お前はココで死ぬから関係ないだろ?　残念だったな、生ける伝説なんて大そうな二つ名を持っているが、何も分かっちゃいない。老いたのか？」

肩を竦めて話す男は軽薄そうに笑う。目の前に立つ伝説とまで呼ばれたベルンバッハに対して気負った様子は見られない。

「貴様は話をしに来たのか？」

「なに、いちど有名なあんたと話してみたくてな」

「ならばもう良いのぉ」

「そうだな、来い二十番」

男が呼んだ二十という数字。彼の言葉に扉から姿を現した女性は静かに佇む。その出で立ちはTと描かれた男と同じであり、男の相棒《パートナー》である竜姫という事が判断出来た。

「始めようか？　聖域」

「よかろう。聖域」

室内に広がる聖域は瞬く間にこの場を満たした。滅竜師であったベルンバッハと大差がない聖域を展開する男は流石は頭文字といったところである。

「俺と大差ないか。これは、二つ名が一人歩きしてたのかもな」

どこか拍子抜けした様子のTだったが、雰囲気が変わる。濃密な殺気が溢れ出し、ベルンバッハ、そしてレイチェルを包み込む。

「紅炎《プロメテウス》」

「頼むぞ、レイチェル。炎獅子《えんじし》」

その二人の言葉により、部屋が閃光に包まれる。そして、光が収まり見えたものは、二人の竜姫が竜具へと姿を変えていく様。名無しが握る紅炎は、その名に相応しく刀身が膨大な熱量を発し、部屋の温度が急激に上がっていく。刀身の周りの空間は歪んで見える。

「そういえば、ジジイも火系統だったな。俺の紅炎は熱いぞ？」

男はベルンバッハの竜具を見る。真紅の刀身は深く反り、鍔には鬣《たてがみ》のようなものがある。それは、綺麗な刀剣であった。だが、紅炎のように周囲に干渉するような熱量は放っておらず、美しいだけの竜具にも見える。

同じ系統同士での戦いであれば、勝敗は長引くか一瞬でつく事が多い。火系統でいえば、熱量、性能の圧倒的な差があれば、容易く倒せるが、力が拮抗するような場合であればやはりというべきか長引いてしまうのは仕方がない。男はその事を分かっており、紅炎と炎獅子を見比べ、己の竜具の方が強いと判断していた。

「俺の紅炎で燃やし尽くしてやるよ」

その言葉に反応するかのように、竜具は激しく熱を出し発光する。そして、それをベルンバッハに向けた。

「貴様は何か勘違いしているのぉ」

「何がだ？」

「これは、年長者からの助言じゃ。物事はよく見てよく調べよ、となの儂の事など調べればすぐに出てくるじゃろ？　小童《こわっぱ》」

「はっ！　だから何だ？　老いぼれの時間稼ぎか？」

「儂が何故《なにゆえ》、生ける伝説と呼ばれておるのか。それは、火系統で炎竜を倒した事じゃて。はぁ、年をとると話が長くなるのぉ」

その言葉が意味する事は、属性竜と呼ばれる竜は属性を持たない他の竜と一線をかくす存在である。そして、その中でも火を司る火竜、その上に位置する炎竜は当然ながら火にはかなり強い耐性を持っている。それを同じ系統で倒そうとすれば、炎竜を上回る火力で燃やし尽くさなければならないのだ。

それ故に、ベルンバッハは生ける伝説とされていた。

「それがどうした？　俺の前に炎竜が現れてくれれば、紅炎にも出来る筈だ」

炎竜などという存在はそうそう現れる竜ではなく、当然ながらTを冠する男も戦った事はない。だが、彼の竜具がかなりの強さを誇る事も確かだ。

「手加減はしねぇぞ」

「儂にとっては難しいのぉ」

「随分と引けた発言だな」

「なに、灰すら残さずに消しとばさぬか心配なんじゃよ」

「もういい、早くやろうぜ」

ベルンバッハの言葉により、名無しは構えを取る。その構えに隙はなく、高い実力が窺えた。だが、ベルンバッハは炎獅子をだらりと下げたまま動かない。彼はその場にただ立っているだけのようにも見える。

「さて、ゆるりと行こうかのぉ」

「ゆるりとしてちゃ遅いぞ、ジジイ」

「心配ない。もう終わっておるわい」

そのベルンバッハの発言に、苛立ちを露わに男は紅炎を振り上げ間合いを詰めようとするが
「何が終わ……は？」

手に待つ竜具の異変を感じて見やる。そこには、彼が掲げた紅炎が赤く染まりドロリと溶け落ちていく様子が見えた。

「喰らえ、炎獅子よ」

その言葉の意味を理解した男は叫ぶ。

「クソガァァ」

ゴオォォォォ
男の絶叫と共に紅炎から発せられる業火は男を呑み込み周囲を赤く染め上げた。その業火の中で名無しの男は焼かれ、灰だけがその場に残された。

「灰は残せたか。炎獅子は炎を喰らい昇華するんじゃよ。儂に火系統では荷が重かったのぉ。小童」

炎獅子は刀身が蒼く染まり、明滅していた。ベルンバッハはそれを一瞥すると外へと歩き出した。

「レイチェル、もう少しばかり頼む。ふむ、頭文字といっても、最下層の奴らはこの程度よなぁ。

余りにもお粗末極まりない。何か他に狙いがあるのか?」

ベルンバッハの元に送られた頭文字は、ベルンバッハを倒す事はもちろんのこと、足止めすら満足に出来ない力であった。生徒を狙い学園に襲撃をかけるのなら、ベルンバッハを止めておかなければ、その計画は破綻する。それほどに強い彼に向けられたのが、先程の灰になった男。

「奴らがこれほどにずさんな計画を練るのは考えられない。何が起きている? じゃが、先に儂の学園に入った者から葬るとするかのぉ」

彼は現在進行形で襲われているであろう学生の方へと向かう。蒼く染まる炎獅子と共に。

◇◆◇◆◇

周囲を木々に囲まれる見慣れた道を一人の少年が歩いていた。

「ヤバイな、これは遅刻かな?」

半日で歩くレグルスは、ようやく校舎へ向かっていた。既に、もう間もなく授業が始まるといった時間であった。

「はぁ。急いでも間に合いそうにないし、アリスにまた説教されそうだ」

思ったよりも時間を取られてしまったレグルスは、教室に着いた際に起こるであろうアリスの説教に憂鬱な表情を浮かべる。肩を落とし、ゆっくり歩くレグルスの背は悲壮感に漂っていた。

「ラフィリアの飯が美味いから食べ過ぎたなぁ」

昨日、そして今日も朝食はラフィリアが作った。村でもそうだったが、相変わらずの美味しさに、レグルスの胃袋は毎度パンパンになるのだった。

ガサガサ

そうして、暫く進んでいると林の方から音と共に人の気配を感じて、レグルスは首を傾げた。

「ん？　この時間に人がいるのか？　よし、遅刻した奴なら一緒に行くか」

授業が始まろうとしている時間に外を出歩く者など、レグルスのような遅刻か学園関係者だろうと判断した彼は、前者だと願い、一人よりは二人の方がと動き始めた。

「確かこっちだったよなぁ？」

レグルスは林の中に入り、音が聞こえた方向へと進んで行く。すると、ほんの少し歩けば見覚えのある人影が見えた。

「ん？　ローズさん？」

レグルスの前には、何かを探すようにキョロキョロと辺りを見回しているローズの姿があった。

彼女は自分を呼ぶ声を聞いて振り返る。

「あれ!?　レグルスさんですか、何でここに？」

そう言ったローズは驚いた様子だ。そして、何でこの時間にここにいるのかと不思議そうにレグルスを見つめている。だが、それはレグルスから見ても同じだった。

「それは、ローズさんの方こそ。俺は遅刻ってやつです」

「それもそうですわね。初日から遅刻ですか……」

ローズはレグルスの言葉を探るようにジッと見つめていた。だが、当のレグルスは何だ？　といった具合に首を傾げる。

「はぁ、遅刻ですけど……」

その態度を見たローズから探るような目線はなくなり、レグルスにつられて首を傾げる。二人は暫くその状態で見つめ合っていたのだが、ローズは何度か頷くと納得したような表情を浮かべた。

そのコロコロと変わるローズにレグルスの疑問符が増え続ける。

「そう、そうですわね。授業初日から遅刻ですか？」

ローズはわざとらしく腰に手を置くと、遅刻したというレグルスに笑いを含んだ視線を向けた。

つい居心地が悪くなったレグルスは頭に手をやるとぽりぽりと掻く。

「面目ないです。っと、ローズさんも遅刻ですか？」

（何か探してた様子だったが、ローズさんも遅刻仲間なら心強いな）

レグルスの心情は、ローズという心強い仲間が増えた事に嬉しさが溢れていた。これなら、道中にすれ違う教師達からの視線も多少は和らぐであろうという算段だった。

「そうね……」

「どうしたんですか？」

ローズはその質問に言葉を詰まらせた。何かを言おうとして止まったと表現出来るような様子だ。

レグルスは不思議に思いながらも尋ねる。

「私は――」

ローズが意を決して話そうとした時
「生徒《ターゲット》の一人を発見した。任務を開始する、散開しろ」

「「「はっ！」」」

そんな言葉と共に素早く数人の人影が周囲に展開して行く。おそらく、その数は四人であった。

突如として現れた集団にレグルスは目を細めて観察する。周囲の気配を感じ取り、極自然にローズを守れる位置へと移動していた。そして、最後に現れた男を見てローズは驚愕の声を上げる。

「何だ？」

「あれは!?　名無し！」

「おいおい、試験の続きか？」

ローズの声に反応したレグルスも其方を見れば、黒装束に身を包み仮面を付けた男が立っていた。

そして、先程指示を出した者が目の前にいる男だった。

「ご名答だ。私達は名無しだ。お嬢さん」

男はその場で腰を折るとお辞儀をする。その漆黒の仮面が太陽に照らされて不気味に輝く。

「随分と手の込んだ試験なんだな……って、そんな訳ないか」

目の前の男から放たれる気は、竜騎士達が変装した試験の時に感じたようなものではなく、本気で此方を襲いに来ていると判断出来るものだった。それを裏付けるように、周囲に散開した名無し達も確実に此方を倒せる位置を見極めており、虎視眈々と見つめている。

「名無し……ですわね」

ローズもこれが偽者ではないと分かり、緊張した表情だ。そして、レグルスに聞こえるように小声で囁いた。

「私が狙いのようです。私が気を引くので、レグルスさんはお逃げください」

「分かりました……と言いたいところなんですが、貴方には借りもありますし、一人だけ残して逃げるなんて出来ませんよ」

レグルスは飄々とした態度を崩さずに返答した。その答えにローズは色めき立つ。

「貴方はまだ生徒になったばかりで、足手まといなのです。お逃げください」

ローズの言葉も納得出来る。レグルスはつい最近までは只の村人で、今日から本格的に滅竜師候補として学び始める。いわば、まだ戦いに関しては素人であると考えられていた。ローズも聖域がなければ竜具を展開する事は出来ないが、彼女は学園でトップの成績を持つ秀才だ。

体術も優れており、目の前の男達にも対抗出来るかもしれないと考えていた。そして、男達が聖域を展開すれば、自分も竜具を出す事が出来るのだ。

後輩の彼は、リンガスに連れてこられたと聞いている。確かに一年生の中では優秀なのかもしれない。だが、騎士団長の娘という矜持から彼を巻き込みたくなかった。

そういった考えもあり、レグルスを逃がそうとしていたのだが、レグルスはこの場を去る様子はない。驚きに見つめれば、何と欠伸をしているではないか。

「な！　レグルスさん!!」

ローズが叫ぶが、目の前の男もまた動こうとしていた。

「もう時間だ。やれ」

その合図と共に、四方が輝いた。それは、散開していた名無し達が放った滅竜技である。その威力は軽く学生レベルを超えており、レグルス達が喰らえばひとたまりもない。

何とかレグルスだけでも守ろうと動くローズ。必死に手を伸ばして駆けよるが
「危な――」

滅竜技は無慈悲に降り注いだ。

ドォン
轟音と共に砂埃が上がり、辺りを揺らす。その威力は凄まじく、砂埃は天高くまで到達しようとしていた。

カーンカーンカーン
ほぼ同時に王都から鐘の音が聞こえてくる。それを聞き届けた男は一人呟いた。

「始まったか」

王都への襲撃と同時に、校舎にも名無しは襲撃を始めていた。この彼らは別働隊として動いていたのだ。

「やはり、学生レベルではこの程度か」

そう呟いた男。あの攻撃を受ければ自分でも完璧に防ぐ事は難しいのだ。見えていた先では、レグルスとローズも反応出来ていないように男には見えた。そして、彼の目の前に広がる砂埃が収束していく。

「っ!?」

そこには、ローズを背にし、泰然と立つレグルスの姿があった。あれほどの衝撃を受けてなお、傷一つ付いていない二人に男は驚愕する。

「無傷かっ!?　っ何故生きている?」

「さぁな。だが、一つだけ。そんなもんか?　名無しさん」

「っ」

レグルスは手の平を上げて、くいっと曲げる。その目は細められ、表情は不敵に笑っていた。その姿に男は一瞬だけだったが怯えた表情を浮かべる。

ローズの話を聞けば、ついこの間まで生徒ではなかったというレグルス。だが、名無しに囲まれ、命を狙われているというのに、彼の表情、仕草、そして、あの攻撃でも無傷だった事を含めて異質だった。男は得体の知れないものを相手にしているような感覚を覚えていた。

「ふぅ。名無しを舐めるなよ、やれ」

(レグルス……それなりに出来るとは聞いていたが。そんな評価は嘘だったという訳か。コイツは危険だ。確実にここで排除しなければならない)

レグルスの雰囲気に呑まれかけていた男だったが、息を整えると確実な一手を打つべく命令を下す。そして、ローズもまた呆然とレグルスを見つめていた。

「今のは……一体?」

(あり得ないですわ、今何が起きたの?　当たる瞬間にレグルスさんが聖域を展開したのは見えた。

でも、範囲内に入っていた滅竜技が消えた理由は……）

ローズが目にしたものは、飛んできた滅竜技は避けきれない所まで来ていた。だが、レグルスとローズの僅かな周りに入った滅竜技は消えて行き、入ろうとした技はあっさりと弾かれた。

あの音は弾かれた滅竜技が地面に勢いよく衝突した音だったのだ。

「さぁ、分かりません。でも、まぁじっとしていて下さい。動きたくはないんですが」

ぽん

「へっ？」

レグルスは笑うと、アリスやサーシャによくする癖が出てしまった。レグルスの手は優しくローズの頭に乗っており呆けた表情をするローズ。

「おっと、すみません」

「いえ、構いませんわ。いつもアリスさん達にしているのでしょう？」

ローズは面白そうにレグルスを見つめると、からかい交じりに笑いかけた。その様子は緊張が抜けたのか自然だ。だが、そんな事をしている間にも四方から迫る名無し達。言葉で連携を取るわけではないが、絶妙なタイミングでレグルスを仕留める為に襲いかかった。

レグルスの頭上へと飛び降りてきた一人の仮面。その手には剣が握られており、飛び降りる力を利用し、脳天めがけて迫る。

「よっと」

レグルスは、流れるように剣の刃に当たらないように、腕を巻きつかせて相手の腕を搦めとる。

そして、落ちる力を利用して地面へとそのまま叩きつける。
ドゴッ
その威力は凄まじく、仮面の男はそのまま沈む。だが、さらに左右から迫る二人の仮面。両方から迫る彼らは縦から、横からと挟み込むように斬りつける。
どこに逃れようとも、刃が迫る軌道だったのだが
「ほいよ」
縦に剣を振り、右から迫る仮面の男の懐へと潜り込むと、膝をめり込ませる。そして、沈んだ頭に手をかけると、そこを起点に高く飛び上がる。
ドスッ
その後を追うように、横薙ぎの剣は虚しく通り過ぎていく。
「これは……余りにも」
ローズは余りの事に言葉をもらす。そうしている間にも飛び上がったレグルスは、曲芸染みた回避に呆然とする男を回転しながら確認し、踵をその脳天へと振り下ろした。
ベキッ
頭に衝撃が入り、倒れこむ仮面の男。
そして
「終わりだ」
ゴスッ

レグルスは振り向きざまに拳を振るう。それは、鳩尾《みぞおち》に膝が入った為に悶絶する男の顎を掠め、意識を刈り取った。

これまでの流れは僅か数秒の出来事だった。

「で？　次はあんたか？　俺はあんまり働きたくないんだがなぁ。はぁ、帰って寝たい」

服をパンパンと払うレグルスは、面倒そうに呟いた。なんて事のないようにやってのけた今の攻撃は果てしなく難しいものだ。

「お前は……一体何なんだ？」

「それは俺のセリフだ。何が目的なんだ？　こっちは忙しいのによ」

そんな驚愕の声に、レグルスはいつもの様子で答えた。その姿を見たこのチームの指揮官であろう名無しの男は笑みを浮かべる。

「ふふ。ならば、私に勝てばヒントくらいは教えてやろう」

「要らん要らん。俺は戦闘狂じゃねぇ。しっしっ帰れ。ほら」

うんざりした様子のレグルスは、犬を追い払うように手を振る。半目の表情のレグルスは何とも様になるようであった。

「貴様の幼馴染達が関係しているとしてもか？」

ピク

その言葉にレグルスの動きはピタリと止まる。視線は男に固定されており、今まで見せていた表情はない。

「名無しは俺の周りに手を出すのか？」

「貴様の幼馴染達は優秀らしいな。そこのお嬢さんと同じく、今回の第二標的になっている」

「そうかそうか。俺はアイツらが普通に学園生活を送れたらそれで良かったんだが……」

「陽の当たる世界にいる優秀な者は、我々のような影の者に狙われる。それが、この世界だ」

名無しの言葉には、実感が籠っていた。それは真実であるのかもしれない。太陽と月のように、彼らは相反する存在であり光と影はどちらか一方を侵食していく。

アリス、サーシャ、ラフィリア。そして、ここにいるローズも含めて彼女達は非凡な存在である。狙われるのは必然でもあった。

「なら仕方がないな。面倒だが、俺が陰から見守るとしますか」

レグルスの表情は変わらない。

「面白い事を言うな。影は日を照らす事は出来んぞ？　出来る事は、光を呑み込むだけだ」

「それでもいいさ。所で竜の尻尾を踏むとどうなるか知ってるか？」

突然にレグルスは問いかけた。その言葉の真意を測りかねた男だったが、この世界に伝わる言葉を思い出した。

「竜の尾を踏む。逆鱗に触れる？　どちらかしら」

話を聞いていたローズは言葉に出す。この世界に存在する恐ろしい生物。ひとたび、怒れば激しい災厄を撒き散らす竜に付けられた諺である。

「ああ、竜の尾を踏むだろ？　それとも、竜の逆鱗に触れる、なのか？」

「そうだ。俺みたいな怠け者にも、逆鱗、そして尻尾があってな……」

「成る程、不用意に貴様の尾を踏み抜き、更には逆鱗にも触れたというわけか？」

「俺は怠けるのが好きだ、それを邪魔されるのは面白くない。だが、俺の周りに手を出す事はそれよりも面白くないんだよ」

「中々に教養のある例えだな」

レグルスが上げた二つの事。名無し達は尻尾を踏み抜き、そして逆鱗に触れていた。仮面の男は感心したようにレグルスを見つめていた。

「怠け者の逆鱗に触れたら大変だぞ？　なんちゃって」

「この俺を倒し、力で示せ」

「そうだな……十秒だ」

その呟きは小さく、だがハッキリと男に聞こえた。

「俺を舐めるなよ？」

「さぁ来いよ。そんで、終わりだ」

その言葉に別働隊を任せるほどの実力者である男は動く。

「四段強化《フォースブースト》」

「それは!?　まさか、その相手は……レグルスさん、危ないですわ!!」

その滅竜技を正しく理解したローズは声を張り上げる。四段強化とは、言葉通りに身体能力を四段強化するものだ。

竜騎士になれるほどの滅竜師が扱える高難易度の滅竜技であった。男のスピードはとてつもなく速く、ローズでさえ僅かに捉える事しか出来なかった。残像を残して動く男。

「終わりだ！」

男は腰の剣を引き抜くと、レグルスの元へと一瞬で間合いを詰める。そして、全身全霊の斬撃を放った。

「原初強化《オリジンブースト》」

ローズであったのなら、瞬きをする間に両断されてしまうほどだ。

迫る剣がレグルスを捉えたかのように見えた。だが、その場からブレるように一瞬で移動したレグルスは、いつのまにか男の横に立っている。

「な!?」

「終わりだ」

ボゴォ

そんな音が聞こえた。

レグルスは男の顔を摑み地面へと叩きつけていた。大きくめり込んだ男は、余りにも速いスピードだったのか、胴体が頭の速さに付いて行けず逆さになっていた。

「え？」

ローズは困惑する。レグルスの目の前に男が現れたと思えば、いつのまにか立場が逆転し、レグルスによって男の頭が地面へと叩きつけられているのだ。

「おい、生きてるだろ？」

レグルスは地面に沈む男へ問いかけた。

「ゴフッ。はぁはぁ」

男は己の肉体を強化していたお陰で何とか倒れずに意識を保つ事が出来ていた。だが、気を抜けばすぐ様に朦朧《もうろう》としてくる意識を必死に繋ぎ止める。

「約束だ。ヒントを話せ」

「既に……目、的は…達して…いる」

そう呟いた男はそのまま地面へと倒れ込んだ。その際、僅かに見えた仮面の縁が赤く光っていた。

「レグルスさん、貴方は……」

ローズは難しい顔をしながらレグルスの元へと駆け寄った。戦闘の後の静けさが残る林の中で、半目を開けて空を見上げたまま返事をしないレグルス。それをローズは不安そうに見つめていた。

「あの動きは竜騎士になれる滅竜師に匹敵するのでは？　どこでそれほどの実力を身につけたのですか？」

「はは、人間って死ぬ気で戦えば何とかなるんですよ」

レグルスはその質問をはぐらかす。だが、あそこまで見られた上でのこの発言が意味する事は、これ以上は聞くなと言っているようなものだった。

「そうですね。それよりも、名無しの人が目的は既に終えていると言っていましたが」

未だに納得のいかないローズだったが、今はそれどころではないと話題を変えた。彼女としても、人には隠したい事はあり、突いて藪蛇になる事はしなかった。あれほどの実力を隠しているとなると、その内容も計り知れないのだ。

その言葉はレグルスにとっても幸いな事であり、彼もこの提案に乗る事にしたようだ。

「何か心当たりはないですか？」

「そういえば、パ……。いえ、お父様に最近王都で名無しを語る輩が多いから気を付けろと言われました」

パパと言いかけたローズだが、突っ込むと面倒そうなので、そこは触れない方針のレグルスは昨日の事を思い出していた。四人でご飯を食べに行った際に絡んできたゴロツキ。

あの時はただ面倒な奴だと思っていただけだったのだが、本物の名無しと戦った今ならアレは余りにも弱すぎる。そして、余りにもずさんな成りすましだった。

「俺もそれに絡まれました」

「そうでしたか。そして、学園への襲撃……アリスさん達は無事なんでしょうか!?」

先程の男の発言に気を取られていたローズは、現在進行形で学園が襲われている可能性を思い出した。こうしている間にも学園が襲われていると思うと、ローズはいても立ってもいられない様子だ。だが、レグルスの表情に焦った色は見えない。

「そっちは大丈夫でしょう。学園には教師、そして優秀な生徒とバッハさんがいると思うので。それに、第二標的と言っていたので、学園は本命のオマケ程度だと思います。まぁ、なによりアリス達はそこそこ強いですから」

レグルスは、先程戦った者達が別働隊と聞いていた。おそらく、ローズやアリス達のような優秀な者を狙う部隊だと予想出来る。ならば、学園に襲撃をかけているのは気をそらす為ではないのかと考えていた。

アリス達も優秀であり、何よりリンガスの実力を考えて、それより遥か高みにいるベルンバッハがいれば、そうそう大事にはならない。

「確かにそうですわね。もし本気で襲撃してくるなら、それなりの数で頭文字が出てくる筈ですから。では、鐘の音が鳴っていたので、王都への襲撃が本命でしょうか？」

鳴り響いた鐘の音。王都に現れた竜の襲撃が本命だったのかとローズは考えた。だが、今回はローズの方にも焦りの色は見えない。

「そちらは余裕そうですね」

その事にレグルスは気付き尋ねた。学園の時とはかなり反応が違う為だ。

「いいえ、ただお父様やリンガスさんを含めた竜騎士、そして国内最強の滅竜騎士がいる王都に力技は現実的ではないですわ。それに、お父様は負けません」

ローズは絶大な信頼と共に自信満々に答えた。その答えは間違いではなく、幾ら巨大な名無しであろうと王都と直接のぶつかり合いは現実的ではない。

それこそ、名無しに所属する全構成員を動員しての総力戦ならば納得は出来るが、隠れ潜む彼らがそれをするとは考えられないのだ。

「ということはこの二つとも、その達成された目的とやらの為の陽動でしょう。他には？　何でも良いのですが……ローズさんは何故ここに？」

こうして、二人で話していくとかなり建設的な内容へと変わっていく。当事者になれば、焦りと目の前の状況に俯瞰的に見る事が出来なくなってしまうが、客観的に見れば的はかなり絞れた。それに、名無しのヒントもかなり役に立っている。それがなければ、そもそもこういった会話に発展していなかっただろう。

レグルスはローズがここにいた事に疑問を持っていた。すると、ローズは思い出したかのように手を叩く。

「あ！　そうなのですわ。昨日もお聞きしたのですが、ミーシャを含めて二、三年生の少数の姿が見えなくて。それで、捜し……」

ローズは話していくうちに、名無しの男が話したヒント、そして、今までの流れの全てがカチリと嵌《はま》った。

「既に攫った後だと」

レグルスもその答えがほぼ正解に近いだろうと予測出来た。

「そんな……。まさか、ミーシャ達が」

絶望に顔を歪めるローズはその場に崩れ落ちる。名無しによって攫われたとあれば、彼女達の今後は知りたくもない結末が待っているからだ。

「うっ」

余りの事実だったが、考えれば考えるほどに否定出来る材料は消えていく。その事に、顔を蒼褪めさせたローズは思わずえずいてしまった。口元を手で押さえ、必死に我慢するローズの元へとレグルスは歩み寄る。

「ローズさん。おそらくまだ大丈夫かと」

「え？　それは……」

ポロポロと瞳から涙を流すローズはレグルスの言葉に一筋の希望を見つけた。彼女は必死にレグルスの顔を見つめる。

その姿は、普段レグルスに見せていた姿とはかけ離れており、痛ましかった。

「推測ですが、名無しもどきの騒ぎ。そして、今日起こっている事は全て陽動かと。それがなければ、彼女達を王都から運び出すのは極めて厳しいです」

出入りの際にはリンガスのように、顔が知れた竜騎士でなければ、行われる検閲は厳しい。王都はその名の通りその国の王がいる都だ。必然的にチェックは厳しくなる。

その為に、名無し達はこの混乱に乗じて外に出る計画なのかもしれない。だが、既に出ていたとしても、今の時点では王都の周りに対竜で駆り出された数多くの兵士、そして、騎士や竜騎士が出動している。

カモフラージュしていたとしても、そんな中を多くの生徒達を連れて出歩けばやはり目立つ。それらを踏まえると、どこかで息を潜めている可能性が高かった。

「なら、まだ近くに潜んでいる？　間に合うかもしれないですわ」

ローズはその希望に顔を上げる。

「おそらくはそうです。ですがこれも推測ですので、最悪の事態もあり得ます」

そう言うレグルスは、ローズに嫌がらせをしている訳ではなく、万が一の場合にも備えろと暗に言っているのだ。

ローズもその事は分かっているのか、強く唇を噛み締め耐えていた。ここにいる生徒達は滅竜師や竜姫になると決めた時から、全ての危険は承知の上だ。それは、レグルス達に行われた試験が物語っている。

「今バッハさんは学園から動けない。そして、竜騎士達も駆り出されています。急を要する今、動ける者は少ない。なので、俺が行きますよ。ミーシャさんには借りもあるので」

レグルスとしても、出来ればベルンバッハや竜騎士達に任せたい。だが、そんな悠長な事を言っている場合でもなかった。

宣言したように、彼はアリス達を守ると決めた。なれば、自分と彼女達の学園生活の平穏の為にも、不穏分子を倒す事は必須だ。ここでミーシャ達を見捨てるという選択肢はない。

「一人で行って勝てますか？」

ローズは震える声で尋ねた。それは、もし勝てないと言われたらと、そのレグルスの返答によっては全てが儚く崩れ落ちると分かっているからだ。

「まぁ何とかしますよ。出来れば静かに過ごしたかったんですが」

特に気負った様子もないレグルスは、淡々と語る。まるで、何とかならない事はないと言われているようであった。

「分かりましたわ」

レグルスの強さを目の当たりにしていたローズは納得した。彼ならば勝てるのではないかと。そんな彼女が見つめる先では、これからの事を考えているのか、溜息を吐きつつ肩を落としているレグルスがいる。

いつも面倒そうにしているが、先程も頼りになったこの少年。溜息を吐きつつも助けに行くという彼の姿を見て、ローズはおかしく感じてしまった。

「ふふ、レグルスさん。最後の部分は余計ですよ。なら、私も行きます」

「はぁ。まあ良いですが」

「具体的にはどうします?」

「恐らく王都の中にはいないでしょうから、王都周辺で隠れられそうな場所をシラミ潰しですかね」

「他の方にも協力をお願いした方が良いのでは?」

ローズの疑問はもっともであった。このような場合は人海戦術を使う方が効率がいいのだ。

「バッハさんもこの異変に気付いている筈です。計画を知る名無しもそこで寝ているので、あの人も動いてくれるでしょう。それに、今回の襲撃は手際が良すぎる。もしかすると、内通者がいたのかもしれません。ローズさんもここで最初に俺と会った時、俺に何か思っていたでしょう?」

「ええ、あんな時間にこんな場所をウロウロしていたから、もしかして、ミーシャ達に関係しているのかと」

「という事なので、取り敢えず俺だけでやります」

レグルスはそう言ったが、ローズは不安そうな顔をしている。それは彼一人で捜す事が出来るのかという感じだ。ローズにとっても、レグルスにこんな事を思うのは申し訳ないのか黙っていたのだが、それを察したレグルスは安心させるように笑いかけた。

「大丈夫ですよ」

（それに、余り目立ちたくはないからなぁ。ローズさんには見られたが、やはり一人の方がいい）

「なら、お任せします」

そう言って歩き出すレグルス。その後ろを付いていくローズはレグルスの背中を見つめていた。

（成る程。アリスさん達はこういうところに惚れたのかしら？）

ローズは、まだ数回しかアリス達とのやり取りは見ていなかったが、見ればすぐに分かるほどにあの三人はレグルスに心を許していた。

（何故か彼の言葉は安心出来ますわ。普段から怠け者のレグルスさんだからこそ、こう頼りになる姿を見せられるとギャップでしょうか？　アリスさん達が好きになるのも理解出来ますわね）

そう感心した様子のローズは数度と頷くと、前を歩くレグルスの元へと小走りで駆け寄り横に並ぶのだった。

◇◆◇◆◇

「はぁはぁ。ちょっと、まだ来るの!?」

「アリスちゃん！　頑張ろ！」

「流石にしんどいですね」

三人は途切れる事のない名無しの群れに肩で息をしている。前線はかなり後退しており、消耗して戦えなくなった者達は教師の指示で後ろへと下げられていた。

既にこの場で戦っている者は、教師を除けばシャリアとロイス、マリー。後は貴族でも有名な家柄の者が数人ばかしである。

「くそッ、もう持たん。君達も逃げろ」

「ですが！」

教師の隣で戦っていたロイスは声を上げる。彼も限界が来ているのか、初めにあった太刀筋はなく、何とか力で敵を斬り倒している様子だ。

「恐らく二、三年生のクラスも同じようなものだ。だが、三年生達であれば戦える者は多い。君達は何とかして窓から逃げろ」

「この際だから言うが、今の状況で助けられる者は限られている。君やシャリア、そして、そこのアリス達が先導してやるんだ！」

教師達は既にここを死地と決めているのか、決意を込めた表情をしている。ロイス自身もこのままでは自分達を含めて一年生達は殺されるか、捕まるかの未来しか待っていない事は理解出来た。

この場で教師と問答をしている事ほど無駄な時間はない。

「分かりました。マリー、退くぞ」

「畏まりました」

ロイス達は素早く近くの名無しを斬り伏せると後退していく。前線で戦っている者達もそのやり取りを見ており、それぞれが後退を始めた。

「私達に力があれば！」

「お兄ちゃんが来てくれたら……」

「今は我慢の時です」

悔しそうに顔を歪めるアリス。そして、この場に現れないレグルスに思いを馳せるサーシャ。サーシャにとって、義兄《レグルス》は、いつも助けてくれるヒーローだったのだ。現れないレグルスに目を伏せていた。

「早く下がりましょう」

この場で一番冷静なラフィリアは、そんな二人を連れて後方へと下がっていく。

「よーし、お前ら行けぇー」

「振り返るなよ！」

十分に距離が取れたことを確認した教師の二人は、自爆覚悟で廊下を埋め尽くすほどの炎の壁を作ろうとする。

ゴォォォ
その時、二階へと繋がる階段から途轍もない音と熱量が襲って来た。視界が赤く染まり、階段付近にいた名無し達は炎に燃やされ消えていた。

「ふむ。間に合ったかのぉ」

未だ遠くから聞こえてきたその声に教師達は歓喜の表情を作った。

「閣下!!」

「何とか持ったようだ」

教師達はその炎を見て、自分達が助かった事を理解した。あれほどの炎を生み出す者は限られる。

二階から上ってくる炎の化身が何度も作り出す業火。名無しは、ベルンバッハにより灰すら残されずに消えていく。

コツコツと足音を響かせるベルンバッハは、群れる名無しの間から姿を現した。

「儂の庭に土足で入るお主らには、灼熱地獄を見せてやろうかのぉ」

そう言って笑うベルンバッハだったが、目は笑っておらず眼前の惨状を目に焼き付けていた。傷つき倒れる生徒、そして必死に前線を抑えるアリス達、命を賭してでも守ろうとした教師達の姿。

ザクッ
硬い筈の廊下にベルンバッハは炎獅子を突き刺す。その場所は赤く溶解していた。

「レイチェル、やるとしよう」

その言葉と共に、炎獅子は蒼く輝き始める。それを見た名無し達は、させてはならないという本能からか、一斉に殺到する。それは、前線でアリス達と戦っていた者も同じであった。

「吼えろ、そして喰らうがよい。炎獅子よ」

ドゴァァァ

獣が吠えるような凄まじい音と共に、地面から噴き出す蒼炎。それは、名無し達全てを包み込み喰らい呑み込む。廊下の一画を灼熱が支配する。だが、驚く事にその炎は廊下を焼く事もなく、天井を焦がす事もない。

「ウワァァ」

「イィイアァァ」

「ガァァアア」

炎に呑み込まれた名無し達は、仲間が殺されようと、自分が殺されようと言葉を発さなかったが、余りの熱さにか獣のような咆哮を上げる。そして蒼炎が消えた時、その場には何もいなかった。

「何あれ……？」

「あれが……滅竜騎士に上り詰めた力なんだよ、ね」

「圧倒的です……あれほどとは言葉もありません」

自分達が苦戦した相手をたったの一撃で葬り去ったベルンバッハ。まさしく伝説の一幕が目の前に広がったのだ。生徒達は驚愕と憧憬の視線をベルンバッハに送っていた。他の誰も言葉を発せない。

「ご苦労じゃったのぉ。儂の落ち度であった、済まぬ」

此方に歩いてきたベルンバッハは、生徒達を労うと頭を下げた。それに、生徒達は本日何度目かの驚愕の表情を浮かべる。

生ける伝説と呼ばれる彼が頭を下げるているという事。そして、それを受けているのは自分達だという事実に最早思考が正常に働かない。

「いえ、閣下のお陰で助かることが出来ました。お礼を言うのは私達の方です」

「一階の全ての敵を倒したのでしょうか？」

この中でも唯一冷静であった教師がベルンバッハに話しかけた。

「全て倒した。じゃが、事はまだ終わっとらん」

「それは？」

「王都の襲撃でしょうか？」

二人の教師はベルンバッハに問いかける。この襲撃の他にも何があるのかと、不安そうな様子である。

「今は急ぐ。それは、後で説明するとしよう。ふむ、そこのロイス、マリー、シャリア、アリス、サーシャ、ラフィリア。儂に付いて来るのじゃ。主ら二人も来い」

「は、はい」

「分かりました」

突然に呼ばれた教師は歩き出したベルンバッハに付いていく。

「早くお前らも来い」

そして、呆けた様子のアリス達が付いてきていない事を感じ取り呼んだ。すると、ようやく呼ばれた六人も動き始めた。

「今回の襲撃は陽動じゃて。儂のところにも頭文字が来たが、かなり弱い奴じゃった。そこで儂は色々と調べたのじゃが、ここ数日の間で姿を消している生徒が十人ほどおった。そして、君らも知っておるハーフナーが姿を消しておる。おそらく名無しは――」

歩きながら話し始めたベルンバッハ。その内容を聞いていく内に、計画の緻密さ、そして事の大きさが分かってきた。誰もが言葉をつぐむ内容である。その先を考えるだけで恐ろしい事が既に行われているのだ。校舎を出て歩くベルンバッハ。そして、ある場所に立ち止まると驚くべき光景が広がっていた。

「一度、確認しておこうと思うておったが……これはまた」

初めに爆発音が響いた地点に来た一行はその場に倒れる五人の名無しを目にしていた。何者かにやられた痕跡がある。ベルンバッハはまず四人が倒れている場所に近づくと、その状態を確かめた。

「ふむ。筋肉の付き方から見て、此奴らは学園に襲撃をかけた使い捨てではない。そんな相手に対して完璧かつ正確な一撃によって昏倒させておる。一人だけ二撃じゃが、どちらにせよ急所じゃ。これをした者は恐ろしく腕が立つのぉ」

ベルンバッハの顔には驚きが浮かんでいた。的確に急所を撃ち抜かれた後があり、そのやられた者達は名無しでも実行部隊と呼ばれるような精鋭である事が窺えるのだ。

（こんな事が出来る者は儂や、少なくとも竜騎士クラス。これは、騎士レベルでは断じてないわい）

「うぅ」

地面に亀裂が走る場所で、一人俯いて倒れていた男が呻き声を上げた。

「起きたのか？」

ベルンバッハはすぐ様近づくと、男を仰向けにする。

「〇じゃと！　此奴は頭文字じゃ」

「頭文字ですか!?」

「そんな者が何故ここに倒れているんですか！」

ベルンバッハの言葉を聞いた教師の二人は色めき立つ。幹部クラスの者が地に倒れ伏しているという事は、それを行った者が学園にいたという事だ。少なくとも、精鋭四人を相手取り、さらに頭文字を倒すとなると、ベルンバッハや騎士団の幹部クラスを除き、このような芸当が出来る者を知らない。

「よく見てみろ。仮面の縁が薄くじゃが赤く塗られておる。こ奴ら名無しは、幹部でなければ絶対に仮面は漆黒じゃて」

倒れた男の仮面には、見えづらいが、よく見れば縁が全て赤く塗られていた。これが意味する事は〇を冠する者という事だ。

「ふむ、竜姫の姿が見えんという事は此奴は単独で戦い負けたのか。じゃが、どちらにしても凄まじいのぉ」

四人と同じように、この頭文字も頭以外に外傷がない事から、一撃で昏倒させられた事が窺えた。

そうこうしていると、男が目を覚ます。目の前にいるベルンバッハを見つけると、囁くように話し始めた。

「お前は、ベルンバッハか？」

「そうじゃ。儂がベルンバッハである」

「そうか。この学園には途轍もない奴がいるな」

「誰じゃ？」

「俺は怠惰な竜の尻尾を踏んだらしい」

その言葉にアリス達、そしてベルンバッハは一人の少年を思い浮かべた。ベルンバッハが試験で見たレグルスの姿。怠そうにしながらリンガスと戦い、その実力を隠していた面白い若者の事だ。

アリス達もまた、怠惰と聞けば一人しか思いつかない。それに、この場所は寮から校舎へと続く道の近くであり予想は確信へと変わっていた。

「ほぉ。お主はその怠惰な竜の逆鱗に触れた訳か」

「恐ろしく強い怠け者だったな」

「して、其奴はどこに行った？」

「俺も久し振りにあんな強者と戦えて気分が良い。お嬢さんと二人で、卵を取り返しに行った」

「ならば儂も動かねばのぉ。此奴らを捕まえておけ！　それと、そこな三人は付いてきてもらう」

ベルンバッハはアリス達にそれだけを言うと、振り返りもせずすぐに校舎へと戻っていく。今の会話で消えた生徒達が攫われた事は確実になった。顔を見合わせた教師達はひとまず、抵抗の意思を見せない頭文字達を捕縛するべく動き始めた。

去っていくベルンバッハは、この惨状を作り出したレグルスの実力に高揚する心を抑えて動く。

全てを片付ける為に。

「そこの君達！　レグルスの姿が見えないようだが」

ベルンバッハが去ったことにより、機を見たロイスがアリス達に話しかけた。

「お兄ちゃんならどこかにいると思うよ」

「そうか、こんな時にどこにいるんだ？　全く、彼は何をしているんだか」

サーシャの言葉にロイスは返したのだが、その内容にサーシャやアリスは表情がムッとしたようになる。ラフィリアも笑っているが目が笑っていない様子だ。

「失礼しました。ロイス様はレグルス様が一人でいては危ないのではないかと心配しているのです」

すかさずマリーがロイスの言葉を訳したお陰でアリス達も納得した。昨日も同じようなやり取りがあったことを思い出したのだ。

「マリー。今回は私が悪いな。よくやった」

「いえ、いつもの事ですので」

「だが、他の事にも勝手に訳すのは辞めてくれ」

「畏まりました。善処します」

マリーは静かに頭を下げるのだが、おそらくコレはいつものやり取りなのだろう。アリス達も微笑ましく見守っていた。

「引き止めてすまない。ベルンバッハ様に呼ばれているのだったな」

「それでは、学園でまたお会いしましょう」

「ええ、レグルスの事を心配してくれてありがとね」

「構わないさ」

ロイスは背中を向けると手を上げて去っていく。その後ろに続くマリーは振り返るとぺこりと頭を下げて、名無しの捕縛作業へと向かうのだった。そこでは、シャリアがどこか話しかけたそうにしていたが、ロイスとのやり取りでタイミングが掴めなかったのか渋々と作業を始めていた。そんな事を知らないアリス達はレグルスについて話し始める。

「やっぱりお兄ちゃんも頑張ってたんだね。スッキリした」

「相変わらず何かと巻き込まれては、裏で動くのは変わりませんね」

学園に来なかったレグルスにサーシャは落ち込んだ様子だったのだが、今は潑剌《はつらつ》とした笑顔で笑っている。ラフィリアも同じく微笑んでいた。

「お嬢さんと二人きりって何よ」

「まあまあ。それは心配だけど、お兄ちゃんはそっち方面に関して大丈夫だよ。面倒臭がりだからね。それより、お兄ちゃんが無事で良かったね」

「そうね……」

「アリスさん？」

どこか浮かない表情を見せるアリスにラフィリアは心配そうに問いかけた。

「何でもないわ」

こうして三人もベルンバッハの元へと駆けていくのだった。

第四章 怠け者の逆鱗

Dragonkiller princess & lazy dragonkiller knight

第四章　怠け者の逆鱗

レグルス達は現在、王都の外へと出ていた。非常事態が発令されている今、外へ出る者は滅竜師や竜姫達であり、一般市民には固く門を閉ざされている。だが、ここでローズの立場が役に立った。翡翠騎士団団長の娘である彼女は有名人である。多少の抵抗はあったが、何とか出る事は出来ていた。

「はぁ。王都から出るのも一苦労でしたね。ローズさんがいてくれたお陰で助かりました」

「このくらいしか役に立ちません。それと、私に敬語はいりませんわ」

ローズはそう言うとレグルスに微笑みかけた。レグルスにしても、敬語で話す事が面倒だったのかそれに応じる。

「了解。っとあそこが前線か？」

「もし、お父様達に会えたなら協力してくれるかもしれません」

「そうだな」

レグルスが指差すすぐ近くの方向では、空に無数に浮かぶ竜の姿があった。王都周辺は比較的安全とされていたが、今は見る影もない。空を飛ぶ竜の中には、双頭竜《ツインヘッドドラゴン》や多頭竜《ヒュドラ》の姿もある。他にも翼竜《ワイバーン》など下位竜や中位竜が続々と姿を現していた。

市民が見れば卒倒しかねない数の竜であったが、その場に聖域を展開する竜騎士達によって悉《ことごと》く撃ち落とされていた。

「凄い数ですわ。でも、時間の問題ですわね」

先程、ローズが自信満々に答えた理由がレグルスには分かった。圧倒的な差で竜騎士達が優っているのだ。

「ん？」

そんなレグルスの疑問の声。ある一角では激しい閃光に包まれ、竜が鳥のようにボトボトと地面へと落ちていく光景があった。

「パ……。お父様ですわ！」

「あれが……。とんでもないな」

（これが騎士団長か。想像を遥かに超える強さだな。それに、俺だけで捜すよりは二人の力を借りた方が都合が良い）

レグルスの呟きは驚愕に包まれていた。その周りだけ他とは比べものにならないほどに圧倒的であったからだ。そして、その近くで負けず劣らず暴れる男性。

「リンガスさんもいるのか。まさか、王都にこんな近い位置にいるとは……方針変更だ。二人にも協力してもらおう」

「見つかって良かったですわ」

「あの人は目立っているからな」

大剣を巧みに扱うリンガスの姿も見られた。レグルスは元々は二人で捜索する予定だったが、リンガスとローズの父であるシュナイデルであれば、話しても良いと考えていた。

「リンガスのおっさんも頑張ってるな」

「それは騎士団で隊長をしている方ですから……」

「それもそうだな」

試験の時に見た彼とはその実力はかけ離れており、レグルスが呟くと、ローズがそれは当たり前だと説明する。

二人はシュナイデル達の元へと歩いていくと、すれ違う他の騎士達が何故ここに子供がいるのかと驚いている。

そんな騒めきを察したのか
「ローズか!?　何故ここに！」

「ローズ？　ってレグルスじゃねぇか。何してんだ？」

戦場に似つかわしくない少年と少女を見つけたシュナイデルとリンガスは、それが見知った顔だと分かり此方に駆け寄ってくる。

「レグルスさん？」

「二人なら信頼出来る。事情を説明しよう」

「分かりました」

タイミングを見るローズがレグルスに尋ねた。すると、駆け寄ってきた二人もレグルス達の元へと辿り着く。シュナイデルは、訝しげにローズと横に立つレグルスを見つめていた。

「レグルス！　学園はどうしたんだ？」

第一声を発したのはリンガスだった。学園に行っている筈のレグルスが何故ここにいるのかと戸惑っている。それに、リンガスから見たレグルスは極度の怠け者でありこの場に出てくる事など考えられない。

「ほぉ。君がレグルス君か。リンガスから聞いている」

「初めまして、レグルスです」

「時間があれば君と戦いについてじっくり語り合いたかったのだが」

「はい？」

シュナイデルは目の前に立つレグルスに楽しそうな表情を浮かべていた。リンガスやベルンバッハが褒める少年とあれば、真っ先に手合わせをしたいシュナイデルだったが、状況がそれを許さない。

優先すべき事を先に済ませようと、シュナイデルは娘であるローズに問いかけた。

「ローズ、どうしてここに？」

「はい。実は――」

ゴガァォォ
ローズが話そうとした時、咆哮と共に上空から翼竜の群れが急降下してきた。

「先ずは此方を片付けよう。ジェシカ、頼んだぞ」

シュナイデルはそう言うと、手に持った光り輝く槍を地面へと突き刺す。そして、シュナイデルの体がはち切れんばかりに隆起する。騎士団長を表す騎士服がパンパンになっていた。

「舞うぞ、雷舞《らいぶ》」

バリバリィッ
弾けるような音と共にシュナイデルが突き刺した槍の周囲に紫電を走らせる雷槍が囲うように無数に現れた。

すると、リンガスが二人を後方へと下げる。

「レグルスとローズ、少し下がってろよ」

「了解です」

「分かりましたわ」

レグルス達も邪魔にならぬようにすぐさま下がる。それを見届けたシュナイデルは、地に刺した槍から手を離すと雷そのもののように見える雷槍を手に取る。

「上を飛び回られるのは好かん。ふんっ」

バリィバリィバリィ
軋みを上げる筋肉が更に膨れ上がり、雷槍を上空へと投擲したのだ。それは、天を衝くかのように高速で打ち上げられ翼竜を貫いた。それは、地上から雷が放たれたかのように見える。貫かれた翼竜はその威力に四肢を爆散させた。

「まだまだ修行が足りんぞぉ！　トカゲ共ぉ。血が滾らんぞ!!　フハハハハッ」

次々と雷槍を手に取り上空へと投擲していく。更には、雷槍が周囲を舞うように広がり、シュナイデルは豪快に蹴り上げていく。

筋肉の鎧を着たかのようなシュナイデルだったが、その動きは凄まじく速く、残像を残し舞う。光線が放たれたかのように、光柱が次々と上がり幻想的な光景を生み出していた。

「ローズの父さんって色々と凄いな」

レグルスは目の前で繰り広げられる雷舞に言葉を漏らした。

「ええ、少しアレですが……。自慢の父ですわ」

ローズはどこか疲れたように答えたが、どことなく嬉しそうな様子だ。

「ま、言動はあれだが、騎士団長にまで上り詰めた凄い人だからな。レグルス、よく見ておけよ。あの人が俺達の頂点だ」

腕と足から放たれる雷槍は次々と翼竜を消しとばし、瞬く間に数を減らしていく。堪らず翼竜達は逃げ出そうと方向を変えるが、既に遅い。

「敵を前にして逃げるとは余りにも情けないぞトカゲ共。興が削がれた。これにて終演とさせてもらう」

シュナイデルはそう言うと、両手を広げ高く掲げる。そして、その腕を勢いよく閉じた。

バチンッ
ドスドスドスドス

上空へと飛ばされた雷槍が次々と飛来し翼竜達を貫いていく。雨のように降り注ぐ雷槍に翼竜は逃げ場もない。こうして翼竜の群れは何も出来ずに散らされた。

「全くもって歯応えのない奴らだ。上位竜以上でも出て来なければ張り合いがない」

まだまだやり足りたいとばかりにシュナイデルは呟くが、既に全ての翼竜は絶命している。

「よし、ローズ。詳しく聞こう」

「はい。実は学園にも襲――」

ギャオオオオ

再び咆哮と共に現れる多頭竜の群れ。その数は翼竜よりは少ないが、両手で数えきれないほどにはいる。

「ふんっ！」

ドゴンッ

遮られた形になったシュナイデルは苛立たしげに地面を踏みしめる。その地面には線上に亀裂が入り、威力の高さが窺えた。

「娘との会話を邪魔するとは……」

シュナイデルは押し殺した声で呟くと、雷舞を強く握りしめる。その力に反応するかのように、雷舞もまた強く輝き、紫電を迸らせた。

周囲は発せられる光で染まっていく。だが、不思議とレグルスやローズには影響がない。

「よかろう。ならば、貴様らの視界を塗り潰してやる」

その言葉に反応するかのように天空の一部に光が集まってくる。それは、天変地異の前触れのようにも見えた。

「ちょっと待ったあぁぁ！」

リンガスが素早く前に躍りでた。かなり焦った様子で嵐剣《テンペストソード》を手に、迫り来る多頭竜へと向く。

「団長！　それをやったら何の為に抑えて戦っているのか分かりませんよ‼　王都周辺の地形を変えちゃまずいでしょ！　メリー、すぐにやるぞ」

リンガスは大剣を腰だめに構えると、地面を強く踏みしめる。メリーが姿を変えた嵐剣は、剣身に風の奔流が生まれた。

「支配しやがれ！　嵐剣」

大剣が豪快に振るわれた先から、まさしく凝縮された嵐が吹き荒れる。

ギイガアア
嵐に呑み込まれた竜は、抗う事も出来ずに切り刻まれる。風の奔流は鮮血に染まる。

「まだまだぁ！」

続けて何度も放たれる斬撃によって、空へと消えていった。

「ふぅ。団長！　周りにも他の騎士団がいるんですよ！　そんな所で雷をぶっ放しったら揉め事になりますって」

リンガスは肝が冷えたかのように額を拭うと、胸筋を震わせるシュナイデルを見やった。近くにいた騎士達も必死に頷いている。周りでは、他の四騎士団も出張ってきており、それぞれの騎士団長達も戦っているのだから、当然であった。

「地形を変えたらマズイでしょ！」

圧倒的に勝る戦力の此方が竜を駆逐する事が出来ない原因がリンガスが言った言葉だった。

王都周辺という事もあり、街道やそれに関連した建築物が多い。それに、地形を変えてしまっては復旧に莫大な時間と資金、そして資材を投入しなければならないのだ。おいそれと騎士団長レベルが本気を出せる場所ではなかった。

「血が上ってしまった。ジェシカ共々すまないな」

「お父様！　気をつけて下さい」

娘に叱られる形になったシュナイデルは、体を縮こまらせている。雷舞もどことなく、紫電が収まり落ち込んでいるようにも見えた。

「はは。ローズの家族って何だかかいいな」

「もう！　全くもうですわ！」

身内の恥ずかしいところを見られた為か、憤慨するローズはいつものお嬢様といった感じではなかった。頬を膨らませてレグルスを睨む。慌てたレグルスは、先程のシュナイデルが見せた竜具について尋ねた。

「あ！　そういえば翡翠騎士団なのに雷を使うんですね。てっきりリンガスさんのような風を操るとばかり」

「もしそうだったら、属性竜に対処出来ないだろ。騎士団の名前は只の名前だ」

「それもそうですね」

ふむふむと納得するレグルス。確かに言われてみればそうであった。すると、リンガスはようやく今回の事について尋ねた。

「それでレグルス。何があったんだ？」

「実は――」

レグルスが、学園にも襲撃が来たこと。そして、学園の複数人の生徒が既に攫われているかもしれないという確度の高い予想を伝えていく。

話が進むうちに、落ち込んでいたシュナイデルは神妙な表情に変わっていく。リンガスも同じであった。

「まさかそんな事が。こっちも何かおかしいとは思ってたんだが」

「学園の方はベルンバッハ様がいるから問題はない。だが、攫われた学生達はすぐにでも捜さなければならんな」

一連の流れを知り、起きている事の重大さを理解した二人はすぐ行動に移った。シュナイデルは横に立つリンガスを見て命令を下す。

「飛竜隊を呼び寄せろ」

だが、同じ事を考えていたのか既にリンガスは信号弾を空へと打ち上げ、飛竜隊を呼び寄せていた。

パシュッ

「もうやってます！」

以前にも聞いた乾いた音と共に、赤い煙が上空に広がっていった。風に流されて広がる赤は遠くからでも視認出来る。

「リンガスさんはココを動けないんですよね？」

「ああ。騎士団は王命によってここに釘付けにされてるからな……だが、俺も行こう」

騎士団とは、セレニア王国が管理する戦闘部隊だ。今回の任務は王都の防衛であり、竜騎士一人の決断で動かす事は出来ない。

だが、リンガスはそんな事など御構いなしに付いいて行く事を決意していた。この辺りがリンガスが騎士団で頼られるのだろう。

「待て、リンガス」

そのリンガスの発言に待ったをかける言葉が放たれた。

「団長！　ですがっ！」

「ローズ！」

シュナイデルはリンガスの反論を無視して、目の前に立つ愛娘を力の籠った声で呼びかけた。

「はい！」

「二人で動いていたという事は、算段はあるのだな？」

「そう考えています」

「ならば良し」

そう頷くシュナイデルは、今回の件を二人に任せる事にしたようであった。だが、リンガスはその決断に納得しないのか団長に詰め寄る。

「何を考えているんですか！」

バサッバサッバサ

リンガスが言葉を発したと同時に、頭上から聞こえる羽ばたく音。上空に現れた竜達は、飛竜隊の到着を意味していた。その竜に跨る見知った顔を見て、シュナイデルは話しかけた。

「フルートか！　丁度いいそこの二人を連れて飛び立て。詳細は娘に聞くんだ」

「シュナイデル様ですか！　って、何をするんですか!?」

フィットとエリクを護送したフルート達は、都合よく王都にいた事もありすぐにこの場にくる事が出来ていた。だが、シュナイデルの発言に意味が分からずフルートは驚きの声を上げている。

「急げ！　時間がない」

「りょ、了解です！　さ、乗って」

「え？　は、はい」

「頼みまーす。フルートさん」

フルートに促された二人は、降り立った竜の背に上る。レグルスは、前にもお世話になったフルートに挨拶をしていた。

「レグルス君か。詳しく聞かせてくれ」

「早く行け！　フルート」

「は、はい！　捕まっててくれよ」

シュナイデルの剣幕に、昔の事を思い出したのかフルートは素早く二人を誘導すると、竜の背に乗せて上空へと飛び上がる。

「シュナイデル団長！　後で説明はしっかりしてもらいますよ！」

「構わないから早く行け！」

未だに状況が飲み込めないフルートは、飛び上がると同時に後ろに乗る二人から事情を聞くのだった。飛び去っていく竜を見つめながら、リンガスは責める口調でシュナイデルに言葉を放つ。

「いいんですか!?」

「構わん。既にベルンバッハ様も動いているだろう。それに、娘が決意を込めた顔をしていたんだ。ならば、やり遂げなければいかん。まぁ、飛竜隊が娘と一緒にいるのもあるがな」

「全く、娘に甘いんだか厳しいんだかどっちかにして下さいよ」

溜息を吐くリンガスは既に見えなくなったレグルスを思い出す。

「お前の悠々自適な学園生活は既に終了だな」

(隠している実力は、体術だけなら既に俺と渡り合えるほどだ。他にも色々とありそうだが、存分に戦ってこい)

モルネ村から数えるのもバカバカしいほどに溜息を吐いていたレグルスの今後を思い、リンガスは楽しげな笑みを浮かべるのだった。

「さて、此方もすぐに終わらせるぞ」

「了解です」

「早く終わらせてローズ達の所に向かうぞ。やはり心配は心配だ」

「なら付いて行けば良かったのでは？」

「それはならん。こう言ってては何だが、学生になった二人は既に竜騎士候補だ。攫われる方も、万が一にもローズやレグルスが死んだとしても、自ら選んだ選択の結末は全てが自己責任。我々の職業はそういったものだ。まぁ、差し伸べる手はあるがな」

ベルンバッハが式典の際に話した内容もそうだったが、この道に進むと決めた彼等には、ただ座して守られるという道はない。この先もっと凄惨な事を目にする事もあるだろう。シュナイデルも騎士団長という立場の為、様々な経験をして来ていた。

あそこでローズ達の決死の決断を止めて保護してしまえば、何かあった時にすぐに頼る癖が付いてしまうと考えていたのだ。

「ジェシカ。私と久し振りに暴れるとするか。舞うぞ雷舞」

「はぁ、俺達も暴れるぞ。メリー、他の騎士団に見せてやろうぜ」

何だかんだと言いつつ、シュナイデルはローズの元へと早く行きたそうにしていた。

送り出したは良いものの、万が一ローズに何かあればこの人は何をしでかすのか分かったものじゃないと、リンガスは溜息を吐くのだった。

◇◆◇◆◇

「分かった。隠れられそうな場所を捜すんだな？」

上空を羽ばたく竜の上で、フルートは話しかけた。全てを聞いたフルートは、並走する飛竜隊達に指示を出していく。

すると、次々と見事に竜達は旋回して四方に散らばっていった。かなりのスピードが出ている、慣れていなければバランスを取る事はかなり難しい。地面から離れた位置の為、小さく見える景色が素早く切り替わっていく。

「はい。お願いします」

「まさかそんな事になっているとは。ベルンバッハ様から王宮に手紙が来たんだ。学園に襲撃があったが、対処は可能ってな」

「流石は伝説にもなる人ですね」

「それは、元滅竜騎士だからな。名無し《ネームレス》が現れても大した事はないのかもしれないな」

レグルスとフルートがそんな会話をしていると
ちょんちょん
背中を弱々しく突かれる感触にレグルスは振り返る。

「はい？」

「ど、どうして、そんなに平然と座っていられるのでしょう？」

竜の背に体の全てを使ってへばり付いている形のローズは青褪めた顔でレグルスを見ている。フルートは良いとして、初めて乗った筈のレグルスが何でもないようにしている事に信じられない様子だ。

「バランスを取ったら簡単に出来るぞ」

平然と話すレグルスだったが、スピードがかなり出ている為かバタバタと髪が後ろへと流されている。

「そ、そんな簡単に……。無理ですわ」

何とか背中に座ろうと体を動かしたローズだったが、風圧によろめき、そして下を見て更に震えている。先程に増してローズは竜の背中にガッチリと抱きついていた。普段のローズしか知らない者が見れば、この庇護欲をそそる姿は途轍もない光景である。

「確かに言われてみれば初めて乗って平然としていられるとは。普通に話していたから気付かなかったぞ」

「まぁ、相性が良いんですかね？」

「もし良かったら、卒業後は飛竜隊に入ってもらってもいいぞ」

「国中を飛び回るのは疲れるでしょ？」

「まあな。かなり大変だ」

「そうですか。考えておきます」

「ま、レグルス君はどうやらリンガスさんやシュナイデル様のお気に入りみたいだし、翡翠騎士団が濃厚かな」

レグルスは、自分がもし卒業出来たとして飛竜隊には絶対に入らないと心に決めた。聞いていると、年中色々な場所へと飛び回り、情報や偵察を行っているらしい。

確かに情報は大切だとは思うが、レグルスには荷が重かった。翡翠騎士団に入ったとしても、団長が筋肉バカのようなので出来れば遠慮したいレグルスであった。

「ん？」

「どうしたんですか？」

フルートは、遠方に現れた竜の姿に声を出した。すぐに手綱を操作してそちらへと向かっていく。両方共がかなりのスピードが出ている為、姿がぐんぐんと近づいていく。

「何か見つけたみたいだ」

「本当ですか!?　キャッ！」

「ローズは取り敢えず、そのまま動かないでくれ」

フルートの言葉に起き上がろうとしたローズだったが、またしてもバランスを崩して倒れそうになっていた。

「フルート様！　この先にある小屋らしき場所に人影が見えました！」

「小屋？」

王都からそれなりに離れたこの位置で、小屋があっただろうかと首を傾げるフルート。まさか、この辺りで住む者がいる訳でもない。

「はい。上手く作られているのか、近くに寄らなければ分かりません。恐らくそういう風に作られているのかと。なので、黒ではないでしょうか？」

「かもしれないな。ひとまず、行ってみよう！」

フルートは先導する隊員の後ろに付けて、更にスピードを上げる。レグルスでさえも、しっかりと捕まっていなければ振り落とされてしまうほどであった。凄まじい速さで景色が変わり、街道が見えていた地点から離れ、眼下には鬱蒼とした林が見え始めた。そして、隊員が指し示す先には確かにこんな場所には必要そうではない小屋がポツンと立っていた。

木々の間から僅かに見える程度の為、上空からも視認しづらいように計算して作られた事が窺えた。今回の事情を知らなければ、下を捜索する事もなく恐らく見つけられなかっただろう。

「総員、降下しろ！」

フルートはこの小屋がそうだと確信した様子で集まった飛竜隊達に合図を送る。綺麗に揃った五頭の竜は上空から一直線に小屋へと急降下していく。

「おお！　カッコいいな」

竜の一糸乱れぬ飛行にレグルスは感動した様子で目を輝かせている。

「こんな体験出来ないですからね。でも、途轍もなく怖いですわ」

「捕まってろ」

「お、お願いしますわ」

だが、急降下の為かブルブルと震えるローズはレグルスの腰辺りに必死に捕まると顔を埋めて目を閉じていた。そうしている間にも、竜は降下していき小屋の上空で停止した。

「行くぞ！」

「「「はっ！」」」

それを合図に一斉に飛び降りる隊員達は、音を立てぬ着地と共に小屋の周りに展開して行く。流石は偵察や奇襲に長けた部隊であった。

「よし、降りるぞ」

「了解です」

「え、え!?　ひゃ！」

フルートが飛び降りると同時に、怖がるローズを背負ったレグルスも飛び降りた。声を上げそうになったローズは必死に口に手を当てて我慢している。

スタッ
「人を抱えてよく着地出来るな。流石はリンガスさんのお気に入りか」

「ローズ。もういいぞ」

「は、はい」

そっと降ろされたローズは、久し振りの地面に感動した様子で何度も地面の感触を確かめていた。空を飛んだ事のないローズは未だに体がふわふわとしている。フルートはそれを見届けると、顔を引き締め周囲の隊員達を見回した。小屋には窓がなく中は窺えない。

暫く様子を見ていたフルートだったが

「突入しろ」

その言葉と共に五人は静かに抜剣すると、タイミングをずらして小屋へと飛び込んで行く。前の者が万が一殺されても対応出来るようにしていた。

「なんだお前ら!!」

「そいつらを殺せ！」

突入したと同時に小屋の中からそんな声が聞こえてくる。外で待機していたフルートとレグルス達も遅れて小屋へと突入した。小屋の中はそこまで広くはなかったが、十人ほどの仮面を付けた男達が戦闘態勢に入っている姿が見える。相対する相手は中々の使い手なのか立ち振る舞いに隙は見えない。

「騎士が来るとはついてねぇ」

そう呟いた名無し。彼らの動揺は既に収まり、お互いが牽制する状態が続いていた。動けば戦いが始まるような一触即発の様子である。

「生徒達はどこだ？」

辺りを見回したフルートは、今回の救出目標である生徒の姿が見えない事を返って来ないと分かりつつも尋ねた。

「チッ。そこまで知ってるってのか。聖域《サンクチュアリ》」

「聖域！」

合図は一瞬であった。

名無しの象徴である仮面をつけた男達が聖域を展開したと同時に、フルート達も一斉に斬りかかったのだ。

五人は素早く連携を取りつつ、数の多い名無しを牽制している。上手く入れ替わる彼らは一対二にならぬようにそれぞれが動き続ける。

その様子は彼らの練度の高さが窺えた。だが、相手もそれなりの手練れなのか、この場の全員が強化を施しており激戦が繰り広げられている。

「雷矢」

すると、フルートが放った滅竜技である雷矢が、回り込むように動こうとした名無しの意識を逸らす。

「死ね」

そして、入れ替わるようにフルートの後ろから現れた隊員の一人によって袈裟懸けに斬り裂かれた。

ザンッ
「グハッ」

倒れこむ名無しだったが、その際に名無しと戦っている近くの隊員の足に己の剣を突き刺そうとするが、避けた足をそのまま名無しに振り下ろした。

ドガッ

「クソッ」

こうして、徐々にだがフルート達に天秤は傾いていくが、まだまだ両者共に一歩も引かない状況である。

「コレが本当の戦い……」

ローズは目の前で繰り広げられる本当の命のやり取りに思わず呟いた。そんな中、冷静に状況を見ていたレグルスは、名無しの一人が扉の方へと合図を出している事に気がついた。

「ローズ！　行くぞ」

「え？　でも」

「早くしろ！」

困惑した様子のローズの腕を取り、レグルスは小屋から駆け出した。

「レグルス君！　済まないがそっちは任せた。場所を突き止めておいてくれ。すぐに行く！」

「任されました」

その事を敏感に察したフルートは、レグルスの背中に声を投げかける。そして、去って行くレグルスから視線を離すと目の前の名無しへと斬りかかるのだった。小屋から飛び出した二人は林の中を疾駆する。だが、突然の事にローズは何が起きているのか理解出来ていない様子だ。

「おそらく奴らの仲間が本拠地に知らせにいった」

「そんな事をいつ気付いたの？」

「あの中の一人が目で合図を送っていたからな」

レグルスは戦いの中で冷静に状況を見ていた。あの中に生徒がいないとなると、他の場所に捕らえられている可能性が高い。そして、おそらくこの小屋はカモフラージュの為の見張り小屋だったのではないか？　その考えは的中していた。

あの凄惨な光景の中で、正確な判断を下したレグルスにローズはレグルスの凄さを改めて実感していた。そして、己が役に立たない事にローズは落ち込んだ様子だ。

「そんな事を……。レグルスさんに頼りっぱなしになって申し訳ありません」

「適材適所だ」

「レグルスさんには驚かされてばかりです。もう慣れましたが……」

そう言って駆ける二人。その視線の先には遠くを駆ける名無しの姿があった。レグルス達が追ってきている事には気付いていないのか、どんどんと林を進んで行く。

「速いな」

「恐らく強化をしていると思われますわ」

「ならこっちも。聖域。からの、一段強化《シングルブースト》」

「ありがとうございます」

レグルス自身とローズに施された強化によって、二人の速度も増す。付かず離れずの距離で進んでいく。足場の悪い林の中であったが、レグルスは言わずもがなではあるが、ローズも軽快に駆けていた。流石に学園でトップを張る事はある。

二人は木の根や草を避けつつ走っていると、前方に崖が大きくくり抜かれ、ポッカリと口を開けたような洞窟が見えた。

「洞窟ですか？」

「みたいだな」

既に追っていた名無しの姿はなく、洞窟に駆け込んだ事は理解出来た。

「隠れるにはうってつけだな。あそこにミーシャさん達が捕らえられているんだろう。行くぞ」

「え!?　ですが、フルートさん達は？」

「問題ない。っとその前に、ローズは戦えるか？」

レグルスはこれから起こるであろう戦いを予想していた。敵の本当の目的である生徒の輸送を任されている名無しの本隊が弱い筈がない。そして、頭文字《イニシャル》がいる可能性も高いのだ。レグルスは、隣に並ぶローズへと本当に一緒に行くのか？　と尋ねたのだった。

「ええ。レグルスさんの前で言うのは憚られますが、これでも学園でトップの実力なのですよ？」

どことなく緊張を押し殺した様子で明るく答えたローズ。彼女の心情は窺い知れないが、その決意は本物であるように見える。

「あと、攫われた生徒達に万が一があるかもしれない。女性であるローズにはキツイかもしれない事も――」

「分かっています。全て覚悟の上ですわ。それに、レグルスさんに頼りっぱなしになるのも私の矜持が許せません」

レグルスは今回の件では最悪の事態を想定していた。既に一日が過ぎており、滅竜師候補の少年達は殺されているかもしれない、そして、竜姫候補の彼女達も強制的に契約させられているのか？ それとも、女性としての尊厳を穢されているのかもしれないからだ。

ローズがこの事を耐えれるのかと思っていたのだが、その心配は杞憂であった。真っ直ぐ洞窟を見つめるローズに迷いはない。

「行きましょう」

「はい。では先に。奏でなさい、雷奏姫《らいそうき》」

レグルスの前で初めて生み出された竜具は真っ直ぐに伸びた剣の形をしており、迸る電撃が剣身の周りで放電し独特な音を奏でていた。

「どうしてこうなったんだか……。まぁ、面倒だが、更に面倒を持ってきそうなコイツらを先に倒しておくか」

あれよあれよと巻き込まれて洞窟の前に立っていたレグルスは、今までの経緯を思い出していた。村でのスローライフが終わり、新たな学園生活が始まったかと思えば、いつのまにか名無しとの戦いに身を投じているのだから、彼の運命は呪われているのかもしれない。

「どうかしましたか？」

「いや、何でもない」

急に肩を落としたレグルスに気が付いたローズは問いかけた。だが、レグルスはすぐに表情を引き締めると洞窟の中へと入っていった。自然に出来たと判断した。この洞窟は薄暗く、日が差し込まないせいか、ジメジメとした空気に包まれていた。

かなり奥まで続いているのか、外側からは中の様子が分からなかった。

「明かりがあるのか？　暗いが見えないほどでもないんだな」

左右に等間隔で取り付けられた松明の明かりは、洞窟の内部を怪しげに照らしている。名無しが取り付けたのだろう事は窺える。

「フルートさんを待たなくて良かったのですか？」

ローズは横を歩くレグルスに問いかけた。

「ああ。出来れば俺達だけで、な」

「レグルスさんの実力ですか？」

微妙な返事をするレグルスに、彼女は彼の今までの行動を思い出していた。初めて会った時にリンガスから竜式に不合格だと聞かされたのだ。ローズが見たレグルスの実力は竜式候補生などというレベルではなく、すぐにでも騎士団に高待遇で歓迎されるほどであった。

学園で聞いた時も聞かれたくない様子をしていたレグルスだったが、やはり何故隠しているのかという疑問が沸々と湧いて来た様子である。

「まあな。色々あるんだよ」

「秘密ですか……。レグルスさんは面白いですわね」

突然くすりと笑うローズにレグルスは訝しげな表情を見せた。

「何が？」

「いえ、初めて会った時から見ていて飽きない人ですから」

「俺はそんな面白い人間じゃないぞ？」

レグルスからすれば、何が面白いのか分からない様子であった。その先にいるローズはひとしきり笑い終えるとレグルスに向き直る。その姿はどこか無理をしているようだった。

「ええ、バカにしている訳ではありませんわ」

「ならいいんだが。それと、助かった事にこの洞窟は一本道だ。相手が来たら対処が楽になりそうだな」

レグルスの言った通り、洞窟は真っ直ぐに延びており枝分かれした様子もない。会話は途切れ、迷う事もなく無言で進んでいく二人。だが、暫くたつとローズは呟いた。

「話していないと落ち着きませんわ」

「緊張しているのか？」

「していないといえば嘘になりますね」

「そっか。まぁ、大丈夫だ」

先程のローズが見せた笑いには緊張をほぐす意味合いもあった事をレグルスは理解した。名無しとの本気の殺し合いなど経験した事のないローズは、雷奏姫を強く握りしめていた。

ぽん
「ささっと済ませましょうや」

「はい！」

レグルスはそんなローズの頭に手を乗せると、何でもないように態度で表した。その飄々としたレグルスの姿にローズの緊張も解れていく。そして、体感で十分ほど歩いた時だった。

「そろそろ来るな」

「ええ、やりましょう」

洞窟の奥から気配を感じたレグルス、それと同時にローズも感じたのか構えを取る。既にここは敵の拠点である。神経を研ぎ澄ませて二人は前をじっと見ていた。そして、予想は的中した。奥から現れる仮面を付けた複数の名無し達が急いだ様子で出口へと向かって来ていた。

当然ながら入り口から入って来ていたレグルス達と名無し達は一本道でばったりと出くわす。

「な!?」

先頭を走る一人がレグルス達を見つけて驚いた声を上げた。その声は洞窟で反響し後続の者達にも伝わっていく。

「どうしたんだ?」

続けて現れる名無し達は前に立つ二人を見ると声を張り上げた。

「おい、ガキがいやがるぞ!」

「逃げ出したか?」

「どっちでも良い。取り敢えず捕らえろ!」

各々が武器を取り出して続々と集まって来る名無し達だったが、そんな集団に向けてレグルスは薄く笑みを浮かべた。それは、獲物を見つけた獣に現れる荒々しい笑みであった。

「さて、始めようか」

自然な動作で両手を広げたレグルスに注目が集まる。すると、予備動作もなくレグルスは軽く地面を蹴ると瞬く間に名無し達の中へと突っ込んだ。

そのスピードに反応出来ない様子の先頭に立つ二人はレグルスによって頭上に手が置かれていた。

咄嗟に声を上げようとするが
「はや――」

「な、な――」

「遅いんだよ。ほら、落ちろ」

ドゴォ
そんな鈍い音と共に二人の男は地面に激突していた。重力に逆らえない人形のように、頭から落ちていった名無し達は既に事切れている。その場から動いた様子のないレグルスを見て、何が起きたのか理解出来ないままに仲間達がやられた事に名無し達は怯えの表情を見せていた。

「お前らまとめて落としてやるから遠慮はするなよ？　面倒だから立っているだけで良い。簡単な仕事だろ？」

そう言うとレグルスは再び両腕を掲げ、周りを囲む名無し達の頭上へと手を伸ばしていく。敵に囲まれていながら、泰然としたレグルスに呆気に取られていたのだが、一人の男が我慢出来ずに叫んだ。

「お、お前は何なんだよ!!」

「さあな」

首を傾げるレグルスは答える気がない。だが、時間を与えたお陰か思考する余裕が出来た名無し達。

「今のは滅竜技だ！　王国が手練れの滅竜師を派遣しやがった!!　お前ら、呆けてないでやるぞ」

「「聖域」」

その言葉と同時に男達も聖域を展開していく。答えは外れだが、事態を飲み込めた名無し達は速かった。それぞれが、滅竜技を行使しようとレグルスに手を向ける。

「レグルスさん!!」

だが、ローズが鋭い踏み込みで一人の首を刎ね飛ばした。さらに、返す剣で近くの名無しを斬り裂く。正確な斬撃は一撃で名無しを刈り取り、その舞うようなローズの姿は見惚れるようであった。

応戦しようとする名無し達だったが、体に芯が通ったようにブレないローズはそれぞれの足を軸にして流れるように回る。その範囲にいた者達はいずれも急所を斬られて死んでいった。人を両断するにはかなりの技量がいるのだが、雷奏姫に纏う雷は、バターのように軽く切り裂き命を刈り取っていく。

その際に、聞こえる電撃は音を奏でるように連続で鳴り響いていた。

「流石は学園トップって訳か」

レグルスは感心した様子でローズを見ていた。若くして、自分の中の剣技が既に完成された剣閃の後には、閃光が迸り美しかった。

「竜姫か!?　コイツらは竜騎士だ!!」

理解出来ないほどの滅竜技を使うレグルスと美しい剣技を見せる二人の組み合わせは名無しに竜騎士と思わせるほどであった。

「俺も飛ばすか。四段強化《フォースブースト》」

「ありがとうございます！」

レグルスによって強化されたローズは、残像を残すように疾走していく。すれ違う度に呆気なく死ぬ様子は最早太刀打ち出来るものではない。そもそもが、レグルスが扱う四段強化自体が、滅竜師の頂点に立つ竜騎士達と並ぶ技なのだから、ローズを止められる者はいなかった。

「逃げろ！」

「誰か!!　頭文字にこの事を伝えろ！」

勝てないと判断した名無し達は一斉に後ろへと逃げていく。この辺りの判断の速さは流石と褒められるものである。背中を見せて逃げる名無し達は後方の者は弾除けとばかりに気にしていない。本当に誰かが伝えれば良いという考えが透けて見える。

ローズ一人では全てを倒す事は出来ず、遠く離れていった。

「ローズ、下がっていいぞ。さて、背中を見せたらダメだろ」

「分かりましたわ」

レグルスに呼ばれて追撃を止めたローズはすぐに反転すると横へと並ぶ。レグルスが何をしようとしているのか興味津々である。一方の逃げる名無し達はローズの追撃が止んだと分かり、安堵した様子であった。

「何をするんですか？」

「まぁ、雷咆《らいほう》」

「へ？」

さらりと呟いた滅竜技の名前にキョトンとするローズ。そして、レグルスの腕から放たれる雷咆は逃げる名無し達を覆い尽くした。

バリバリバリィッ
洞窟を覆い尽くすほどの雷の咆哮は、全てを呑み込むと小さく線に変わっていき、最後は音もなく消えていった。幻想的な光景の後には何も残っていない。ローズは困惑した表情で雷咆を放ったレグルスを見つめる。

「それって……第五階梯の滅竜技。え？　そんな……」

「第五階梯？」

聞き慣れない単語にレグルスは聞き返す。第五階梯などという滅竜技について、村にいた頃から今まで誰にも聞かされていなかったからだ。

「知らないんですか？」

「まぁ、知らないな」

「でも、使っていましたわね？」

「うん」

レグルスの返しに呆れを通り越し、疲れた様子のローズはがっくりと項垂れた。だが、モルネ村のような辺境ならば知らない事も当然だろうとローズは顔を上げた。

「いいですか？　レグルスさんがよく使う四段強化は第四階梯ですわ。先程の雷咆は第五階梯です。第四階梯を使えたら竜騎士クラス。第五階梯まで使えたら滅竜騎士や私のお父様と並ぶレベルです。レグルスさんは無茶苦茶なんです！」

「へぇー、凄いんだな。さて、それより早く行こう」

ローズの早口の説明を流したレグルスは、奥の方へと歩いて行く。置いていかれる形になったローズも駆け足で後に続くのだが、説明は終わっていないとばかりに更に話す。

「レグルスさんといると驚き過ぎて寿命が縮まりそうですわ。もう意味が分かりませんわ。それに、私のイメージがどんどん崩壊している気が……」

「まあまあ。それと、しっかりと動けてたな」

「え？　は、はい。お父様に対人戦について幼い頃から教えられていたので。それよりも、先程の滅竜技で――」

「ま、落ち着けって」

そう言うとレグルスは、ローズの頭に手を置くのだが
「私にそれは効きませんよ」

平然としているローズはレグルスを見上げたまま言い放った。

「そ、そんな、嘘……だろ？」

そのローズの言葉にレグルスは愕然とした様子でその場に崩れ落ちた。アリスやサーシャには、

いつもこれで何とかなっていたのだ。まさか、この技が破られるとは思ってもみない様子である。

「そんなに驚かなくても……。この世の終わりのような顔をしています。ふふふ」

「いや、もう終わりだ。面倒ごとはこれで終わらせられる最終奥義だったのに……」

「それが出来るのは、長い付き合いの彼女達だけです」

「そうか。それもそうだな。よし行こう」

奥義を破られた訳ではないと分かったレグルスは、すぐに立ち上がると、スタスタと進んで行く。

「ま、待って下さい。話はまだ終わっていませんわ」

そんな話をしていると、奥から現れる名無し達。おそらく彼らもまた出口へと向かう部隊なのだろう。

「ローズ。一先ずこの話は終わろう」

「そうですわね」

流石にこの状況で話す訳にもいかない二人は目の前の名無し達を蹴散らして行く。その快進撃は止まらなかった。

◇◆◇◆◇

「さて、お主達はレグルスの幼馴染だったのぉ」

学園長室に戻って来ていたベルンバッハは、目の前の椅子に腰掛ける三人を見ていた。何れも十人がすれ違えば十人が振り返るような美少女達だ。だが、今はベルンバッハを前にしている為か緊張している様子であった。

「一応モルネ村の頃からの付き合いです」

この中で代表して答えたのはラフィリアであった。この場でサーシャやアリスが話すよりは、ラフィリアが話した方が良いというのが三人の共通認識であった。

「そうか……」

ラフィリアの答えを受けたベルンバッハは、顎に手をやると思案気に天井を見つめている。中々話さないベルンバッハに室内の空気が更に張り詰めていく。すると、奥からトレイにグラスを載せた初老の女性が現れた。

優し気な表情で、三人を優しく見つめている。

「はいどうぞ」

「「「ありがとうございます」」」

「ええ、余り緊張しないで下さいな」

彼女は先程まで炎獅子《えんじし》となりて、ベルンバッハと共に戦っていたレイチェルであった。上品な佇まいでそう言うとベルンバッハに目配せする。その視線はこの状況を作り出しているベルンバッハを責めるようであった。

「分かっておる。別に問い詰める訳ではない」

「ならば良いのです。では、私は席を外しましょう」

「ああ、すまないな」

そう言うとレイチェルは奥に消えていった。まさしく、気遣いの出来る女性である。カチコチに固まる三人を見かねて来たようであった。

「すまない、いつもの癖でのぉ。さて、儂からレグルスについてとやかく聞くつもりはない。じゃが、これだけは聞いておきたい」

ベルンバッハはそう言うと、真剣な表情でアリス達を見つめる。その顔は嘘をつかせないといったものであった。そして、年のせいか皺が深く刻まれたベルンバッハは話し始めた。

「レグルスはどうやら並外れた実力を持っているようじゃ。じゃが、それを隠しておる。リンガスは信頼した様子じゃったが儂はあやつをそれほど知らん」

ベルンバッハはそこで一度区切ると、目の前に置かれたお茶を手に取り飲む。

「お主らも飲むといい」

「「はい」」

「では、失礼します」

勧められたアリス達もレイチェルが淹れてくれたお茶を飲んでいく。緊張していたせいか気がつかなかったのだが、乾いた喉を潤し幾分か気持ちが和らいだ。

「それでじゃ。長い付き合いのお主達に儂が聞きたい事は一つ。レグルスがその隠した力を何に使うのか……じゃ。して、奴が善性の類ならよし」

そして、ベルンバッハはアリス達を鋭く睨みつける。その姿は式典で見た威圧感漂うものであった。三人は思わず圧倒され、息を呑む。

突き刺すような威圧感の中、

「もしも、違うのならば……。儂が無用な力を持ったあやつを始末する。実力を隠すという事はそういう事じゃて。そのような輩を放置して置くわけにはいかんでな」

その言葉と共に、圧倒的な殺気が三人に襲いかかった。それは、今からベルンバッハがレグルスを亡き者にしにいくかのようであった。だが、ベルンバッハの言葉に反応した三人はそれぞれが勢いよく立ち上がる。

先程の怯えは消えたのかサーシャは勢いよく言い放った。

「お兄ちゃんはそんなんじゃない！」

「ほぉ」

ベルンバッハの目が細まる。だが、サーシャは負けじと睨み返していた。

「レグルスはバカで怠け者でアホだけど、いつも私達や村のみんなを守ってくれてたわ！　絶対にそんな事はさせない！」

顔を赤く染め上げたアリスは何があってもレグルスに手は出させないと決意の表情をしていた。

それは、ベルンバッハの殺気を受けてなお動じない様子から理解出来た。

「ふむ、ならばお主は？」

最後に尋ねられたラフィリアは、静かに言い放つ。だが、ラフィリアもまた憤慨しているのか目は鋭くベルンバッハを射貫いていた。

「私達はレグルスさんをよく知っています。ベルンバッハ様の想像している事はないとだけ言っておきます」

三人はそれぞれがレグルスの事を信頼している様子であった。

「ハッハッハッハ。殺気に反応したか。甘いのぉ、お主達は」

突然笑い始めたベルンバッハに三人はキョトンとした様子で見ている。

「甘い、が嫌いではない。まだまだ経験不足であるな。して、お主達が儂の殺気を物ともせずに応えたとなると、レグルスはその通りなのじゃろう」

その発言にようやく試されたと分かった三人は違う意味で顔を赤く染め、居心地悪そうに椅子に座りなおす。

「リンガス、そしてお主らが言うのじゃから儂も安心出来るわい」

そう言ったベルンバッハは大きく頷くと、椅子に深く座りなおす。そして、次は楽しそうに三人に尋ねた。

「奴は強いのか？」

「お兄ちゃんはめちゃくちゃ強いです！」

「レグルスが負けるところなんて想像出来ないわ！」

その言葉にアリスとサーシャが反応する。彼女達はレグルスが本気を出した時に負ける事など想像出来なかったのだ。

「そうかそうか。お主らはレグルスの事を好いておるようだのぉ」

「そうです！」

「はい」

流れるように返事をしたサーシャとラフィリアは、さも当然の事をといった様子であった。

「え？　サーシャ、ラフィリア？　そ、そんな……うぅぅ、私も……」

勢いよく宣言した二人を交互に見やるアリスは髪と同じく顔を真っ赤に染めてキョロキョロと忙しげに頭を動かしている。そして、最後の言葉尻は虚しく消えていった。

「良い良い、人それぞれじゃ。もう話は済んだのぉ。ならば行くとしよう」

アリスは頭から湯気が出そうなほどに縮こまっている為、ベルンバッハもこれ以上は聞く事はせず立ち上がった。

「どこにですか？」

平然としているラフィリアが問いかけた。

「王都の防衛はセレニア王国の五大騎士団で事足りる。この期に乗じて他の組織が動くかもしれんが、其方も問題ないじゃろうな。滅竜騎士の二人が動いている筈じゃて。ならば、儂らはレグルスの応援に向かうとしよう」

「滅竜騎士も動いているのですか？」

「そうじゃ。騎士団長もそうじゃが、奴らは儂と同じく強い。そして、滅竜騎士は単独で戦況をひっくり返す事が出来る一騎当千の者じゃ。群れず単独でそれぞれが動いておる」

滅竜騎士、それは滅竜師達の本当の頂点である。セレニア王国に組織されている五大騎士団、そして、他国の組織。その中で最も強いとされる者達だけが名を連ねている。だが、シュナイデルを含めて、その地位に届きそうな者も多いのも確かである。

なればこそ、滅竜騎士は脅威に迅速に対応するべく騎士団に入らず単独で行動するのだ。その守る範囲は広く、五カ国を含めて人類の脅威に目を光らせているのだった。

「現役の滅竜騎士はベルンバッハ様より強いんですか？」

その言葉にサーシャは単純な疑問を持ったようだった。ベルンバッハは自分と比べているのか暫く考え込むと
「儂が現役の時と比べても遜色ないのぉ。若しくは上をいっておるかもしれん。儂が現役の時と比べて今は世界も変わっておる。技術も更に体系化され、進んでいるからのぉ。レイチェル、すまんがもう一度頼む」

「分かりました」

そう言うとベルンバッハとレイチェルは、学園長室を出ていった。アリス達は直接ベルンバッハの強さを目の当たりにしており、その上を行くかもしれない滅竜騎士達に驚いていた。だが、アリスは途方もない力の差に表情を曇らせていた。

「レグルスは強い。遥か先にいる……でも私は……」

そう小さく呟いたアリスの言葉はラフィリアとサーシャには聞こえていなかった。

「ほれ、ぐずぐずしておるとレグルスが怠けておるかもしれんぞ」

動かない三人を扉から呼び寄せると、彼等はレグルス達を捜しに行くのだった。

◇◆◇◆◇

「くしゅん」

　現れた名無し達を悉く倒して行く二人は既にかなり奥に進んでいた。前を歩くレグルスがくしゃみをした事でローズが問いかけた。

「どうかしました？」

「いや、噂でもされていたな。これは」

「レグルスさんはいつもマイペースですわね」

　こんな時でも飄々としているレグルスにローズは笑っていた。圧倒的な実力を持っているが、それを鼻にかけたりはせず、怠け者の彼は果たしてその調子を崩される事があるのか？　といった疑問がローズの頭をぐるぐると回っていた。

「それにしてもこの洞窟は長いな」

「そうですわね。かなり進んでいると思うのですが」

「まだまだかかるか？」

　そんな会話をしながら進んで行くと、目の前に開けた空間が見えた。細かった洞窟の道はそこで大きく広がり、ポッカリと口を開けたような形状をしている。

「終点か？」

「気を引き締めましょう」

既に名無し達の襲撃は途切れて久しい。ならば、ここが目指す先であると考えた二人はしっかりとした足取りでその空間へと入っていった。

「ようこそ、名無しへ」

突然辺りに響き渡る楽しげな声。この瞬間を待ち望んでいたかのような声音であった。

「ん？　君達はレグルスとローズですか……何故？　いや……ふむふむ、これはこれで楽しそうですねぇ」

目の前に立つ男性は二人を知っているのか、そんな言葉を放つ。その声に聞き覚えがある二人は目の前の人物を見て驚愕の声を上げた。

「ハーフナー？」

「ハーフナー……先生？」

「そうです、私はハーフナーです。驚きました？」

何が楽しいのか、愉快そうに両手を大きく広げてレグルス達を見る男性は、学園の教師の筈のハーフナーであった。レグルスはハーフナーが今回の事件の内通者だと瞬時に察する。

「お前が内通者か」

「ええ、ええ。話はまた後にしましょう」

ザッ
ハーフナーの言葉と共に、広場に姿を現わす名無し達。そして、その傍に立つ者達にローズは押し殺した声を上げた。

「う……そ。そんな、嘘よね？」

ローズは予想していた最悪の事態が既に起きていたことにふらふらと体を震わせた。彼女の目の前には名無しの側に立つ見知った女生徒達がいた。

その顔は虚で、目は焦点があっていないのかローズを見ても何の反応もない。ただ、そこに意思なく立っているだけのように見えた。

「紹介しましょう。熱い要望の下、名無しに新しく加わってくれた竜姫の皆様です」

ローズの苦しそうな顔が楽しいのか、更に口元を歪めたハーフナーは仰々しく体を動かすと、ニヤリと笑う。

「何をしたの！」

「あー煩い。煩いですよ、ローズ。彼女達は進んで仲間になってくれたのですから、歓迎するところです」

「嘘よっ！」

「はぁー、はいはい。煩くて敵わない。簡単ですよ、契約する為に必要な事は竜姫と滅竜師の意思。ならば心を折り、人形にしてしまえば簡単です。これでいいですか？」

心底面倒そうにハーフナーは説明する。本当にローズの騒ぐ声がうざいとばかりに話していた。

「ひ……どすぎる」

だが、絶望に染まるローズの顔を見たハーフナーは考えを改めたのか話し始めた。

「ふむ。その顔は実にそそりますねぇ。教えて上げましょう。名無しの十八番の一つに、一人一人を呼び出して、誰もが恐れる事を一つ一つ試すというものがあります。その悲鳴を残った者にずぅっと聞かせてあげれば――」

「その話は長いのか？」

話し始めようとしたハーフナーの言葉を遮るようにレグルスは話す。その声音に感情の色は見えない。

「君は多少は出来るレグルス君ではないですか？　いたのなら元気よく教えて欲しいものです。弱いのにそんな態度でいいんですか？」

ハーフナーは苛立たしげにレグルスを見る。自分の言葉が遮られた事に我慢ならない様子であった。

「話が長そうなら――」

「な!?」

「寝てろ」

レグルスは話の途中で瞬時に詰め寄ると、身を低くして跳ね上がる力を利用して蹴りを放つ。

「甘いですよぉ」

だが、ハーフナーは頭を反らせて鋭い蹴りを交わすと動けない筈のレグルスの顔面めがけて拳を振り下ろした。するとレグルスは体を駒のように回して避ける。

「同じですか！　芸がない」

片手で受け止めたハーフナーは、学園での戦闘を思い出したのかその時よりも力強く蹴りを放つ。その顔は愉悦に染まっている。

「な!?」

ドガァ

だが、学園のワンシーンは別の形で再現されていた。瞬時に回り込んだレグルスの回し蹴りがハーフナーの顔面を捉え、地面を転がっていく。

大の大人が吹き飛ぶ姿にレグルスの蹴りの威力が窺えた。

「かなり手加減はしたんだが。すまんな、痛かったか?」

驚いた様子のハーフナーが立ち上がると、レグルスは挑発するように手を前に出し、クイッと曲げるのであった。

「ほら、指導してやるよ先生」

静けさが支配するこの場所で、レグルスは倒れたハーフナーを見つめていた。だが、周囲にいる名無し達はハーフナーが倒されたのにも拘わらず動く気配はない。

ローズは突然の出来事にただその場に立っていた。

「強いな」

(見切られていたか)

その考えを裏付けるように、ゆらりと立ち上がるハーフナーは、血走った目でレグルスを睨みつける。

「随分と舐めた真似を……ふぅ。いえ、いいでしょう。状況を何も分かっていない君達が可哀想なのでねぇ」

今にもレグルスに斬りかかりかねない形相であったが、一つ息を吐くと先程までと同じようにニヤリと口元を歪めた。

「随分と優しいんだな」

「いえいえ、本当は今すぐにでも殺してやりたいのですが、私がやってしまうとすぐに終わりそうなので」

その言葉に確信を持った様子のハーフナーは、レグルスとローズを見て嘲笑を浮かべる。この場は二人を除けば全てが名無し達である。そして、全てが竜姫と契約している強者達。

比べるまでもない戦力差であった。

「ところでローズ。随分と顔色が悪いようですが、どうかしましたか？」

ハーフナーは目の前に並ぶ生徒達を見て震えるローズへと問いかける。固まっていた彼女だったが、その言葉でもう一度、周りを見渡し、ある事に気がついた。

「男子生徒は？　それに、ミーシャさんの姿も……」

この場にいるのは強制的に契約された女生徒達のみである。他にも攫われた筈の男子生徒の姿も見えない。そして、ミーシャの姿も見受けられなかった。

「ハハハハハッ。いい、実に楽しい」

ハーフナーは、その質問を待っていたとばかりに笑い、後ろに控える名無しに目をやった。すると、その男は奥の方へと消えて行く。

「さて、問題です」

ハーフナーはそう言うと人差し指を上げてくるくると回す。レグルスとローズはその謎の行動を見ていた。

「私達が攫った筈の何人かの生徒達の姿が見えない。それは何故でしょう？」

唐突に問いかけられる質問に答えることが出来ない。その真意を図ろうとレグルスは黙って聞いているが、何かあればすぐに動けるように戦闘態勢ではあった。

「何が言いたい？」

（ローズはまだかかりそうか……）

一向に続きを話す気配がないハーフナーに、レグルスは尋ねる。先程のハーフナーの言葉を遮ったレグルスだったが、ローズは未だに立ち直れておらず、周りに契約した名無し達がいるこの状態で戦いを始める訳にはいかない様子であった。

何とか時間を稼ごうとするレグルスだったが、ハーフナーにとっては全てが彼の楽しい時間に変わりはない。ローズと違い全くと言って良いほどに動揺しないレグルスにハーフナーは更に楽しげに笑みを深める。

「君は動じないんですねぇ。さて、私達からしても優秀な竜姫は貴重ですよね？　勿論、滅竜師も優秀な者が欲しかったんですが、かなり反抗的でして……」

ハーフナーはそう言うと焦燥したローズへと蛇のような視線を向ける。ローズはただその視線を受け止め、ポツリと呟く。

「え？」

そんな行動にレグルスは嫌な感覚を覚えて咄嗟に叫んだ。

「ローズ！　見る――」

「こうなりましたぁ」

だが、その制止は虚しく鈍い音が洞窟の中に響き渡った。

ボトッ

ドサッ

辺りに濃密な血生臭い匂いが充満していく。バラバラになった肉塊がレグルス達とハーフナーの間にばら撒かれ、原型を留めていない体からは血が滴り落ちていた。余りにも残虐な光景にレグルスでさえも言葉を呑んでしまう。だが、それよりもローズの精神は限界であった。レグルスからすれば、まだ会った事もない生徒達だったが、ローズは全ての肉塊を知っている。

学園で共に学び、会話をしていた生徒達の変わり果てた姿。

「ほらぁ」

ハーフナーは近くにあった肉塊を何の躊躇いもなく蹴る。

ゴスッ

ゴロゴロ

「うっ」

その物体はローズの目の前で止まる。苦悶の表情に歪んだ顔と目が合った彼女は口を押さえて背中を丸め地面に蹲った。耳を塞ぎ、何も視界に入れたくないとローズはその場から動こうとしない。

「全くもってバカなんですよぉ。名無しと戦おうとしていたのに、そんな覚悟で務まると思っていたんですかぁ？　そこのお嬢さん？」

グチャッ　グチャッ
「あはっ！　あははは！　弱い弱い弱い」

何度も何度も元生徒達だった肉塊を踏みつけるハーフナーは狂ったように笑う。踏まれるたびに不快な音が響き渡っていく。

「甘い、甘いんですよぉ。あのベルンバッハとかいうジジイも滅竜師も竜騎士さえも全てが甘い。自分達は選ばれた優秀な者だという驕りのせいで足元を掬われるんです。君の父上もさぞかし甘いんでしょう？　娘をそんな脆弱な精神にしか鍛えられないなんて」

この場を支配する高揚感からかハーフナーは饒舌に話す。ついに我慢の限界が来たのかレグルスは腕をハーフナーの方へと向けた。

「あと一人いただろ？」

「ん？　あぁ、あの子ですか。竜具も優秀ですし、何より楽しませてもらえそうな性格をしていたので、何もせずに最後に取っていたんです。ですが、もう用済みですねぇ。目の前に極上の竜姫が現れたんですから」

本当に忘れていたとばかりに答えたハーフナーは奥へと下がった男に振り返る。

「返してあげましょう」

そして、正気のない表情のミーシャがよろよろと現れた。まだ何もされていないのか、制服には汚れはなかったが、この現状を見てミーシャはその場で嘔吐した。

「あぁ、汚い。折角の楽しい光景なのに」

汚物を見るような目でミーシャを見つめるハーフナーはおもむろに腰に刺した剣を引き抜くと、ミーシャの首元に狙いを定めた。

だが、事態を飲み込めていないミーシャは蹲るローズを見つけて力なく声を上げる。攫われた事は分かっていたが、他と隔離されたミーシャは何も分からない様子であった。そこに頼れるローズがいるのだから当然の反応である。

「ロ、ローズさん。助けて」

レグルスと会った時のようにオドオドとした様子のミーシャは手を伸ばす。学園で見ていた優秀なローズに救いを求めていた。

「それでは、さようなら」

そして、振り下ろされる剣。

「止めろ……お前は本当に性格が悪いな。それと、早くこっちに」

「は、はい」

振り下ろした剣はレグルスが放った滅竜技によってその場に留められていた。そして、救われたミーシャは見たことのあるレグルスの元へと駆け出した。

「これは風ですか？　素晴らしい！」

力を入れてもビクともしない剣にハーフナーは驚く。ここまで精緻に操作された滅竜技を使える者は少ないのだ。

「これほどの力があるなら、私達と来たらどうです？　竜騎士になれなければ竜姫と契約出来ないなんて不幸でしょう？　此方なら優秀なら誰でも選り取りみどりですよぉ〜。そんな、後輩が殺されそうになっているのに動けないほどに脆い精神を持つお嬢さんが、トップに立つ学園にいても仕方がないでしょ？　君はこの光景を見ても動じていない。レグルス君は私達に似ているかもしれませんねぇ」

「行くわけないだろ」

「そうですか……。まぁ、もう少し楽しみたかったので、何人か殺しておきましょう。無能な騎士達はまだ来ないでしょうし」

「だ、まれ」

弱々しく呟かれた言葉にハーフナーはピタリと止まる。

「はい？　何か言いました？」

「黙れぇぇ！」

突如として激昂したローズは跳ね上がるようにその場から起きると、強化された身体能力でハーフナーへと迫る。雷奏姫は反応するようにスパークを奔らせ音を奏でる。

「ローズ！　待てっ！」

止めようとするレグルスだが、既に名無し達も動き出していた。行く手を阻まれるローズは目の前の名無しと相対する。

「切れちゃいましたかぁ。なら始めましょう、名無しとの楽しい遊びをね」

ハーフナーはそう言うと、顔に手を当てる。そして、不気味な音と共に勢いよく皮膚を引き剝がした。

「ふぅ、やはり落ち着くなぁ」

現れた顔は目と鼻と口だけが分かるといった相貌である。ハーフナーは満足気に頷くと、懐から漆黒の仮面を取り出す。

「頭文字だったのか？」

口元に描かれたJの文字は口が大きく吊り上がり、邪悪に笑っているように描かれていた。

「これでもJの文字を使ってるんです。では、私は楽しく見ています」

ハーフナーはそう言うと、奥へと歩き出す。間にいる名無し達のせいで追いかける事が出来ないレグルスは、ローズを見る。振るうたびに輝く剣身は強化された体のお陰か無数に軌跡を作り出す。何とか受け止めていた名無しだったが、徐々に押され始めた。

「みんなを殺し、お父様やレグルスさんをバカにして、ミーシャも殺そうとしたお前らはここで殺す！　それに、レグルスさんはお前らとは違いますわ！」

溜めた怒りが爆発したのか、全てが吹っ切れた様子のローズは舞う。だが、相手の名無しは今までの相手ではなかった。

全員が側に立つ生徒達を竜具に変え、その絶大な力を解放した。

「クソッ」

悪態をついたレグルスだったが、この状況で動かないという選択肢はない。

「原初強化《オリジンブースト》」

タッ

全ての祖となる滅竜技を使い、その場からレグルスは掻き消える。

「火剣《フレイムソード》」

そして、瞬時に間合いを詰めた相手に、手から生み出された火剣を振るう。

キインッ

「契約した滅竜師はとんでもないな」

完璧に決まった筈の火剣は目の前に立つ男によって防がれていた。冷気を放つ竜具はレグルスの火剣を瞬く間に消滅させていく。さらに、左右から挟み込む名無し達はそれぞれが持つ竜具をレグルスに振るった。

「チッ」

瞬時に間合いを取ったレグルスは、油断なく構えながらローズの方へと目を向ける。相手は二人であり、何とか戦えてはいるが、負けるのは時間の問題である。左右から繰り出される竜具を弾くたびに、雷奏姫は力を弱めていく。本来であればローズの方が強いのかもしれないが、契約された竜具とではそれほどまでに力の差があった。

「逃げて下さい！」

レグルスは、後方で立ち尽くすミーシャへと呼びかけた。この状況ではミーシャを守れる自信がないようだ。

「で、でも」

「早く！」

オドオドとしたミーシャはその場から動かない。その間にもレグルスに向けて放たれる斬撃をいなし、反撃する。暫く黙り込んでいたミーシャだったが、追い込まれる二人を見て決意を込めた表情をすると、自らの竜具を顕現させた。

「ロ、ローズ会長も戦っているのに、逃げ、れません。私もやります。お、お願いします、氷結晶の剣《プリズム》」

頭を下げたミーシャは手に持った青く光る剣を手にローズの元へと駆ける。それを見たレグルスは、すぐさまミーシャに向けて滅竜技を放った。

「四段強化」

オドオドしているとはいえ、流石は学園に残っているだけあり、ミーシャも中々の動きをしていた。さらに、レグルスによって強化された二人は相対する名無しと互角に渡り合っている。

何とかレグルスによってこの場は均衡を保っていた。第五階梯までも使えるレグルスがいなければ二人はすぐにでも死んでいたであろう。

それを見届けたレグルスは

「雷咆、炎咆《えんほう》」

両手から放たれた雷と炎の二つの咆哮は前方に立つ名無しを呑み込む。だが、レグルスはその奔流に飛び込むと、更に両手に同種の剣を生み出す。

「まだまだ上げるぞ」

何とか竜具の力で防いでいた名無しだったが、突如として目の前に現れるレグルスに反応出来ない。避けようとするが、レグルスの剣が顎門《あぎと》のように二人を挟み込み首を断ち切った。さらに、周りにいた二人に剣を投擲する。

「暴れろ」

弾こうとしたが、目の前で剣が爆発し炎と雷が吹き荒れる。レグルスは、ローズとミーシャを見ると、彼女達も目の前の敵を倒していた。この場の名無しを倒せた事に安堵する二人だったが
パチパチパチ
場に似合わない拍手と共に、ハーフナーと黒装束の女性が現れた。それは、ハーフナーがついに本気を出すという事と同じである。

「素晴らしい！　まだまだ未熟な竜具を使っていたとしても契約した彼らを倒すなんて……楽しめそうだ。氷獄《コキュートス》、さぁ、もっと見せて下さいよぉ」

辺りは冷気に包まれて地面を凍らせていく。吐く息は白く染まり、極寒の世界が広がった。放つ絶大な威圧感と共に綺麗な氷剣は周囲に干渉していた。

「奏でなさい、雷奏姫！」

「氷結晶の剣」

初めに動いたのはローズとミーシャだった。余りの力の差に、本能が警笛を鳴らし体が動いたのだ。強化された二人はハーフナーの元へと駆ける。

放たれた雷は轟音と共に、煌めく白い結晶がハーフナーへと向かっていく。だが、ハーフナーは氷獄を無造作に一閃した。

「凍結にご注意を」

「えっ？」

「そ、そんな」

雷はその姿のままに凍りつき、結晶もまた、時間を止められたかのように地面へと落ちていく。地面へと落ちた結晶は高い音を立てて割れていった。更に、ローズとミーシャが持つ竜具も氷に閉じ込められ力を失っていた。

「私を他の名無しと同じにしてもらっては困ります。なにせ頭文字ですからぁ」

圧倒的な迄の差にミーシャは震えその場に座り込む。そして、ローズは悔しげに呟いた。

「何も出来ないなんて……」

ローズはハーフナーに言われた事が脳裏をよぎる。敵を目の前にして塞ぎ込んだ弱い精神。そして、滅竜師達がバカにされ、父までもが無能だと言われた。だが、言い返す事は愚か、証明する事も出来ずに詰んだ。

ハーフナーにとってはローズはその程度の人間なのだ。今までレグルスに頼りっ放しだった自分の弱さが憎いとばかりに雷奏姫を強く握りしめる。

何も出来ずに生徒達が殺され、それを見ても何も出来ないローズは、学園のトップだというプライドが崩れ去っていく。

もしかして、レグルスでさえもこの男には勝てないのではないかという不安が溢れてくる。全てがマイナスな考えに変わっていった。

「つまらないなぁ。君はもう必要ない。後はあの三人が捕まっている事を祈るとしましょう」

ハーフナーはローズの事にも興味を失ったのか、視線をレグルスの方へと向ける。

「残念だったな。向かった部隊は俺が倒した」

「ほぉ。あの中には竜姫を伴っていないとはいえ、頭文字もいたのですが……。残念だぁ、あの三人の力は凄い！　それに、あれほどに可憐な少女達を犯すのは楽しそうだったのですが、その中でも性格的にアリスとかいう子が楽しませてくれそうでしたのに」

レグルスは何も言わずに聞いている。ハーフナーは三人を捕らえた後の事を考えているのか、とても楽しそうに語る。

「何も言わないんですかぁ？　今から私が三人を捕まえて可愛がってきますよ？　あそこまでの美なら名無し達専用の女にするのも良い案だとは思うんですが、どうでしょう？」

「どいつもコイツも、そんな目でしかアイツらを見られないのか？」

「それはそうでしょう！　何だったら君も交ざりますか？　私達の後でですが、もしかして、もう済んでます？」

「アイツらは優秀だから色々と面倒だなぁとは思っていたんだが、そうでもないな。お前みたいな奴らだったら容易い」

レグルスはそう言うと、ローズとミーシャに顔を向ける。

「今から起きる事に何も言うんじゃねぇぞ？」

その発言に二人は理解出来ない様子だったが、レグルスの真剣な表情に思わず頷いた。その時に僅かに見えたレグルスの目が淡く輝いていた。

「ローズ、ミーシャ、少し借りるぞ……竜紋」

その言葉と共にレグルスの体から閃光が迸った。見た事もない現象にハーフナーは動揺を隠せない。

「な、何だそれは!?」

レグルスは静かに顔を上げる。その目に浮かび上がる紋が異質であった。だが、確かに感じる圧倒的な存在感にハーフナーはたじろぐ。

「その竜紋……。お前は何なんだ！　答えろ！」

「使いたくなかったんだがな。すぐに終わるから黙って見てろ。十秒だけだ」

そう答えたレグルスは、ローズとミーシャの方へと手を伸ばした。

「ふぅ……何が十秒なんですかぁ？　舐めるのもいい加減にしろぉ！　凍て尽くせ、氷獄」

ハーフナーは一度落ち着くと、言葉の意味を理解する。自分を倒すのにかかる時間が十秒などと、バカにされたハーフナーは激昂する。抑えられていた冷気が溢れ出し、触れる全ての物を凍らせながらレグルスへと襲いかかった。その場には空高く伸びる氷柱が出来上がっていく。

パキィパキィ
「所詮はこの程度なんですよ」

白く染められた氷獄の世界に包まれたレグルスは、既に生きているなどとは考えられない。ハーフナーは、先程の醜態を隠すかのように呟いた。

ピキッ
だが、氷柱が音を立てていく。音が鳴るたびにヒビが無数に広がっていった。やがて、そのヒビは全てを覆い尽くすほどに広がった。

「な、何が!?　何が起きているんですか！」

パリィーン
「な!?」

「誰がこの程度なんだ？」

先程と変わらない位置に立つレグルスは、何もなかったかのように立っている。だが、その両手に握られる雷奏姫と氷結晶の剣。体を覆うように結晶が舞い、その一つ一つが帯電し音を立てている。

「バカな！　何故お前が竜具を持っている！　何故二つの竜具を持っているんだぁ！」

俄かには信じられない光景。滅竜師が竜具を持つには、契約しなければならない。レグルスがローズと既に契約していたのなら、雷奏姫を持つ意味も分かる。だが、レグルスは二つの竜具を手に持っている。それも、しっかりと力を放っている竜具をだ。それは、誰が見てもあり得ない事であった。

例えばの話だが、そんな事を出来る存在は

「滅竜騎士サラダール……」

ハーフナーの脳裏によぎるのは、かつて存在した本当の意味での滅竜師達の頂点。今存在する滅竜騎士はその伝説にあやかった紛い物に過ぎない。彼を伝説たらしめた誰も出来ない筈の複数の竜姫との契約。そして、それらを圧倒的な迄に使いこなす滅竜騎士サラダールと、目の前に立つレグルスは一致していた。

「あり得ない……！　そんな事があってたまりますかぁ！」

叫ぶハーフナーは氷獄を振るい全てを凍て尽かせる刃を飛ばす。

だが、漂う結晶が意思を持つかのようにその全てを撃ち落とす。

「寒いだろうが」

「何故、何故、何故だぁぁ！」

そんな光景を見て怒り狂うハーフナーは狂ったように氷獄を振るい続ける。だが、その全てがレグルスには届かない。

「何も言うんじゃねぇって言っただろ？」

「なんなんだ、お前は一体！」

喚くハーフナーに向けて、レグルスは二本の竜具を上下に掲げる。それは、竜が顎門を開けたように見えた。目の前に立つハーフナーには、その幻想が本物のように見えていた。顎門を開けた絶対的な強者を前に彼は既に心が折られた。

　上下から振るわれる竜具に今までの人生の中で最大の警笛が鳴り響く。

「や、やめてく――」

「ほら、十秒たったぞ。噛み潰せ」

　突如として現れた巨大な雷牙と氷牙に噛み潰された。そして、残ったのは氷に閉じ込められたまま、その中で雷に灼かれるハーフナーであった。

　非現実的な光景にローズとミーシャは言葉を呑む。ただ、これを起こしたレグルスを見つめていた。そんな視線を集めていたレグルスだったが
「くっ」

　突如として頭を押さえるレグルスはよろめき、その場に片膝をつく。苦悶の表情の彼は、何かに耐えるようにその場で動かない。

「レグルスさん！」

「えと、ど、どうしたんですか⁉」

　駆け寄る二人は座り込んだレグルスを支える。ローズは今までの間、どれほどの敵が現れても動じなかったレグルスの苦悶に歪む表情に焦りを見せた。

「一体何が……」

　タタタタッ

その時、この開けた洞窟に走り寄ってくる複数の足音が聞こえた。ローズは動けないレグルスを背にし、出口の方へと向かう。命を懸けてでも、レグルスとミーシャを守るといった決意に満ちていた。

「もう、何も失いたくありませんわ」

だが、現れたのは名無しではなかった。

「あっ！　レグルス！」

「お兄ちゃん！」

「これは……」

初めに現れたのはアリス、サーシャ、ラフィリアであった。苦悶の表情を浮かべて力なく座るレグルスを見つけた三人は血相を変えて駆け寄る。

「アリスさん！　レグルスさんが……」

ローズが状況を説明しようと前に出たが、アリス達はそれが目に入らなかったのか横を通り過ぎ、レグルスを抱えた。そして、続けて入ってきた飛竜隊のフルート達とベルンバッハは目の前に立つ雷を帯びた氷柱を見上げて絶句した。中には頭文字が閉じ込められ倒した事が窺える。

だが、ベルンバッハ達のように使用した後に消えるものではなく、氷柱と電撃は力を衰えさせる事もなくその場に顕現している。そんな異常な事態にフルートは驚く。

「これは……」

驚くフルートであったが、ベルンバッハは事のあらましを理解したのか声を張り上げた。

「中に誰も入れるでない！」

「え？」

「早くするんじゃ！」

「は、はっ！」

疑問を口にしそうになったフルートだったが、ベルンバッハの剣幕に外に待機している救出部隊の元へと走っていった。

その際に彼は『なんで俺ばっかこんな扱いなんだ？』といったような発言をしていた。残されたベルンバッハは、座り込むレグルスと氷柱を見上げ何かを考え込むような仕草を見せた。そして、アリス達を囲むように見ていたローズとミーシャに語りかける。

「ローズにミーシャ。この場は儂に任せよ。お主達は外にいる部隊と合流するんじゃ」

「ですが……」

レグルスが心配な為か、ローズは残ろうとしたのだがレグルスを囲う三人を見て押し黙った。今は、彼女達に任せた方が良いといった様子である。

「失礼します」

「あ、あの。ありがとうございます」

ローズと、レグルス達の方へと頭を下げたミーシャもまた、この場を去っていった。見届けたベルンバッハはレグルスの方へと歩き始める。

「触らないで！　い、いいえ、ごめんなさい」

手を触れようとしたベルンバッハだったが、レグルスを守るように叫んだアリスを見てベルンバッハの手は止まる。だが、アリスも相手がベルンバッハと分かり申し訳なさそうに頭を下げた。

「良い良い。して、お主らはこのレグルスの状態を知っているのだな？」

「はい」

「深くは聞かん。任せて良いな？」

「はい」

ベルンバッハはそれだけを聞いた。既に滅竜師が倒された為か、女生徒達が元の姿に戻っており地面に倒れていた。そして、無残にも殺された滅竜師候補の生徒達を見たベルンバッハはその場で深く頭を下げた。

「本当に申し訳ない」

ベルンバッハは色々な感情を乗せた言葉を残し、倒れ伏す女生徒達を担ぐとこの場を後にした。

そして、残されたアリス達は、未だに返事がないレグルスを心配そうに見つめている。

「前にもこんな事あったわよね」

「うん……お兄ちゃんが私達を助けてくれた時も……」

「一先ず連れて帰ろ」

サーシャはその小さい体でレグルスを背負おうとするが、男であるレグルスを持ち上げるほどの力はない。だが、アリスもまたレグルスを支えた。

ラフィリアはその場には加わらず、一人哀しげな表情を浮かべながらレグルスを見ている。

「また使ったんですね……」

その何かを知っているかのようなラフィリアの言葉は静かに消えていった。そんな中、レグルスは集まる三人に謝罪の言葉を口にする。

「すまん」

「今回は私達の番だね！　お兄ちゃん」

「任せなさい！」

レグルスの謝罪の言葉にサーシャは笑みを浮かべ、アリスは細い腕で力こぶを作るような仕草を見せた。だが、それをすると当然ながらレグルスの体はずり落ちてしまう。

「あ！　ごめん、レグルス！」

「もう、アリスちゃん！」

「はは、お前らが無事で良かったよ」

そんないつもと変わりのないやり取りにレグルスは笑みを浮かべた。それは、この関係が彼の中で大切なものであるかのように優しげに見つめていた。

「なに笑ってるのよ」

アリスはその視線を感じてレグルスを見れば、咄嗟にレグルスが表情を戻したところを見た。そんな事になればアリスとしても、聞かないわけにはいかない。

「ん？　いや、幼馴染達が優秀なので面倒な件について考えてた」

「は！　何それ？」

「もぉ、お兄ちゃんの照れ隠しだよ」

「レグルスさんは正直になれない人ですね」

そんなレグルスの言葉に三者三様の反応を見せる。アリスは怒っているようにも見えるが、それは彼女なりの表現である。ラフィリアとサーシャもレグルスの性格は知っているのか、からかい混じりに答えた。

「ありがとな」

レグルスの感謝の言葉に三人は満面の笑みを浮かべて答えるのだった。

「問題ないわ」

「うんうん。こういう素直なお兄ちゃんもいいね！」

「では、私と契約ですね」

「あっ！　コラッ！　ラフィリア！　アンタはいつもそうやって――」

◇◆◇◆◇

「ベルンバッハ様、女生徒の保護、そして、殺された生徒達の弔いも無事終了しました。王都、学園への襲撃も、多少のケガはあれど甚大な被害もありません」

「そうか。シュナイデル、リンガス、今回は助かった。レグルス達を飛竜隊で送ってくれたそうじゃな」

前回と同じ部屋に集まった二人、リンガスとシュナイデルは、今回の件についてベルンバッハに報告していた。学園、王都への襲撃は何事もなく終わる事が出来ていたのだが、攫われた生徒達はそういう訳にはいかなかった。

「殺された生徒達は悔しい事には変わりありませんが、残された竜姫の彼女達は……自己責任だと言っておきながら、娘も精神がかなり参っている。やはり遣り切れないっ。クソッ」

ドゴッ
シュナイデルはそう言うと自分の頬を力強く殴った。それは、手加減などが一切ない本気のパンチであった。

「止すのじゃシュナイデル。リンガスも止せ」

ベルンバッハはシュナイデルと、そしてその横に座るリンガスにも制止の声をかけた。いつのまにかリンガスも同じように自分を殴り飛ばそうとしていたのだ。

「相変わらずお主らは変わらんのぉ」

「ベルンバッハ様！　悔しくないんで――」

「悔しい、悔しいのぉ。出来る事なら儂が出向いて名無し共を灼き尽くしてしまいたいほどじゃ」

「申し訳ありません。今の言葉を取り下げます」

リンガスは、ベルンバッハの怒り狂った目を見て自分が放った言葉を取り下げた。

「竜姫候補の彼女達はもう竜姫の未来は絶たれた。それに、あんな事があれば心の傷は相当なものじゃ。そこについては、王国で手厚く保護する事になっておる」

レグルス達が駆けつけた時には既に強制的に契約させせられており、心も死んでいた彼女達に学園に夢見て入ってきた時の面影はなかった。ベルンバッハが言ったように彼女達は国が責任を持って保護する事になっていたのだ。

「今回は我々、騎士団が後手に回っていた事に責任があります」

「それを言うなら学園長の儂が全て悪い」

「こんな事を言っても仕方がありませんな。それよりも、今後の名無しを含めた裏組織に対する警戒を引き上げねばなりません」

このまま責任は自分にあると言い合ったところで、結果は変わらない事は彼らが一番よく知っている。そんな経験は腐るほどにしてきたのだ。

「ジークハルトとミハエルに聞いたんじゃが、冥府《タルタロス》、そして、死神《ハローグツバイ》の姿が目撃されたらしい」

「それは……何故奴らが？」

「分からんが、何かがある筈じゃて。それに、今年の新入生は優秀な者が多い。今後も狙われる筈じゃ」

ベルンバッハの言葉にシュナイデルとリンガスは驚きの声を上げた。上がった二つの名は名無しとも引けを取らない名であるからだ。

「特にアリスやサーシャ、ラフィリアといったレグルスの周りが狙われるな」

リンガスはあの三人の竜具にはそれだけの力が秘められていると分かっていた。今後も狙われかねない彼女達の事を心配そうに呟いた。

「それはおそらく大丈夫じゃろう。隣で怠惰な竜が目を光らせておる」

「レグルス君ですか？」

「確かにレグルスは強いが……冥府や頭文字の上位陣が相手では荷が重い」

ベルンバッハの言葉にシュナイデルはそれほどに強いのかと首を傾げ、リンガスは否定した。リンガスが知っているレグルスでは、到底敵わないような敵であるからだ。

「儂も詳しくは知らんし、約束したから、ここでベラベラと話すつもりもないが、奴は強い。それも、儂以上に強いじゃろうて」

そういう伝説と呼ばれたベルンバッハは、遥か上にいる伝説と呼ばれた滅竜騎士の事を思い出していた。

エピローグ

Dragonkiller princess & lazy dragonkiller knight

エピローグ

王都では五大騎士団が竜を迎えうち、レグルス達が名無し《ネームレス》と戦っている時。セレニア王国の王都へと続く道に四人の姿があった。その中の二人はまだ二十代から三十代程度の容姿をしている。後ろに控える二人の男女もまた同じような年齢であろうが、別の二人組とその装いは対照的に違っていた。

この道は隣国のロウダン王国へと繋がる最短距離だったが、使う者はいない。何故なら、視界を覆い尽くすほどの木々が立ち並ぶ死の大樹林《デスフォレスト》とも呼ばれる地であったからだ。この大樹林は広大で、セレニア王国とロウダン王国の半分以上までを分断している。その為、ロウダン王国へと向かう者はこの大樹林を迂回して行く。

そして、死の大樹林とも呼ばれる所以は竜の棲み家となっている事が挙げられた。かつて、両国は貿易の為に挟み込むように進軍したが、迫り来る竜の群れに昼夜対応せざるを得ない状況となり、相当な被害を被った。

何もしなければこの地に住む竜が出てくる事はなかった為に、現在は放置されている。

「ねぇ、誰か来るの、とか聞いてみたり？」

「分からん……が、来なければそれでいいだろう?」

何故か語尾が疑問形になった女性はある紋章《エンブレム》が刺繍された純白のローブを着ていた。絡み合うような六匹の竜はそれぞれ鱗の色が違う。そして、男性もまた純白の騎士服に袖を通し、同じ紋章が刻まれていた。この紋章が意味する事は一つ。

世界で最も強いとされる滅竜騎士に与えられるものであるからだ。そんな彼らが控えるこの場所に現れる人影。人が通る筈のない死の大樹林から現れた二人。

彼等は目の前に立つ滅竜騎士を見つけると言葉を零した。

「滅竜騎士ジークハルト・シーカーにエレオノーラ・セレニアか」

ジークハルト、エレオノーラはセレニア王国に所属する至高の竜騎士である。そんな彼等に動じた様子もなく問いかけた男。

無精髭を生やし、髪はボサボサ。だが、鷹のように鋭い眼光である。隣に並ぶ女性は対照的に金髪を長く伸ばし、綺麗な容姿をしている。

「死神《ハローグッバイ》か。そんな大物が何故ここにいる?」

ジークハルトは目を細め、言葉によってはすぐさま斬る、といった様子で闘気を漲らせる。

「どうも、ハーロー・モーニングだ」

「ネル・イブニング」

そんな自己紹介にジークハルトは苦笑を漏らした。

「相変わらずふざけた名だ。それで、何をしている?」

「名無しが大規模な事を仕掛けるって聞いたもんで、見に来たんだよ。それに……いや、何でもねぇ」

「ほぉ、お前らも我がセレニア王国を狙うのか？」

ジークハルトは横に立つエレオノーラに目配せした。すぐにでもエレオノーラが竜姫になれるように、油断はない。

「いや、俺達は大局には関わらねぇよ。ただ、彷徨うだけだ」

「確かにそうだったな。相対した者が、自分達の基準に照らし合わせ、気に入らなければ殺し、そうでなければ何もしない」

「よく知ってるじゃねぇか。そそ、ハローグッバイってな」

そう言って話すハーローだったが、このセレニア王国へと足を踏み入れた真意は窺えない。

「私達も気に入らなければ殺すのか？」

「いやいや、流石に滅竜騎士相手は分が悪い。ここらで退散させてもらうわ。ほな、グッバイ！」

そう言って去っていく死神を、ただ見送ったジークハルトは、その気配が消えるまでいつのまにか腰に差した剣を強く握りしめていた。

「ふっ、滅竜騎士と呼ばれていてもやはり緊張してしまうな」

そう自嘲げに呟いたジークハルトに同意するようにエレオノーラも頷いた。そんな張り詰めた空気が霧散したところで、後ろに控えていた二人が話し出す。

「あれが噂の死神。追わなくて良いのですか？」

「私達で追いましょう」

そう言った二人は死の大樹林へと足を向けようとしたが、手を上げたジークハルトによって制された。

「止せ。アレは言葉通り大局には関わらない。だが、戦いになれば、お前達は瞬時にこの世からさよならをする事になるだろう」

「竜騎士である我々が、そ、そんな事は――」

「敵対する五大組織を知っているか？」

ジークハルトは徐《おもむろ》に話し始めた。それは、自分にも言い聞かせるかのようであった。

「はい。少数ながら一人一人が一騎当千の冥府《タルタロス》、最大規模を誇る名無し、巨大戦闘集団の天地破軍。後は謎に包まれた六王姫かと……そして、死神、あれ？　死神は単独で……」

疑問に思った竜騎士はジークハルトに尋ね返した。

「そうだ。あの死神は、他の四大組織のように国や民を襲わない。だが、気に入らなければ、名無しであろうと天地破軍であろうと……そして、我々のような滅竜師をも殺す。単独で四大組織と並び立ち、全てを敵に回してなお生きている死神は異質なんだ」

ジークハルトはそう言うと、この場を後にする。

「ジークハルト様！　ここの守護は良いので？」

ジークハルトの行動に驚いた様子の竜騎士は尋ねる。すると、ジークハルトはゆっくりと振り返り答えた。

「構わない。奴らがココを通って来たという事は死の大樹林には何もいない。いたとしても殺されているだろう。死神は特に名無しが嫌いらしいからな」

そう言って笑うと、ジークハルトとエレオノーラは王都へと戻っていった。

これと時を同じくして、滅竜騎士であるもう一人が守護する場所には冥府が現れていた。戦闘には至らなかったが、この事態を知ったセレニア王国の上層部は何かが動き出したという予感が共通認識であった。

そう、この日、五大組織の名無し、冥府、そして死神が同時期にセレニア王国に集結していたのだから、仕方がないとも言えた。

◇◆◇◆◇

「起きなさい！　レ、グ、ル、ス!!」

「もう朝？　最近太陽って頑張りすぎてるんじゃね？」

「そんな人みたいに太陽は頑張らないわよ！」

そう叫んだアリスにレグルスは思わず顔に手をやり防御の姿勢を取った。それは、遥か昔からモルネ村で鍛え抜かれた熟練の動きである。だが、いつまでたっても訪れない衝撃にレグルスは首を傾げた。いつもならば、毎朝アリスが起こしに来て、レグルスが怠けて、殴られるといった事が一連の流れで定着していたからだ。

「ん？　どうしたんだ、アリス」

そのレグルスの言葉にアリスは一瞬だったが体を硬直させた。だが、すぐに元に戻るとレグルスを温める毛布を勢いよく奪っていった。

「な、何でもないわ。とにかく早く起きなさい」

「ん⁇　はぁ、分かった分かった」

何かがおかしいとは感じつつも、レグルスはベッドから這い出て下の階へと向かっていった。いい匂いが立ち込める階段でレグルスは鼻を鳴らしてご機嫌な様子だ。

「ラフィリアのご飯は世界一、かーなり、美味しいぞ～」

「何その歌？　お兄ちゃん、はっ！　もしかして更にバカになったとか‼」

レグルスの残念な歌が下で待つサーシャに聞こえていたのか、演技だと分かるが、まさか⁉　といった表情を浮かべていた。だが、口元がピクピクと動いている事から、自分で言って笑いそうになっているらしい。

「おはようサーシャ。朝から元気だな」

「まあね～。お兄ちゃんも元気になったし！」

そう言って笑いかけるサーシャの横を通り過ぎる際にレグルスはぽんと頭に手を置いて席に座った。

「えへへ～。お兄ちゃんは分かってる！」

朝からご満悦なサーシャ姫は、鼻歌交じりにご飯を食べている。

「レグルスさん、おはようございます。はい、どうぞ」

「お～。今日も美味そうだなぁ」

目の前に並べられた朝ご飯にレグルスの気分も高揚していく。リズム良くフォークとスプーンを取ると、どれから食べようかと、ウロウロと彷徨わせていた。

「よし、まずはコレに決めたって、アリス！　どうしたんだ？」

レグルスは目の前でご飯を食べていないアリスの方へと視線を向けた。いつもならレグルスの行儀に口出しをしてくる筈なのにである。調子を崩されたレグルスであった。

「ごめん、ラフィリア。私はいい」

それだけ呟くとアリスは二階へと上がっていった。

「何だ？　どうしたんだよアリスは」

ジー
そう呟いたレグルスの元へと二つの視線が向けられた。

「何だ？」

「早く行って！　お兄ちゃん、ほら早く！」

「そうですよ、レグルスさん。襲撃の時からアリスさんの様子がおかしかったので……」

二人に急かされる形になったレグルスは、二階へと上がっていった。ライバルである三人だったが、何やかんやと言いつつも心配していたのだった。

コンコン

「アリス～、入るぞ」

扉を開けて中に入ると、窓から外を見るアリスの後ろ姿が見えた。だが、レグルスが来た事で急いで目元を拭う動作をした後に振り返る。

「アリス……？」

「何よ！」

「いや、どうしたんだ？」

キッとレグルスを睨みつけるアリスだったが、目元は赤く染まり、先程まで何をしていたかなどすぐに分かってしまう。

「何かあったのか？　誰かに何かされたんなら、俺が言いにいってやる」

そんなアリスの姿を見たレグルスは、誰かがアリスに何かをしたと思い込んだのか、気合十分の様子であった。

だが、アリスは何も答えない。

「おい、どうした――」

「私はレグルスの何？」

「急にどうしたんだよ」

突然の問いに訳が分からないレグルス。だが、アリスは真剣な表情でレグルスを見つめていた。

「サーシャは義妹《いもうと》、ラフィリアは料理も出来るしお淑やかで頼りになるお姉さんよね？」

「まぁ、そうだが……」

未だに質問の意図が読めないレグルスは、その言葉を心の中で反芻する。確かにサーシャは可愛い義妹《いもうと》であるし、ラフィリアは何でも出来る優しいお姉さんのようである。

「名無しが襲って来た時、私は役に立たないの？」

「だから、何が言いたいんだ？」

要領を得ないアリスの言葉に、レグルスも段々と苛立ちが募って来たが、それよりも、アリスの様子が心配になって来たのだ。

「名無し相手でも何も言わずに一人で行って片付ける事が出来るほどにレグルスは強いわ……でも、私は弱い」

「そんな事ない。アリスの竜具は凄いってみんな言ってたじゃないか」

「そんなみんなの言葉なんていらないわ！」

「アリス……」

突然に叫んだアリスにレグルスは押し黙る。レグルスは彼女が何を言いたいのか、言葉を辿り考えていく。

「サーシャが攫われた時も私は役に立たない。試験の時も助けられた。名無しが襲って来た時も私は何も知らないまま、レグルスをバカにしてた……。それに、私はレグルスの義妹《いもうと》でもないし、美味しい料理も作れない。私はレグルスと何の繋がりもない。レグルスと一緒に戦う事も出来ないし、すぐに暴力を振るう、お節介……」

話していく内に我慢の限界がきたのか、大きな瞳からポロポロと涙が零れ落ちていく。ここに来てレグルスはアリスが何を言いたいのかが理解出来た。

「レグルスをモルネ村から無理矢理、連れてきた。それに、聞いたんだけど、私達のせいで名無しと戦う羽目になって……ごめん、なさい」

深く頭を下げたアリス。その姿に普段の面影はなかった。モルネ村からここまでの出来事でアリスは思い詰めていたようだった。

「サーシャのように確かな繋がりもない、そして、ラフィリアのように色々と出来る訳でもないって言いたいのか？」

「うん」

その返事にレグルスは頭をガシガシと掻くと、アリスの方へと歩いていく。

「それで、自分はお節介だと。でもなぉ、アリスがいないと調子狂うんだよ」

「へ？」

ここからの続きにレグルスは心底言いたくなさそうにしていたのだが、アリスの落ち込んだ表情を見て決意を決めた。

「俺って怠け者なんだろ？　アリスがいないと普通の生活も出来ないだろうし、俺をバシバシ叩けるのってお前くらいだぞ？　ラフィリアはそんな事しないし、サーシャもそうだ」

「何よ……結局そう言いたいんじゃない」

再びレグルスから言われた言葉がアリスの胸に突き刺さる。しまったと言わんばかりにレグルスは顔を顰める。つい、追い討ちをかけてしまっていた。

「まぁ、言葉で言うのは苦手なんだよ。でも、アリスは俺がからかわれたら面倒臭がる俺の代わりにいつも怒ってくれるだろ？　色々と感謝してるんだ。俺にとって必要なんだ」

そう言ったレグルスは、照れ臭そうに頭に手を乗せている。

「もう一回……」

「はい？」

「もう一回、最後のとこ」

「俺の代わりに怒ってく――」

「違う、その次」

「はぁ～。俺にとってアリスは必要なんだよ。俺はそのお返しにお前ら三人を守ってやる。面倒だが仕方ない」

「うん……うん。ありがと」

何度もレグルスの言葉を反芻するように頷くアリス。その顔は真っ赤に染まり、満たされたような表情をしていた。レグルスも普段では絶対に言わない事を口にした為か、居心地悪そうにしていた。

そんな雰囲気であったが――

「はいはい！　これ以上はストップだよ！　それで、お兄ちゃんは私にもそれを言う事!!」

「そうですよ。アリスさんも隅に置けないですねぇ～」

ドタバタと部屋へとなだれ込んで来るサーシャとラフィリア。呆然としていたアリスだったが、

自分の醜態を聞かれていたと分かると、烈火の如く顔を赤く染める。

「な、な、聞いてたのね！　忘れなさい、二人とも!!」

「もう一回……」

アリスの真似をするサーシャ。

「はぁ！　そんな事言ってないわよ!!　って言ったわねサーシャ！　いいから座りなさい！　ラフィリアも隅に置けないいって何よ!?」

「自覚がないいんですか？　私も言われた事ないのに……」

「ふふん。私だけが言われたのよ！」

「レグルスさん！　私にも最後の言葉をお願いします。ん？」

振り向いた三人は当のレグルスがいない事に今更ながらに気がついた。

「「「あれ？」」」

ギャーギャーと騒ぐ三人。巻き込まれないようにそそくさとレグルスは一階へと下りていた。目の前に並ぶ朝ご飯に舌鼓を打ちながらも深く溜息をついた。その様子には様々な感情が含まれているようにも見えた。

「はぁ〜。やっぱりアイツらは面倒だ」

書き下ろし

暗躍する乙女達

Dragonkiller princess & lazy dragonkiller knight

書き下ろし　暗躍する乙女達

周りを森と草原に囲まれたこんな辺境には当然ながら街灯もなく暗い。そんなモルネ村の中でもかなり大きい部類に入る一軒家。その家の二階にある窓からは明かりが漏れていた。

コンコンコン

自室のベッドで大の字になり寝転がっていたレグルスだったが、ノックする音に体を起こした。既に時刻は夜である。夕食を取り終えた後に尋ねてくるのは決まっている。

「なんだ、サーシャ？」

疑問を含んだ声に扉がそろりと開く。そして、その隙間からひょっこりと顔を出したのはやはりサーシャであった。

「うっしっし。お兄ちゃん、ちょっと出てくるね」

扉を開けるなりそんな事を言うサーシャは笑顔を顔に貼り付けている。

「何だよ、いきなり」

何故かご機嫌な様子のサーシャを見て困惑するレグルスだったが特に引き留める理由も見つからない。レグルスは気を取り直すとぼーっとサーシャを見つめていた。

「何にもなーい。じゃ！」

バタンッ

ビシッと片手を額に合わせると敬礼のような仕草を見せたサーシャは、そのまま扉を閉めてドタドタと階段を下りていった。

「何だったんだ？」

そんな言葉を口にしたレグルスだったが、考えることも面倒になったのか頭をガシガシと掻くと再びベッドに横になった。まさか次の日にレグルスの運命を決定づける計画が始まろうとしている事など思いもしなかったのだ。

◇◆◇◆◇

周りを畑に囲まれた一軒家の中でヒソヒソと言葉を交わし合う三人の少女達がいた。何れも十人がすれ違えば十人が振り返ると言っても言い過ぎではない美少女達だ。

「どうする？　レグルスが凄いって竜騎士の人に伝えよう作戦」

「上手く行くかなー？」

「上手くいかなかったらレグルスさんと離れ離れですよ？」

「それはダメよ！」

ラフィリアの言葉に勢いよく立ち上がったアリスだったが、びっくりした様子の二人から視線を感じてすごすごと座り直した。どことなく恥ずかしそうにしているアリスはいつも通りであった。

「それにしても、どう伝えたらいいのかな？」

サーシャは難しそうな表情を作るとうんうんと唸っている。そんな様子を見たラフィリアはふと思いついたかのように唸るサーシャに問いかけた。

「サーシャさん、レグルスさんに気が付かれていませんよね？」

「サーシャは行動に出るから心配ね」

「失礼だよ、全くもう！　ちょっとお兄ちゃんに外に出てくるって言っただけだよ」

頬を一生懸命に膨らませて『私、怒ってます』と言わんばかりの表情を作るサーシャだったが、その発言にラフィリアとアリスは顔を見合わせると深く溜息を吐いた。

「心配です……」

「本当よ」

「何が？　えっ」

二人の反応に戸惑うサーシャ。その様子を温かい目で見つめる二人。だが、この中でサーシャに物申す事が出来るのはラフィリアだけである。アリスもまた何かと口を滑らせる事が多いからだ。

当然ながらサーシャもその事に気が付いた。

「アリスちゃんには言われたくないなー」

「そ、それはそうね。まあ大丈夫よ。アイツって寝るか食べるかしか考えてないから気が付かない……と思うわ。さて、それじゃあ相談よ！」

標的にされたアリスはたどたどしく返事をした。このままサーシャの追及が長引けば自分が追い詰められる事は分かっているのだ。早々にこの話題を切り上げた。そんな態度に半目で見返すサーシャと薄く笑うラフィリア。

「取り敢えず、レグルスの凄い所を言うべきね」

「でもでも、お兄ちゃんの本当の実力を知っている人っているのかな？」

「どういう意味でしょうか？」

ポツリと呟いたサーシャの言葉にラフィリアが反応した。

「だってお兄ちゃんって面倒臭がりで何もしないから……それに何か実力を隠したがってるよね、バカだから……。ぷふっ」

「なるほど、確かにそうですね」

そう笑うサーシャを見て考え込むサーシャ。レグルスが自分の実力を何かと隠したがっているのは昔から知っている。その為にモルネ村でもレグルスの実力を知る者は少ない。

「そうですね……ちなみにサーシャさんのお父さんやお母さんは？」

「知ってるかな？　んーでも多分知ってると思うよ」

「ならまず二人ですね」

そう言うラフィリアに向かってアリスも言葉を投げかけた。

「クルト爺に協力してもらえばいいんじゃない？　村でレグルスが孤立しないようにしているのも村長だし」

「決まりだね」

「それではまずサーシャさんの家に行きましょう」

ご機嫌な様子の三人は早速協力者を増やす為にサーシャの家へと向かっていった。

家に入るとちょうどリビングには両親とクルトの姿があった。どうやら竜式の合格について話していたらしい。王都に行くことになるサーシャ、それにアリスやラフィリアの家にも回っていた様子のクルトがたまたま居合わせたようだった。

「どうしたんだ？　三人揃って……」

不思議そうにしているクルトはそう呼びかけた。こんな時間に何をしているんだといった具合であった。

「えーと……」

クルトがいたことに思わず面喰らった様子のアリス。そんな様子を見たサーシャの母親であるリーサが話しかけた。

「レグルスを呼んで来た方がいい？」

「ダ、ダメだよ！　お母さん！　お母さん達とクルト爺に用事があるんだよ！」

「ふーん……。もうそろそろお別れになるものねぇ」

「うっ」

「レグルスは強いのに何で落ちたのかしら？」

「そ、それは……」

リリーサの言葉に詰まったサーシャだったが、その仕草を見て確信した表情を作ったリリーサは微笑んだ。隣に立つサーシャの父に向けていたずら顔で問いかけた。

「ねぇ、ハルト？」

「なんだ？」

「竜式って監督者の一存で合格者が決まるのよね？」

「ならなら！」

喜んだ様子のサーシャの行動とその言葉にハルトも笑みを浮かべた。何やらコソコソしていた娘達が何をしようとしているのかに気付く。どうやら彼女達はレグルスを王都に連れて行こうとしているらしい。

「レグルスを連れて行きたいのね？」

「そうだったのか!?」

リリーサが放った言葉にクルトは勢いよく立ち上がった。まさに初耳といった具合である。

「うん！」

「そうです」

「そうよ！」

口々にそう返す三人は説明する手間が省けたとばかりに頷いた。その様子にクルトもまた喜びを露わにする。

「そうか。アイツを連れていってやってくれ」

「そのつもりよ！」

そんな三人の様子を見ていたクルトは以前に三人と話した時の事を思い出していた。

◇◆◇◆◇

ビュウゥ～

空を遮るものや空気を汚すものもない。あるのは僅かな茂みだけだ。

グッと体を伸ばしたレグルスは満天の青を見てそんな感想を漏らした。何もない辺境だからこそ
「いい天気だ～」

「おぉ」

突然、草原を吹き抜ける生温かく強い風に揺られて気持ちよさそうに目を細める。

「アイツらも今日は用事があるらしいし好きに寝れる日だ」

いつもレグルスのおやすみ時間を奪う要素は今日はない。まさしく天が与えた絶好のレグルスタイムである。

「ふぅ、それにしても……」

そう呟いたレグルスは面倒臭そうに前方を見つめた。そこには、巨大な体躯を持った竜が見下ろすようにしていた。

「まったく、いつもいつも……聖域《サンクチュアリ》展開」

怠そうに呟かれた言葉に反応して周囲に聖域が展開されて行く。それは、瞬く間に竜を囲った。

ゴガアァァッ

「ほいっと」

突然に聖域を展開された為か違和感を覚えた竜は目の前の矮小な生物にあらん限りの咆哮をぶつけたのだが、当のレグルスは特に気にした様子もなく軽く腕を振るった。

ドゴォン

「串刺せ」

何かに押し潰された竜がもがこうとした時、突如として地面から突き出された針によって全身を穴だらけにされてしまう。見るからに致命傷な攻撃を受けた竜は既に事切れていた。

「ふぅ、お終い。あ～片付けめんどい」

手をパンパンと払う動作をしたレグルスだったが、目の前に横たわる竜に煩わしそうに呟いた。

このまま放置しておけば、この肉を貪りに新たな竜が現れる事などすぐに分かる。

誰かに手伝ってもらう、というのも手なのだがレグルスは実力を隠している為かその手は使えない。

「ならば、穴を掘って～埋めて～お終い」

聖域内でばんばん滅竜技を打ちまくるレグルスによって、地面は深く掘り起こされ、巨大な竜はその中で灰すら残さず消されて、穴は瞬く間に埋められた。

この光景を滅竜師が見たのなら目を疑う光景である。これほど大規模な滅竜技を何の躊躇いもなく、瞬時に、そして竜を埋めるという事の為に使う奴がどこにいるのかと……。

「全くお前は相変わらず出鱈目だな」

「おっす、クルト爺！」

「儂もかつては滅竜師の端くれじゃったが、規格外にも程があるわい！」

「はは、まあちょっちょいのちょいだよ」

そう言ってレグルスは笑う。本当に大したことはしていないといった様子であった。だが、クルト爺はそんな様子を見て何かを考え込む仕草を見せる。

「レグルス、村をいつもすまんな」

いつもは強面のクルトであったが、この時ばかりは申し訳なさそうに体を縮めていた。

「気にすんな！」

「気にするわい！　お前が気にせんでもな」

「まあアレだ。捨てられていた俺を育ててくれたのはモルネ村だからな」

「ふんっ。それを村のみんなにも言えばええだろ？」

クルトはそう返した。レグルスの村での印象は何も知らない者から見ればただの怠け者だ。レグルスの人柄ゆえか表立って何かされる訳ではないのだが、ようするにあまり良くない。クルトを含めた数人はそんなレグルスの扱いに歯がゆい思いをしていた。

「はあ～、俺はこのままでいい。だからクルト爺も今まで通りで頼むわ！」

「そうか……。お前は騎士団には興味ないのか？　それだけ強いなら尚更だ」

「ないな。俺のこの力だってよく分かってない。それに目立ちたくないし、俺はこの村が好きなんだよ。田舎がちょうどいい」

それはレグルスの本心であった。これほどの実力があれば隠さなければすぐにでも騎士団に特例で入団する事も可能かもしれないほどなのだ。

「分かった。余り暗くならない内に帰ってこい」

「りょ～かい」

クルトはそう言うとこの場を去って行った。それを見届けたレグルスもまた眠りにつくのであった。


「だ、そうだぞ」

茂みの向こうへとやって来たクルトは目の前に立つ三人の少女にそう話した。竜式を控えた三人はその事に落胆した表情を見せた。このままいけばレグルスが手を抜くのは明らかである。

あの少年に頑張るという行動はないのだ。あれほどの実力があるレグルスがこのモルネ村で一生を過ごす事にクルトもまた良しとしていなかった。

「むぅ～。カッコいいけどお兄ちゃんがここで腐るのも嫌だし」

「そうよね！　それに一緒に行けないのは……」

「どうしましょうか」

そう悩む三人を見ていたクルトもまた複雑な表情を見せていた。クルトとしてもレグルスを送り出したい気持ちはあるが、村の治安についての事もある。

「なかなか難しいな」

個人的には王都に行って欲しいのだが、村長の立場を考えれば村の皆の安全が大事なのだ。だが、クルトは不安そうにしている三人の姿を見た。

「アイツの事で何かあったら頼ってくれ。それに、お前さん達が言えばアイツも嫌々ながら付いてくるだろう」

「そうかな……」

「アイツの事だから手を抜きそうだわ」

「確かにそうかもしれませんね」

口々にそんな事を言う。レグルスが村の事を思っている事も知っている。それに、彼は極度の面倒臭がりだ。

「大丈夫だ」

◇◆◇◆◇

クルトは以前に話していた内容を思い出した。赤ん坊の頃から知っているレグルス。彼の苦悩や性格も知り尽くしているクルトはここで行動に出る事にしたのだった。

「よし、ならリンガス様に言いに行くか」

クルトはレグルスの実力の全てを話さないようにしようとしていた。人の秘密ごとをペラペラと話す理由もない。

「実力云々はアイツが隠しているから濁す方向でだな」

「行く!!」

「ちなみに、三人はレグルスのどこが凄いと思うの？」

リリーサはクルトの言葉に舞い上がる三人に向けてそう尋ねた。

「えーと、強いところ！」

「強いところと何だかんだで助けてくれるわね」

「竜騎士様に伝えるなら強いというところですね」

レグルスの凄いところと聞かれればまず来るのは強いという事であろう。

「他には？　それだけ？」

「あとは～、カッコいいところとか！　それに、お兄ちゃんだし」

「サーシャ。それはちが――」

「怠けるところが可愛いですね」

「ちょ、ラフィリア!!」

突然、レグルスの事が好きという話にすり替わった事に顔を真っ赤に染め上げるアリス。

「アリスちゃんは？　何もないの？」

「そ、それは。か、かっこいいし。頼りになる」

「ふふ、そうね。あの子もモテモテね。なら竜騎士様にレグルスが行かないなら王都に行かないって言ったら？」

「え!?」

「そんな事が出来るの？」

「確かにそうですね」

三者三様の動きを見せるアリス達。だが、リリーサとハルトはそれがいいとばかりに頷きあっていた。

「クルトさんと私達でレグルスがもしかしたら強いかも、という風に匂わせるから、あなた達はそう言いなさい」

「これならいけるな」

「よし！　儂に任せろ!!」

ドンと強靱な胸を叩いたクルト。レグルスの知らないところで事は順調に進んでいた。

「後は……サーシャ」

「なに、お母さん？」

「レグルスはサーシャの涙に弱いから嘘泣きで王都に行くって約束させるのよ」

「でもそれってお兄ちゃんを騙すみたいだし……今思ったら村からお兄ちゃんがいなくなったら大変じゃあ」

「言われてみれば確かにそうよね」

「そこまで気が回りませんでした」

　以前にクルトとレグルスの会話を聞いていた三人はその事を思い出した。だが、リリーサは微笑むと話し始めた。

「何言ってるの、あの子だって王都に行ってみたいに決まってるじゃない。この村に恩義を感じて残るのはあの子の親としても違うと思うしね」

「そうだな……兵士さんとお父さん達だけでも村は守れるさ」

「だからお前達もレグルスを連れて行ってこい！」

　順番に話して行く大人達。最後のクルトの言葉に全員は頷くとリンガスの元へと向かって行った。その結果、リンガスがレグルスに興味を持った為に彼は王都に連れて行かれる事になった。


　真っ暗になった部屋の扉がゆっくりと開いていく。そして、その隙間から現れる三人の影。そうアリス達は中の様子を窺うようにひょっこりと頭を動かすとするりと中に入っていった。

「起きてる？」

「お兄ちゃんは一回寝たら起きないよ」

「ふふ、ぐっすりですね」

　口々に話しながらじりじりとにじり寄っていく三人。視線の先には一人の少年が気持ちよさそうに寝ている。そんな様子を見ながら表情を崩すアリス達。幸せそうに眠るレグルスは当然明日王都に連れていかれる事は知らない。

「ひとまず作戦成功ね」

「妹からは逃げられないんだよ」

「明日が楽しみですね」

小さい声で話す三人の視線の先ではレグルスが布団を巻き込みながら寝返る。

「むにゃむにゃ」

そんな寝言に微笑んだ三人は暫くレグルスの寝顔を見つめていた。

あとがき

初めまして、rabbitです。

この度は『竜姫と怠惰な滅竜騎士～幼馴染達が優秀なので面倒な件～』をお手に取って頂きありがとうございます。

素人故、あとがきと言われて何を書けばいいのか？　という思いからこの小説を書くことになったきっかけを書きたいと思います。

ふとした思いで小説をネットに投稿したところ、編集のMさんにお声がけして頂き出版できる事になりました。メールが届いた際は仕事も手が付かない状態だったことを今でも鮮明に覚えています。もっぱら読専だったのにと未だに驚愕しているのが現状です。

誰もが一度は思うだろう怠惰な生活。何もかも忘れて眠りたいと思うこともしばしばです。

ですが、そういうわけにもいきません。

ネット小説やライトノベルを読み漁る日々、せめて物語の中だけでも怠惰なライフをという願望がこの本の土台になりました。ですがただの会社員がゴロゴロしている小説が果たして面白いのか？　という疑問のもと、ファンタジー要素を加えて物語を組み立てていった結果、何故か、主人公もまた怠惰とは無縁な生活を送る事に……そんな中でも何かの為に頑張る主人公の物語です。

ネットに連載してから、夜中に執筆しては寝不足で会社に行くという事を繰り返していました。一話書き上げるのにおおよそ三時間から四時間程度。作者自身も怠惰な生活からかけ離れる事になったのですが、不思議と苦に感じた事はありませんでした。

小説には想像力を掻き立てる何かがあると思います。ファンタジー小説で言えば魔法だったり、素晴らしい世界だったり、生き物だったりと現実世界では味わえない体験を物語の中に入り込み、まるで目の前で見たかのように体験できます。

この作品を通して怠惰な生活に降りかかってくる災難、幼馴染達と共に乗り越える爽快感を体験して頂けたらとても嬉しく思います。


最後に、この本を出すにあたり尽力してくださった方々にお礼を申し上げます。

漠然としたイメージしかない中で素晴らしい挿絵を描いてくださったイラストレーターのとぴあ様、本当に三人のヒロインが可愛いです。親切にフォローしてくださった担当編集のMさん。また、WEB版から読んでくださっている読者様、この本を手に取ってくださった読者様。本当に感謝の気持ちでいっぱいです。

『ありがとうございます』の言葉で締めさせて頂きます。

rabbit

キャラクターが皆とても個性的で大好きなんですが
やはり！幼馴染3人が魅力的ですよね！
どの子も可愛くてより取り見取りの贅沢感・・・！
また、この三人の仲睦まじい姿を見られたら
いいなと切に思います・・・！

※ＱＲコードは掲載サイト「小説家になろう」の作品ページへリンクされています

新作のご案内

俺のメガネはたぶん世界征服できると思う。１（著：南野海風　イラスト：ネコメガネ）

「――メ、ガ、ネ……？　メガネ、か……？」

目を凝らして覗き込む兵士二人と、村長。

原石である水晶――選定の石は、でこぼこで形がいびつなおかげで、見通しが悪い。

だが、そんな石の奥底に浮かび上がった文字は、確かに、俺の目にも、そのように読めた。
メ、ガ、ネ。
眼鏡、と。

……「素養」が「メガネ」ってなんなんだよ。

メガネ少年と最強（凶）の姉の奇妙でトンでもな冒険がスタート！

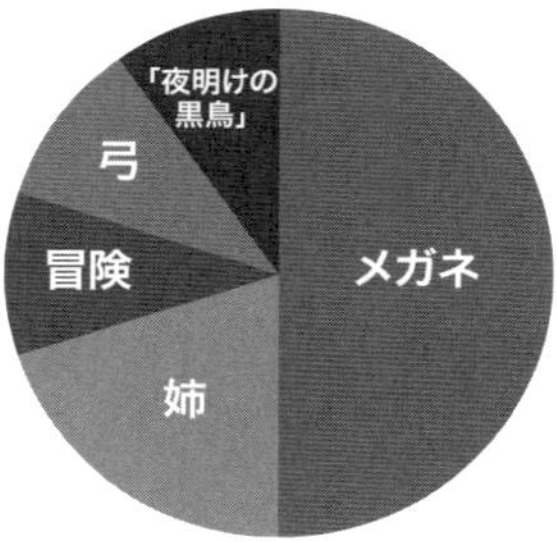

竜姫と怠惰な滅竜騎士　幼馴染達が優秀なので面倒な件（著：rabbit　イラスト：とぴあ）

竜と呼ばれる怪物が跋扈する世界。

いつも寝てばかりの怠惰な少年レグルスは、辺境の地で三人の幼馴染に囲まれてのどかな日々を過ごしていた。そんなある日、幼馴染たちは滅竜士として優秀な事が分かってしまい村を出て王都の学園へと入学することになる。

彼女たちはわざと試験に落ちたレグルスもあの手この手を使い一緒に王都に連れていくのだが、そこで彼らに降りかかってくる数多くの災難…。『竜』や『裏組織』といった強敵たちとの戦い。そして、レグルスが抱えていたとんでもない秘密。

優秀な幼馴染たちに囲まれ、日々『面倒だ……』と言いながらも皆を守るため影で活躍する。そんな怠惰系主人公とヒロインたちが面倒な件についてのお話。

「レグルス！」「お兄ちゃん！」「レグルスさん」

「…はぁ、面倒だ」

彼女たちのおかげで、今日も彼はサボれそうにない。

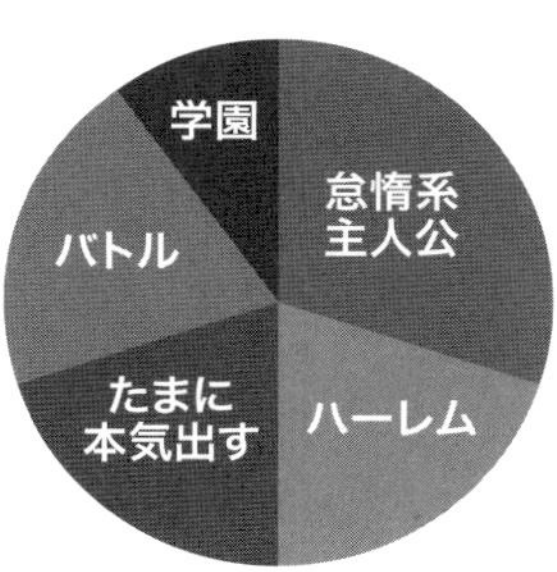

流星の山田君　－PRINCE OF SHOOTING STAR－（著：神崎黒音　イラスト：姐川）

若返った昭和のオッサン、異世界に王子となって降臨――！　不治の病に冒された山田一郎は、友人の力を借りてコールドスリープ治療を受けることに。

一郎が寝ている間に地球は発達したＡＩが戦争を開始し、壊滅状態に。

たゆたう夢の中で、一郎は願う。来世では健康になりたい、イケメンになりたい、石油王の家に生まれたい、空を飛びたい！　寝言は寝てから言え、としか言いようがない厚かましい事を願いまくる一郎であったが、彼が異世界で目を覚ました時、その願いは全て現実のものとなっていた。

一郎は神をも欺く美貌と、天地を覆す武力を備えた完全無比な王子として目覚めてしまう。

意図せずに飛び出す厨二台詞！　圧巻の魔法！　次々と惚れていくヒロイン！　本作は外面だけは完璧な男が、内側では羞恥で七転八倒しているギャップを楽しむコメディ作品です。ＷＥＢ版とは違い、１から描き直した完全な新作となっております。

平凡な日本人である一郎が、異世界を必死に駆け抜けていく姿を楽しんで頂ければ幸いです！

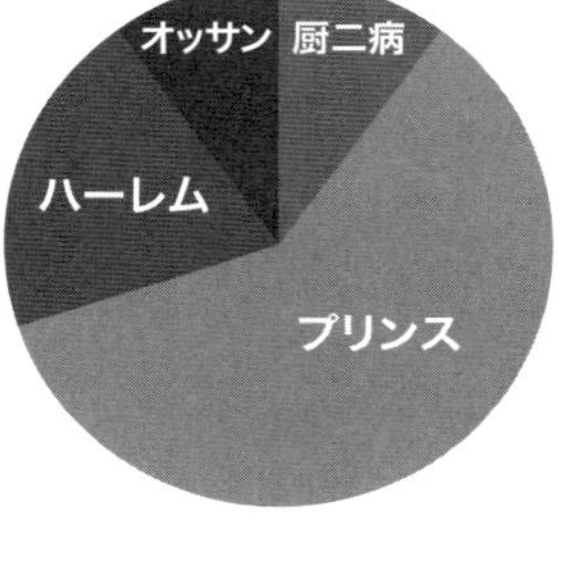

最強パーティーの雑用係～おっさんは、無理やり休暇を取らされたようです～（著：peco）

「クトー。お前、休暇取れ」「別にいらんが」

クトーは、世界最強と名高い冒険者パーティーの雑用係だ。しかもこのインテリメガネの無表情男は、働き過ぎだと文句を言われるほどの仕事人間である。

当然のように要請を断ると、今度は国王まで巻き込んだ休暇依頼、という強硬手段を打たれた。

「あの野郎……」

結局休暇を取らされたクトーは、温泉休暇に向かう途中で一人の少女と出会う。

最弱の魔物を最強呼ばわりする、無駄に自信過剰な少女、レヴィ。

「あなた、なんか弱そうね」

彼女は、目の前にいる可愛いものを眺めるのが好きな変な奴が、自分が憧れる勇者パーティーの一員であることを知らない。

一部で『実は裏ボス』『最強と並ぶ無敵』などと呼ばれる存在。

そんなクトーは、彼女をお供に、自分なりに緩く『休暇』の日々を過ごし始める。

領民0人スタートの辺境領主様（著：ふーろう　イラスト：キンタ）

長きに渡る戦乱の中で活躍し、英雄と呼ばれた男が手に入れたのは、見渡す限りに何も無い、草以外に何も無い……ただ広いだけの草原だった。

その草原には人影は無く、人影どころか人工物すらも無く……男は食料も水も金も持たず、仲間も領民も無いままに、呆然と一人、立ち尽くす。

人は言う、これは栄達である。

人は言う、これは厄介払いである。

そんな状況でも腐らず諦めない男、ディアスは、状況を少しでも良くしようと動き始め……そうして一人の少女と出会う。

少女の名はアルナー。銀髪紅眼の彼女の額には、青く輝く一本の角が生えていて———。

ディアスとアルナーの出会いをきっかけに物語は動き出し、誰もいなかったはずの、何もなかったはずの草原に多種多様な人が集まり始めて……一つの村が出来上がっていく。

これはそんな新米領主の日々を綴った剣と魔法の世界の物語である。

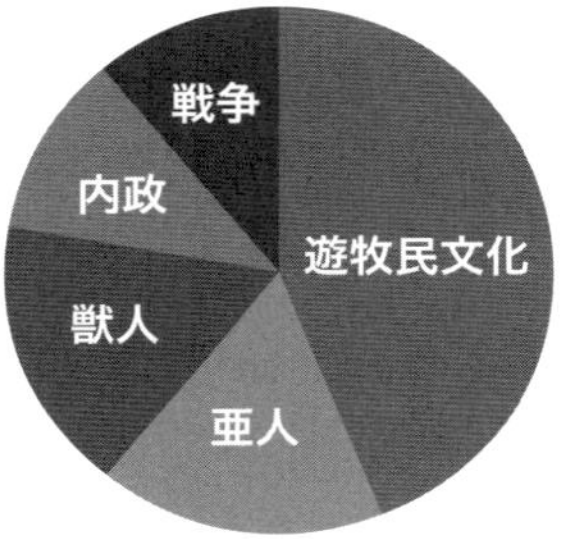

善人のおっさん、冒険者を引退して孤児院の先生になる

～エルフの嫁と獣人幼女たちと楽しく暮らしてます（著：茨木野　イラスト：ヨシモト）

「おめーらこんちゃー、です！　ぼくはキャニス！」

「へろー、あいむコン。みーたち獣人ぷりてートリオだよ」

「きょ、きょうはラビたちが、この作品の、えと、面白いとこを紹介するのですっ」

「ぼくはにーちゃんが色んなものを作れるのがすげーおもれーと思うです！」

「主人公のにぃは物をコピーして何でも作れる能力がある。なにそのチート」

「たべものとか、塩とか、とにかく何でも作れてとってもすごいのです！」

「あとエルフのコレット先生と、にぃとのらぶすとーりーもみのがせないね。おっとおこちゃまには刺激が強いかな」

「おめーも子供です……って、そろそろページがやべーです!!」

「では最後に、どくしゃさーびすで、なんとラビがぬぎます」

「は、はわわ！　そんなことできないのです……」

「うそぴょーん」「コンちゃんー！」

「そんなわけでみんな本を買ってくれや、です！」

「み、みなさんまたなのですー！」

「つづきはうぇぶで、じゃなくて本で。しーゆー」

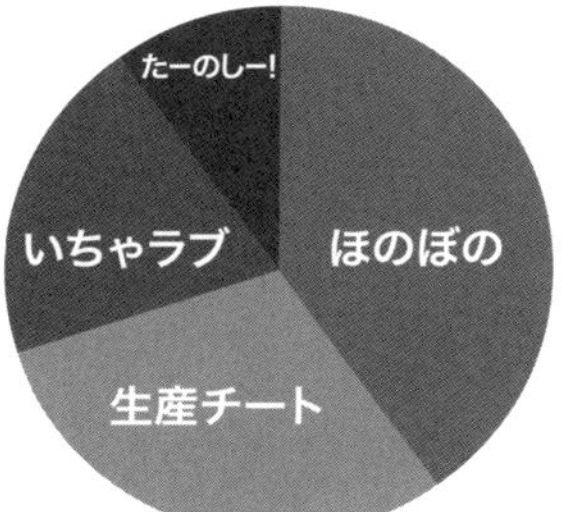

平穏を望む魔導師の平穏じゃない日常 ～うちのメイドに振り回されて困ってるんですけど～ （著：笹塔五郎　イラスト：竹花ノート）

彼の名前はフエン・アステーナ。

目が覚めたら五百年もの時が経過していた――そんな彼にも相棒と呼べる存在がいる。

「そして私の名前はレイア。マスターの最愛の人です」

「急に出てきたね！　しかも最愛を名乗るの!?」

「いけませんか？」

「いや、急だったから……」

「イケマセンカ？」

「怖いから！　べ、別に名乗るのはいいけど」

「マスターの許可が下りたので婚姻届を出しに行きましょう」

「え、どういう流れでそうなるの!?」

「マスターならば私の気持ちが理解できると思っていたのに……」

「いやいや！　色々と急過ぎて理解できないだけで……」

「女の子みたいな見た目をしているのに？」「関係なくない!?」

フエンの日常は、自身の作ったはずの魔導人形《メイド》にいじられる日々になっていたのだった。

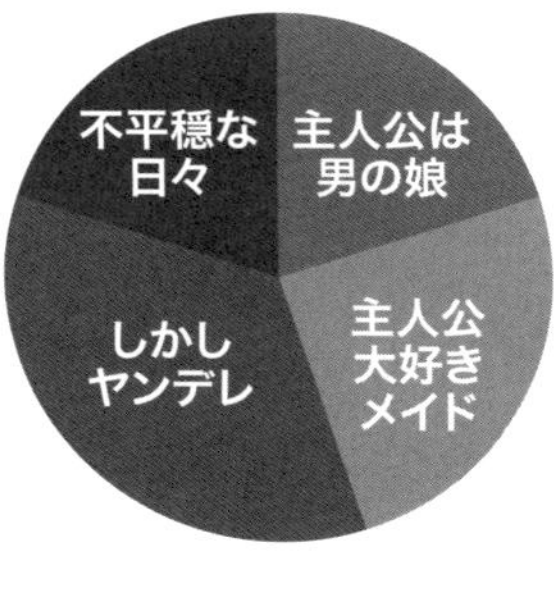

二度転生した少年はSランク冒険者として平穏に過ごす
～前世が賢者で英雄だったボクは来世では地味に生きる～

（著：十一屋　翠）


「……ちょっとまった。あのドラゴン、お前さんが狩ったのか？」

「はい！　町に来る途中で狩りました！」

「そっかー」

「そうです！」

「やっぱりドラゴンかー。ワイバーンとかじゃないよなー」

どうしたんだろう？　試験担当官さん、なんだか凄い汗をかいてるぞ？

「では試験を……」

「合格っ!!　冒険者試験合格!!」

「……ええっ!?」


英雄と賢者という二つの前世の記憶を持って生まれた少年レクスは、前世の記憶の教訓から地味に生きる事を誓う。

そして前世から憧れていた冒険者となったレクスは、地味な依頼を受けて日銭を稼ぐ毎日を満喫していた。

ただし、自分の活躍が『滅茶苦茶派手』だと気づかぬままに……。

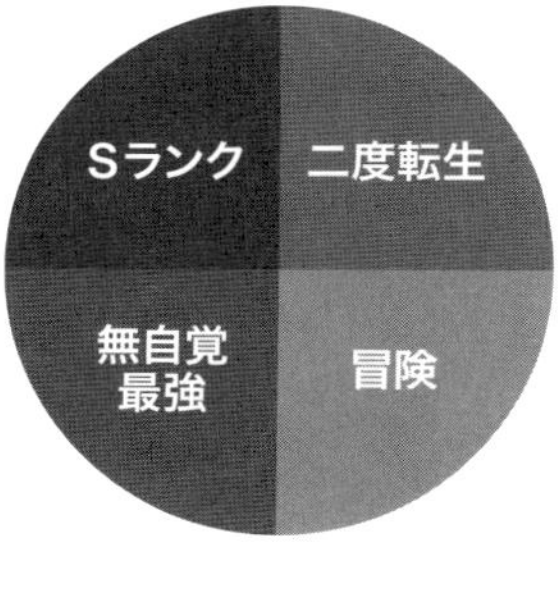

EARTH STAR NOVEL

竜姫と怠惰な滅竜騎士
幼馴染達が優秀なので面倒な件

発行 ―――――― 2018年9月15日　初版第1刷発行

著者 ―――――― rabbit

イラストレーター ―――― とぴあ

装丁デザイン ―――― 冨永尚弘（木村デザイン・ラボ）

発行者 ―――――― 幕内和博

編集 ―――――― 増田 翼

発行所 ―――――― 株式会社 アース・スター エンターテイメント
〒141-0021　東京都品川区上大崎3-1-1
目黒セントラルスクエア　5F
TEL：03-5561-7630
FAX：03-5561-7632
http://www.es-novel.jp/

印刷・製本 ―――――― 大日本印刷株式会社

ISBN 978-4-8030-1228-6